GIOCHI PROIBITI

UN ROMANZO D'AMORE
IN UN HAREM INVERSO

STEPHANIE BROTHER

GIOCHI PROIBITI
Translation Copyright © 2025 Stephanie
Brother

ISBN: 978-1-915436-14-6

1

CELINE

«Eddie è il sorcio più grande dell'emisfero settentrionale.» Gabriella mi appoggia la mano sul braccio e prende un fazzoletto dalla scatola sul mio comò, porgendomelo prima che mi rovini il trucco.

Mi tampono gli occhi e faccio una smorfia. Odio piangere davanti alla gente. Di solito non sono così distrutta e patetica, ma ho investito molto nella relazione che avevo con quel bastardo traditore che ora è diventato il mio ex, e quel tempo sprecato mi fa arrabbiare da morire.

Non volevo avere una relazione seria con lui. Fin dall'inizio gli avevo detto che volevo essere libera al college, non incatenata al primo ragazzo che avessi incontrato al primo anno. Ma lui non mi permetteva di lasciarlo. Ogni volta che cercavo di allontanarmi per poter uscire con altre persone, trovava un modo per riportarmi da lui. Quell'uomo aveva il desiderio sessuale di tre uomini medi, e mi sembra di aver passato la maggior parte degli ultimi due anni sotto di lui, in un modo o nell'altro.

Non fraintendetemi, non era male a letto. Quel bastardo sapeva scopare. Ma il piacere di scopare e la soddisfazione emotiva sono due cose molto diverse. Non mi sentivo in sintonia con lui e, a parte il fatto che voleva entrare dentro di me ogni mezz'ora, non mi sembrava che vedesse davvero le parti importanti di me.

Poi mi ha tradita e tutto il tempo che abbiamo passato insieme mi è sembrato improvvisamente così futile.

Sono arrabbiata con lui, ma soprattutto sono arrabbiata con me stessa. Vorrei cancellarlo dalla mia memoria e tornare indietro per recuperare tutti i mesi che ho sprecato, ma la vita non offre seconde possibilità, per quanto lo desideriamo.

Tiro su col naso e me lo soffio. I miei occhi sono arrossati, ma ancora abbastanza truccati. «Potrebbe essere lì stasera.»

Ellie, seduta sul mio letto con le gambe incrociate e un piede che va avanti e indietro, incrocia il mio sguardo nello specchio.

«Cosa farai se ci sarà?»

Mi fa questa domanda perché stasera non usciamo solo per divertirci. Festeggiamo l'ammissione di Dalton alla scuola di catering ed è un'occasione a cui non voglio aggiungere alcun dramma.

«Non lo so.» È la verità. La mia rabbia è un vulcano di lava intrappolata, una nube piroclastica pronta a eruttare e spazzare via tutto ciò che incontra sul suo cammino. «Forse berrò qualche cocktail.»

«I cocktail e il cioccolato sono il meglio, quando si tratta di rotture.» Gabriella spezza un quadratino della gigantesca tavoletta di Hershey's che mi ha portato oggi per aiutarmi a superare il dolore.

«I cocktail e il cioccolato sono ottimi, ma sai cosa c'è di meglio?» Ellie inarca perfettamente le sopracciglia in segno di domanda, poi si sposta, sporgendosi in avanti e sorridendo come se stesse per condividere il gossip più succulento. I suoi capelli scuri le ricadono sulle spalle e la lingua le sfiora il labbro inferiore.

«Cosa?» Mi giro sullo sgabello e appallottolo il fazzoletto umido nel pugno.

«Il sesso per ripicca.» Con una leggera scrollata di spalle, fa sembrare il suo suggerimento del tutto innocente.

Gabriella ridacchia. «Ellie!»

«Cosa c'è? Non è che Celine non abbia mai voluto provare altri ragazzi. Eddie l'ha soffocata per troppo tempo. È ora che spicchi il volo.»

«Intendi che apra le mie gambe», mormoro.

Inclino la testa in un angolo scomodo per sentire la risposta di Gabriella. Lei gesticola apertamente con le mani. «Voglio dire, un buon sesso alternativo può essere liberatorio... come ricominciare da zero. Ma può anche essere complicato.» Ellie sbuffa e Gabriella alza gli occhi al cielo, incrociando le braccia sul petto. «Mi conosci... non sono il tipo di ragazza che passa una notte con uno sconosciuto. Quando avevo voglia di sesso, andavo dalla vicina, mentre Ellie attraversava semplicemente il corridoio.»

Ridiamo tutti per la strana verità di quell'affermazione. Gabriella ha una relazione con tre dei suoi vicini, che sono fratelli e migliori amici di suo fratello. Ellie convive con i suoi fratellastri gemelli e ha un bambino piccolo che si chiama Noah. Potranno anche essere pigre nella scelta dei loro uomini, ma con tre ciascuno, la pigrizia finisce lì!

«Sì», ansima Ellie. «Il sesso per superare l'ex stronzo deve essere sicuro e soddisfacente.»

Scuotendo la testa, mi alzo con le gambe stanche per cercare le scarpe in fondo all'armadio. Uscire stasera e fingere di sorridere mi sembra allettante quanto entrare all'inferno attraverso le porte infuocate, mentre vengo bersagliata da schifezze, ma lo farò per la mia amica.

«Quindi stai dicendo che cocktail e cazzi sono la soluzione alla mia attuale infelicità?»

Infilo i piedi in sandali scomodi, che aggiungono otto centimetri alla mia altezza media e mi fanno sentire più potente.

Ellie e Gabriella si guardano e poi si rivolgono a me.

«Niente può rendere più facile quello che stai passando, tranne il tempo e la prospettiva», dice Ellie. «Ora sei su una nuova strada. Una strada in cui Eddie non sta più guidando. Quindi, fai quello che ti piace. È il tuo momento.»

Sbatto le palpebre, fissando le mie amiche.

Il mio momento.

Da quando mamma e papà hanno deciso di divorziare, non ho più avuto la sensazione che fosse il mio momento. Ora non faccio altro che preoccuparmi se mamma si sente sola o se papà mi chiamerà o verrà a trovarmi di nuovo.

Non voglio essere in questo vortice di emozioni e richieste altrui. Voglio essere io a decidere, per una volta.

«Il mio momento. Mi piace.»

Gabriella fissa Ellie con aria preoccupata, come se temesse che il suo commento abbia scatenato un mostro. Le lacrime che mi bruciano la gola da settimane si placano con un sorso e un respiro profondo.

Mi liscio il vestito con le mani e mi sistemo i capelli, guardandomi allo specchio per controllare la mia chioma di riccioli rossi. Sono come al solito: selvaggi e ribelli.

«Credo sia ora di andare.»

***

Al bar, la musica è a tutto volume e le luci lampeggiano, illuminando la folla in movimento con i colori dell'arcobaleno. Ci dirigiamo verso il fondo, dove il nostro gruppo si è già riunito. Colby, uno dei tre fidanzati gemelli di Ellie, la stringe a sé e le bacia la fronte in modo possessivo. Lei passa poi a Sebastian e Micky, che le riservano lo stesso trattamento da principessa. Gabriella cerca immediatamente Dalton, Kain e Blake, il suo harem di uomini, e li abbraccia a turno a lungo. Io resto in disparte come un pezzo di ricambio, scrutando la folla alla ricerca di qualcuno che mi faccia sentire anche solo un po' parte del gruppo. Dornan è appoggiato al muro e sta parlando con il fratello di Gabriella, Travis, e io mi dirigo subito verso il mio amico.

Conosco bene Dornan. Siamo amici, grazie a Ellie, dal primo anno di università. La sua stazza lo rende una presenza imponente, ma, non appena parla, il suo viso si addolcisce e i suoi occhi si illuminano, e tutta l'aria minacciosa che lo rende un membro prezioso della squadra di football svanisce.

«Ehi.» Tocco il braccio di Dornan, interrompendo quella che sembrava una conversazione sullo sport. I suoi occhi azzurri come il cielo incontrano i miei e si increspano agli angoli.

«Eccola lì.» Mi mette il suo braccio massiccio intorno alle spalle e mi stringe al suo petto solido con vigoroso affetto. Faccio un mezzo sorriso e una mezza smorfia a Travis,

5

mentre vengo schiacciata come uno scarafaggio. Dornan non sembra consapevole della sua immensa forza.

«Ciao», squittisco.

«Ciao, Celine.» Travis si passa la mano sulla barba castana ben curata mentre mi studia. Non pensavo che si sarebbe ricordato il mio nome. Ci siamo incontrati solo un paio di volte e di solito è piuttosto riservato.

«Ciao, Travis.» I suoi occhi sono di un blu più intenso di quelli di Dornan, come zaffiri scuri, e brillano sotto le sopracciglia chiare e le ciglia. È strano guardarlo perché mi sembra più familiare di quanto dovrebbe, probabilmente per quanto assomiglia a sua sorella minore, Gabriella.

«Ci avete messo un bel po'. Giuro che Gab è venuta a prenderti tre ore fa.»

«Una ragazza ha bisogno di tempo per apparire al meglio», dico, ma i miei occhi stanno già cercando Eddie. Se è qui, voglio trovarlo per poterlo evitare. Devo sapere dove si trova prima che mi veda.

Travis si gira, guardando oltre la sua spalla, e la sua camicia azzurra mette in risalto i bei muscoli del petto e delle braccia. Non ho mai detto alla mia migliore amica che penso che suo fratello sia sexy, soprattutto a causa di Eddie, e perché mi sembra un po' strano desiderare il fratello maggiore della tua amica.

Non ho detto nemmeno a Ellie che trovo Dornan sexy. Beh, forse sexy non è la parola giusta per un uomo che sembra più un muro che un essere umano. Ha quel tipo di presenza maschile che trasmette sicurezza, come un abbraccio, ma solido come il granito. La cosa divertente è che sotto tutta quella muscolatura è un vero tenerone.

«È laggiù.» Dornan indica con un cenno del capo l'angolo più lontano, dove un folto gruppo di giocatori della squadra di football e le loro ragazze, simili a cheerleader, sono riuniti attorno a un tavolo. Eddie non è visibile da dove mi trovo, ma immagino che Dornan lo abbia visto arrivare.

«Chi?» Travis si gira, completamente ignaro.

«Il mio ex.» Il sangue mi affluisce alla pelle chiara.

«Oh. Un ex che vuoi evitare?»

«A tutti i costi.»

Travis annuisce e Dornan mi stringe la mano in segno di incoraggiamento. «Quel cretino ha tradito la mia ragazza. Riesci a credere che abbia avuto il coraggio di farlo?»

Uno degli amici di Eddie ride fragorosamente e quasi cade dal piccolo sgabello su cui è seduto, e io rabbrividisco. L'espressione di Travis si fa cupa, la sua mascella forte si contrae come un battito cardiaco.

«Fanculo a chi tradisce.» Lo dice con così tanto livore che la mia testa scatta all'indietro per la sorpresa.

«Sì. Fanculo», concorda Dornan.

Se potessi baciarli entrambi in questo momento senza che fosse strano, lo farei. Giuro, il numero di ragazzi che conosco che hanno tradito le loro ragazze è oscenamente alto. Non so perché, ma pensavo che la mia esperienza sarebbe stata diversa. Gli uomini hanno un problema, altrimenti noto come pene, e non riescono a controllarsi. Penso che ci sia qualcosa di molto sbagliato in Eddie perché scopavamo due volte al giorno, quasi tutti i giorni, eppure lui ha trovato ancora il tempo e il desiderio di andare a caccia.

«Ho bisogno di bere qualcosa.»

Il bar è dall'altra parte della pista da ballo, che sembra distante dieci miglia con le mie scarpe ridicole, e muovermi da dove mi trovo, al riparo tra Dornan e Travis, mi sembra rischioso. Forse percependo il mio disagio, Dornan mi guida in modo che il suo corpo mi protegga. «Vengo con te.»

«Anch'io.» Travis fa strada e apre un varco tra la folla danzante come Mosè che divide il Mar Rosso.

Al bar ordino due dei miei cocktail alla pesca preferiti e li bevo entrambi così in fretta che mi viene il fiatone per l'immenso congelamento del cervello.

«Vacci piano, tigre.» Travis me ne ordina un altro e paga prima che io o Dornan possiamo offrircelo. Dornan alza il bicchiere di birra verso Travis in segno di gratitudine e io lancio uno sguardo di sbieco al profilo di Travis, osservando il movimento della sua gola mentre beve. Cavolo, c'è qualcosa di davvero virile in lui. Forse gli anni in più che ha sono sufficienti a distinguerlo dagli altri. Ha quella mascella forte e quelle sopracciglia che lo rendono davvero sexy, e i suoi bicipiti sono più che leccabili.

«Allora, qual è il piano?» Dornan si appoggia al bancone, continuando a usare il suo corpo per proteggermi da Eddie. «Hai intenzione di nasconderti qui tutta la notte perché quel coglione sta marcando il suo territorio laggiù?»

«Pensi che sia lì apposta?» chiede Travis, appoggiando la sua birra sul bancone bagnato.

«Sa che Celine è qui stasera. L'ho sorpreso ad ascoltare mentre ne parlavo con Ellie al bar poco fa. Ci sono molti altri posti dove avrebbe potuto andare con i suoi amici, ma ha scelto proprio questo, dove può intimidire Celine.»

«Io non mi sento intimidita.» Senza pensarci, mi raddrizzo e spingo indietro le spalle.

«Calmati, ragazza.» Dornan mi tocca il braccio, la sua mano grande e ruvida è calda sulla mia pelle. «Forse intimidita è una parola troppo forte. Dove può far sentire la sua presenza.»

«Ho chiuso con lui. Non mi interessa dove sia.»

«Allora torniamo lì.»

Nonostante tutta la mia spavalderia, non ho voglia di affrontare Eddie, tantomeno davanti a tutti. Ma Dornan mi guarda con aria interrogativa e non voglio fare brutta figura davanti a Travis. Le parole di Ellie continuano a ribollire nella mia mente annebbiata dall'alcol. Il sesso di ripicca sembra mercenario, ma forse un po' di divertimento potrebbe aiutarmi a distrarmi e a mostrare a Eddie quanto poco mi importi della sua infedeltà.

Mentre seguo Dornan attraverso la stanza, sorseggiando il mio cocktail alla pesca con Travis al mio fianco, l'alcol mi fa barcollare. Accidenti! Sto andando troppo veloce, o forse è il mio umore combinato con l'alcol che mi fa perdere il controllo.

Ellie mi sorride da dove è appoggiata con la schiena contro il petto di Colby. Il suo fratellastro-fidanzato ha il braccio sul suo petto, tenendola protettivamente al suo posto e inviando il segnale "mia" a chiunque guardi. Un senso di invidia mi attraversa. Eddie non è mai stato così con me. Era sessualmente aggressivo davanti agli altri, mi palpava il sedere o mi metteva le mani sotto la maglietta, e io lo respingevo, ma non c'era mai alcun amore nel modo in cui mi trattava in pubblico.

Dornan si ferma a parlare con Colby e Travis si infila in un separé. Allungo il collo per guardare nella direzione del tavolo di Eddie e mi gira la testa. I miei piedi sembrano aggrovigliarsi e all'improvviso inciampo in un petto enorme e duro come la roccia. Due braccia muscolose mi stringono e io mi affretto a stabilizzarmi, afferrando manciate di camicia morbida e calda.

Quando alzo lo sguardo per vedere chi mi sta tenendo come un tronco, trovo Elias che mi fissa con un sopracciglio scuro inarcato.

Elias. Cazzo.

Un flash di lui che mi solleva con una sola mano e poi mi blocca contro il muro mi acceca momentaneamente. Il modo furioso in cui mi ha scopata mi ha tolto il fiato allora, e il ricordo fa lo stesso adesso.

«Sei ubriaca.»

«Sto bene.» Cerco di allontanarlo mentre i suoi occhi color onice mi fissano intensamente, decidendo diversamente, ma lui mi solleva come un sacco di patate e mi lancia nella cabina accanto a Travis. Appoggio le mani sul tavolo freddo davanti a me, con la bocca aperta. Parole rabbiose e indignate mi si fermano in gola, ma Elias sorride mentre si infila accanto a me, come se intendesse usare il suo corpo grande, forte, incredibilmente muscoloso e sexy per impedirmi di lasciare il separé.

Idiota.

L'immagine di Eddie che mi tradisce mi balena nella mente. Era in un separé come questo con la lingua infilata nella gola di un'altra ragazza e la mano sotto la sua camicia.

In lontananza, Travis mi chiede se sto bene. Sbatto le palpebre mentre i suoi familiari occhi blu, pieni di preoccupazione, mi seguono con lo sguardo. Se Eddie può farlo, posso farlo anch'io.

Senza considerare seriamente l'impatto delle mie azioni, mi avvicino a Travis e premo le mie labbra contro le sue. Abbiamo entrambi gli occhi aperti, quindi posso vedere la sua sorpresa, ma poi lui muove la bocca sulla mia in un bacio sensuale, lento, da brivido, infilandomi la mano tra i capelli lunghi e attirandomi a sé.

10

Mi gira la testa, ma questa volta non è per via dei cocktail. È tutta colpa di Travis.

La barba incolta sul suo mento mi graffia il viso in modo eccitante, e quando la sua lingua scivola contro la mia, la mia figa si stringe tra le mie cosce.

Cavolo. Il fratello di Gabriella ci sa fare.

«Dai, Celine. Non c'è bisogno che tu faccia così...» La mano enorme di Elias mi afferra per la vita e mi allontana da Travis. Sbatto le palpebre, stordita in molti modi, e mi volto per inveire contro chi ha interrotto il mio divertimento. Solo che, quando lo faccio, trovo che l'espressione di Elias sia più interrogativa che aggressiva o critica. Ha un sorriso che gli aleggia agli angoli della bocca e gli occhi che sembrano illuminarsi di divertimento.

«Celine.» Il modo in cui pronuncia il mio nome è come cioccolato fuso, e vengo immediatamente trasportata nella sua stanza del dormitorio, dove lo ho sentito gemere ad alta voce mentre veniva dentro di me. È stata una cosa occasionale, quando io ed Eddie ci eravamo presi una pausa, una cosa occasionale che ha distrutto ogni preconcetto che avevo su Elias. Di giorno è un orso con il mal di testa e abbastanza sarcasmo da tagliare l'acciaio, ma di notte è un uomo dalla passione impetuosa.

Quelle labbra mi hanno fatto cose a cui non posso pensare senza sporcarmi le mutandine.

Lo bacio prima che le conseguenze delle mie azioni abbiano il tempo di registrarsi. La familiarità con cui mi ricambia il bacio è come scivolare in un bagno caldo con un bicchiere di vino.

Cavolo. Elias mi bacia come se mi stesse cercando l'anima tra le macerie della mente. La sua mano mi stringe il fianco e in un attimo mi ritrovo sulle sue ginocchia, a

11

cavalcioni sul suo corpo grande e solido, accarezzandolo come se fossimo soli e nudi piuttosto che in un bar, circondati dai nostri amici.

Una mano mi si posa sulla spalla, tirandomi indietro, e la voce di Dornan interrompe la passione. «Ehi, Celine...» Lo guardo sbattendo le palpebre e incontro i suoi occhi dolci e preoccupati. I suoi capelli biondi ondeggiano mentre cerca di aiutarmi ad alzarmi. «Va tutto bene. Stai bene.» È sempre lui che si prende cura di tutti. Non appena sono in piedi, gli afferro la nuca, alzandomi in punta di piedi per baciare anche lui.

È stupido. È mio amico. Ne abbiamo passate tante insieme e lui ha dimostrato di essere una persona buona e affidabile. Non ho bisogno di rovinare i rapporti belli solo perché uno cattivo è andato a rotoli.

Ma, invece di spingermi via e dirmi di smetterla, Dornan ricambia il bacio, ed è bello. È così bello.

Gemo mentre mi stringe a sé, con la sua mano enorme sul mio sedere.

Ma prima che io abbia la possibilità di godermi appieno l'esperienza, una voce familiare interrompe la mia beatitudine. «Dai, ragazzi. Smettetela.» Ellie ci separa con mani sorprendentemente forti.

Dornan sbatte le palpebre come se stesse emergendo dalle profondità dell'inferno alla luce del sole di mezzogiorno, e io barcollo mentre un ampio sorriso mi illumina il viso. Mi volto verso la mia amica, sentendomi improvvisamente più leggera di quanto mi sia sentita in tutta la serata.

«Che c'è che non va, Ellie? Sto solo mettendo insieme il mio harem.»

Lei fa una smorfia, e la pietà le allarga gli occhi e le fa alzare le spalle in un gesto di disapprovazione. «Non credo che funzioni così, tesoro.» Quando mi dà una pacca sulla spalla, le parole taglienti mi attraversano la mente. In qualche modo, anche se sono ubriaca, riesco a controllarle.

«Sai, quei drink mi hanno dato alla testa.» Rido, e sembro un po' squilibrata, poi rido ancora perché è divertente da morire.

«Credo che tu abbia bisogno di un po' d'acqua, tesoro.»

Mentre seguo Ellie in un separé vuoto e lei dice a Seb di portarci una bottiglia, un'idea diversa su ciò di cui ho bisogno si trasforma in un piano.

2

DORNAN

«Non so cosa fare con lei», dice Ellie, indicando Celine con un gesto della mano. «È un disastro.»

«Sta bene. È solo ferita. Ci vorrà un po' di tempo.»

«Un po' di tempo mentre lei bacia tutti o, peggio, in giro per il campus?»

«Sta solo cercando di rimettersi in carreggiata.» Stringo le labbra, ricordando la sensazione della bocca di Celine sulla mia. La passione del suo bacio. Il modo in cui l'ho sentito dalla radice dei capelli alla punta del pene. Il modo in cui mi è sembrato così perfetto.

Cavolo.

Ellie non lo sa, ma ho una cotta per Celine da quando l'ho vista per la prima volta. Era sdraiata sulle ginocchia di Eddie, che le aveva messo una mano sotto la maglietta, quindi non era proprio disponibile, ma non importava. Era bella, focosa e divertente da morire. Mi faceva impazzire e anche di più.

Ma per qualche folle motivo, lei è rimasta con quell'idiota, tornando da lui più, e più volte, nonostante

14

fosse una persona terribile. Tutti lo vedevano tranne Celine. Quando le suggerivamo che forse sarebbe stato meglio per lei restare senza di lui, lei sembrava raddoppiare la posta e rimanere con lui ancora più a lungo. Non voleva affrontare il fatto di aver scelto male né ammetterlo a nessun altro.

E ora eccola qui, distrutta e in difficoltà, con la vulnerabilità che traspare da dietro la maschera.

«Posso accompagnarla a casa.»

Ellie mi tocca il braccio in segno di gentile ringraziamento. «Lo farei, ma devo tornare da Noah, e Gabriella deve restare con Dalton.»

«Non c'è problema.»

Mentre saluto Ellie con un bacio, Elias si avvicina al separé dove Celine sta dormendo e le tocca il braccio per svegliarla. Piuttosto che vederlo avvicinarsi a Celine in quello stato, vorrei morire.

«Ehi», dico, coprendo la distanza tra noi con quattro lunghi passi.

«Cosa?», Elias si gira mentre Celine apre un occhio, guardandosi intorno come se non riuscisse a mettere a fuoco nulla.

«Porto Celine a casa.»

«Col cazzo che lo fai.»

«Che cosa vorresti dire?»

«È ubriaca fradicia. La porto a casa io.»

«Così puoi finire quello che hai iniziato?»

Elias si raddrizza, assumendo tutta la sua altezza, che è pari alla mia. Occhio contro occhio, entrambi siamo tesi per la tensione latente. Non è la mia persona preferita e, anche se giochiamo nella stessa squadra, l'ho sempre considerato un avversario piuttosto che un alleato.

«Spero che tu non stia insinuando quello che penso, perché sarebbe davvero disgustoso, Dornan.» I suoi occhi sono scuri e furiosi, e mi sento immediatamente in colpa. Sarà anche un tipo lunatico e permaloso, ma insinuare che violerebbe una donna ubriaca è davvero troppo.

«Voglio solo assicurarmi che torni a casa sana e salva.»

Travis si avvicina, guardando Celine, che sembra essersi addormentata di nuovo, con i capelli rossi aggrovigliati intorno al viso e alle spalle, che la fanno sembrare una sirena su una spiaggia dimenticata da Dio.

«È fuori combattimento», dice.

«E ho detto a Elias che la porterò a casa.»

«E io ho detto a Dornan che la porterò a casa.»

Travis ci guarda come un arbitro durante una partita di ping-pong. «Allora, chi la riporta a casa?»

«Io!» diciamo all'unisono.

Lui sbuffa e scuote la testa. «Che ne dite di portarla a casa tutti insieme, così lei sarà al sicuro e voi non finirete per uccidervi a vicenda?»

«Non è necessario.» Elias socchiude gli occhi. Non so perché improvvisamente sia così possessivo nei confronti di Celine, ma non mi piace.

«Penso che sia una buona idea.»

Travis annuisce. «Ora aiutami a tirarla su, così possiamo portarla alla mia macchina.»

«Sei venuto in macchina?»

«Sì. Non ero dell'umore giusto per ubriacarmi.»

«La prendo io», abbaia Elias, allungando le braccia sotto il corpo di Celine. La solleva come se non pesasse nulla e la tiene stretta a sé come una sposa che sta portando oltre la soglia. Scuoto la testa, frustrato dal fatto che non sarò io a proteggere Celine. Dopotutto, è mia amica.

«Da questa parte.» Travis si dirige verso la porta, salutando sua sorella con un bacio e stringendo la mano a tutti mentre esce. Gli occhi ci seguono mentre Elias si fa strada tra la folla. Vedo Eddie che ci guarda con un sorrisetto compiaciuto. Pensa che Celine abbia bevuto fino a finire in coma per colpa sua, quel cretino presuntuoso.

Quando l'aria fresca della notte la colpisce, Celine si sveglia con un lungo e forte respiro e inizia a dimenarsi contro la presa di Elias. «Ehi», dice lui. «Stai ferma o cadrai.»

«Cosa stai facendo? Dove mi stai portando?»

«A casa. Ti stiamo portando a casa.»

Celine si gira per guardarmi, poi vede Travis che apre la portiera posteriore della sua auto. «Tutti voi?»

«Sì. Hai vinto il jackpot. Tre cavalieri dall'armatura scintillante.»

«Il mio harem.» Allarga il braccio destro e ride.

Travis inarca un sopracciglio ed Elias emette un suono soffocato. «In questo momento siamo solo una semplice squadra di soccorso.»

Quando Elias aiuta Celine ad alzarsi, lei scuote la testa. «Sono delusa da voi, ragazzi. Questa potrebbe essere una situazione davvero eccitante.»

«Sei ubriaca.» Elias la spinge dentro l'auto e si siede accanto a lei.

Oh, cavolo, no. Non lo lascerò sul sedile posteriore con lei mentre io sono confinato davanti. Giro intorno alla macchina e mi infilo dall'altra parte, spingendo Celine al centro.

«Dornan», strilla lei. Non è un'auto grande, e Celine è schiacciata tra noi come del prosciutto tra due fette di pane.

Travis avvia la macchina, girando la testa per guardarci con un sorriso divertito. «Dove andiamo, Celine?»

Lei ricorda il suo indirizzo nonostante sia ubriaca e Travis mette in moto. La musica inizia a suonare e Celine canta in modo adorabile, ma stonato. Vedo Elias sorridere, cosa che non fa molto spesso, e improvvisamente mi viene in mente che anche lui potrebbe provare qualcosa di più per Celine.

Dannazione. Non permetterò mai che lei passi dalle braccia di Eddie al letto di Elias. Sarebbe come passare dalla padella alla brace.

«Che bella canzone!» Celine canta a squarciagola e io sussulto mentre Elias ride.

«Ti ha mai detto nessuno di fare un provino per America's Got Talent?»

«Qui non c'è talento. Solo un sacco di entusiasmo.» Allarga le braccia in stile showgirl e quasi colpisce me ed Elias in faccia.

«L'entusiasmo fa molto», dice Travis, facendo sbuffare Elias. Immagino che sia d'accordo.

«Ho passato una serata fantastica», canta Celine. «A parte queste stupide scarpe che mi fanno male ai piedi, voi ragazzi siete tutti bravissimi a baciare.»

«Grazie.» Travis sembra sinceramente compiaciuto.

Lo sarei anch'io, se pensassi che lei possa ricordarsi qualcosa.

«Sei ubriaca, Celine.» Elias incrocia le braccia sul petto, facendo gonfiare i bicipiti in modo che Celine li noti e li apprezzi.

«Sarò anche ubriaca, ma non sono morta.»

Ridiamo tutti perché Celine è piuttosto divertente quando parla in modo confuso e brusco.

Arriviamo al suo dormitorio in un attimo e Travis parcheggia l'auto in un posto vicino all'ingresso.

Scendiamo tutti come tre guardie del corpo che proteggono una celebrità, cosa che sembra piacere a Celine. Mi prende sottobraccio e lo stesso fa con Elias. Travis cammina leggermente di lato, con un'espressione per lo più impassibile e un pizzico di divertimento.

Alla porta, Celine fruga nella borsa, poi fruga ancora. La sua mano diventa sempre più instabile mentre rovista e non trova le chiavi.

«Non sono qui dentro», ansima.

«Dammela.» Elias prende la sua borsa e la scuote. Il contenuto emette un rumore sordo ma non si sente il tintinnio delle chiavi al suo interno.

«Hai perso le chiavi?»

«Erano lì dentro. Almeno, pensavo fossero lì.»

Alza il viso per guardare la finestra della sua stanza, come se stesse pensando di arrampicarsi sulla facciata dell'edificio come Spiderman.

«Beh, a quest'ora non riusciremo a trovare un fabbro.» Travis guarda l'orologio per confermare.

«Puoi stare da me», si offre Elias, restituendole la borsa.

«Puoi stare da me, Celine.» Faccio un passo avanti e le metto una mano sul gomito.

«Ancora con questa storia, ragazzi. Cosa sono, un mediatore?» Travis storce la bocca di lato, riflettendo. «Suggerisco di prendere una stanza in un motel per Celine.»

«Ok», dice Elias. «Che ne dite di Molly's?»

«Mi sembra una buona idea.»

Celine sembra confusa e barcolla sui suoi ridicoli sandali. Mentre si trascina sul sedile posteriore dell'auto, inizia a ridere. «Sapete che da Molly's Ellie e Gabriella hanno fatto cose sconce con i loro ragazzi?»

«Per favore, non parlare di mia sorella che fa cose sporche.» Travis incrocia il mio sguardo nello specchietto e fa una smorfia.

«Sì. Preferirei non ricordarmi che Ellie ha concepito Noah da Molly.»

«Davvero?» Elias lo trova così divertente da sorridere di nuovo. Giuro, stasera quel tipo ha sorriso più che negli ultimi sei mesi.

«Da Molly's è un posto squallido», dico.

«Sì, ma è economico e vicino.» Dato che Travis sta pagando ed è già notte fonda, non obietto.

Durante il viaggio, Celine appoggia la testa sulla mia spalla e russa dolcemente, facendoci ridere tutti sottovoce per non svegliarla.

Quando arriviamo da Molly, lei dorme profondamente. «La porto io?», chiedo a Elias.

Con mia grande sorpresa, lui accetta e insieme la facciamo uscire dall'auto in tutta sicurezza.

Travis si dirige alla reception per prendere la chiave e noi lo seguiamo lentamente, aspettando fuori affinché la receptionist non veda Celine e pensi che stia succedendo qualcosa di strano. Da un punto di vista esterno, tre uomini che affittano una stanza per una donna priva di sensi sono la definizione stessa di "sospetto".

«Camera 1119», dice Travis, uscendo con la chiave appesa all'indice.

Ci fa strada e noi lo seguiamo goffamente, guardandolo mentre apre una porta verde malconcia ed entra in una stanza tutt'altro che lussuosa.

«È fuori combattimento.» La testa di Celine è appoggiata al mio petto e il suo viso è sereno.

«Non credo che dovremmo lasciarla qui», dice Elias. «Almeno uno di noi dovrebbe restare.»

Travis alza le mani, con i palmi rivolti verso l'alto, facendo una smorfia all'idea che io ed Elias litighiamo di nuovo. «Penso che dovremmo restare tutti. In questo modo, Celine sarà in buone mani e avremo l'un l'altro come testimoni di ciò che accade e non accade in questa stanza. Inoltre, sono stanco morto.»

«Giusto.»

Elias interviene per tirare giù il piumone, e io adagio delicatamente Celine sul materasso, sistemandole i bellissimi capelli rossi in una chioma infuocata dietro la testa e coprendola delicatamente per non disturbarla. Restiamo lì in piedi, guardandola come se fosse la Bella Addormentata, e stiamo per duellare per decidere chi sarà a svegliarla. Nella stanza ci sono solo due enormi letti e una strana sedia che sembra poter crollare da un momento all'altro. Il tappeto ha visto giorni migliori. Non so come faremo a stare tutti qui.

Vedo che Elias e Travis stanno pensando la stessa cosa.

«Quindi, dobbiamo lasciare Celine a dormire da sola.»

«Sì», rispondono entrambi.

«Allora, due di noi possono dividere l'altro letto e uno dormirà sul pavimento?»

«Non sapevo che ti importasse.» Elias mi lancia uno sguardo divertito, infilando le mani nelle tasche dei suoi jeans neri.

«Molto divertente.»

«Io dormirò sul pavimento. Voi vi conoscete meglio». Travis sta già tirando fuori una coperta di riserva dall'armadio.

«Questo non migliora la situazione.» Elias si lascia cadere sulla sedia come se pensasse di dormirci sopra. La sua mole fa sembrare la sedia grande come quella di un bambino.

Travis arriccia il naso e annusa il soffice fagotto marrone scuro. «Non credo di voler sapere cosa hanno fatto le persone su questa coperta.»

«Togliti la maglietta, piegala e usala come cuscino.» È un suggerimento sorprendentemente utile da parte di Elias.

Mi lascio cadere sul letto, trovo il mio telefono e imposto la sveglia. «Dormirò per un paio d'ore, poi potrai avere il letto.»

Elias annuisce e appoggia la testa al muro, chiudendo gli occhi.

Travis spegne la luce e ci immergiamo tutti nell'oscurità. Quando sto per addormentarmi, Elias dice: «Bacia bene, vero?»

«Sì.» La voce di Travis sembra un sussurro lontano.

«Il suo ex è un gran coglione.»

«Su questo siamo d'accordo.» Mi giro, cercando di distinguere la sagoma del mio compagno di squadra nell'oscurità.

«Merita molto di più.»

Di nuovo, la gelosia mi pervade. Celine emette un piccolo sospiro e io mi concentro sulla curva del suo fianco e sull'incavo della sua vita nell'oscurità. «È vero.»

«Finirà per perdere il controllo. L'ultima volta che ha rotto con Eddie, è finita nel mio letto.»

«Cosa?» Mi metto seduto di scatto perché Celine non mi ha mai detto nulla riguardo al fatto di aver passato la notte con Elias.

«Sì. Voleva fare sesso. Era sobria. Io sono un uomo. Non ho detto di no.»

«Beh, avresti dovuto farlo.» La mia rabbia rende la mia voce dura e bassa.

«Se fosse venuta da te, avresti fatto lo stesso. E non provare a negarlo.»

«Io avrei fatto lo stesso», ammette Travis.

È difficile affrontare la realtà che anch'io avrei fatto lo stesso. «È vulnerabile. Non ha bisogno di un altro stronzo che approfitti di lei come Eddie.»

La stanza diventa silenziosa e, dopo qualche altro minuto passato a concentrarmi sul respiro di Celine, mi addormento con l'immagine di lei distesa sotto di me.

3

CELINE

Un forte segnale acustico alle mie spalle interrompe il mio sonno come una pugnalata. Mi copro le orecchie con la mano per attutire il suono e apro leggermente gli occhi, vedendo delle sagome scure che non riconosco.

Nonostante il mal di testa martellante e il fatto che la lingua mi si sia attaccata al palato, mi metto seduta e scruto l'oscurità.

«Celine», sussurra una voce roca dall'ombra. «Va tutto bene. Stai bene.»

«Celine», sussurra un'altra voce roca alla mia sinistra, dove intravedo un altro letto. «Va tutto bene. Ti abbiamo portata in un motel. Io, Elias e Travis.»

«Un motel.» L'istinto mi spinge a portare le mani tra le gambe, ma non sento alcun dolore o umidità post-coito. Sono ancora completamente vestita.

«Hai perso le chiavi. Non ti ricordi?» La voce di Elias proviene dall'estremità del letto, dove lo intravedo seduto su una sedia.

«Non ho idea di cosa stiate parlando. Dov'è Travis?»

«Sono qui», mormora una voce roca dal pavimento. Abbasso lo sguardo e lo vedo disteso su quello che sembra un tappeto di pelle d'orso, a torso nudo, con i jeans sbottonati.

Santo cielo.

Quello è proprio un bel torso maschile. È un peccato che fossi troppo ubriaca per apprezzare l'opportunità che mi circonda da tutte le parti.

Elias si alza dalla sedia che intravedo ai piedi del mio letto, allungando le sue braccia enormi e muscolose sopra le spalle. Indossa ancora la camicia, il che è un peccato, ma, anche al buio e attraverso uno strato di tessuto grigio, riesco a distinguere i suoi pettorali grandi come piatti da tavola e gli addominali scolpiti. Il suo fisico atletico è ancora impresso nella mia mente dopo la nostra notte di piacere torrido.

Dornan si alza dal letto e si scambia di posto con Elias.

«Hai messo la sveglia per potervi dare il cambio?», chiedo.

«Sì. Domani abbiamo gli allenamenti. Abbiamo bisogno di dormire almeno un po'.»

«Allora perché nessuno ha dormito con me?» C'è un attimo di silenzio prima che io capisca quanto siano stati gentili mentre ero in coma etilico. «Dornan, vieni qui. Non puoi dormire su quella sedia.»

«Perché Dornan?» Elias, che si è già messo comodo nel letto accanto, si solleva su un gomito e fissa su di me i suoi occhi neri come quelli del diavolo. Anche al buio, hanno una strana qualità riflettente e opaca che mi fa venire i brividi lungo la schiena. Quegli occhi mi hanno fissato mentre mi faceva venire, e mi è sembrato che mi avesse stravolto emotivamente oltre che fisicamente.

25

«Perché è lui quello sulla sedia.»

«Dannazione», mormora Elias, lasciandosi cadere sulla schiena e incrociando le braccia dietro la testa. «Sapevo che sarei dovuto restare sulla sedia.»

«Smettete di litigare per Celine.» Il rumore di un fruscio segue Travis mentre si sposta al suo fianco.

«Forse Travis dovrebbe condividere il letto con me, e voi ragazzi dovreste dormire insieme?».

Dornan è già disteso accanto a me e mi dà una gomitata. Ha imitato la postura di Elias e mi diverte quanto siano simili, nonostante le loro evidenti differenze.

Elias è tutto spigoli, con la sua lingua tagliente, lo sguardo scuro e penetrante, le sopracciglia che sembrano due linee sulla fronte e una chioma di capelli neri come l'inchiostro. Dornan è tutto leggerezza, con il suo ampio sorriso, gli occhi azzurri e i capelli biondi, che contrastano angelicamente con la sua mole e la sua altezza.

Sono così diversi, eppure sexy a modo loro. Ancora di più stasera, perché ricordo ancora cosa ho provato baciando ciascuno degli uomini che hanno condiviso la stanza con me. I loro baci riposano come farfalle sulle mie labbra.

«Mi dispiace per stasera», dico dolcemente.

«Per cosa?» Le dita di Dornan sfiorano le mie, e quel contatto mi fa venire un nodo alla gola, che sale, minacciando lacrime. Non voglio piangere davanti a loro. Non voglio nemmeno piangere davanti a me stessa.

«Per avervi baciato tutti come un animale rabbioso.»

«Non ho percepito vibrazioni da animale rabbioso.» Dornan si gira per sorridermi nell'oscurità.

«Sì. Mi ha riportato alla mente solo bei ricordi.» Anche Elias si gira e mi rivolge quel sorriso malizioso che mi ha sedotto fin dal primo momento.

«Nessuna lamentela.» Quando mi chino sul bordo del letto, Travis sorride. Si porta due dita alle labbra e le tiene in aria come se avesse catturato il mio bacio sulla loro punta.

Cavolo.

Non è quello che mi aspettavo.

«Immagino... che quello che ha fatto Eddie sia stato davvero umiliante. Voglio solo dimostrargli che non me ne frega niente. Nessuna perdita... e tutto il resto.» Agito la mano con fare sprezzante, anche se difficilmente potranno vedere il gesto al buio.

«Non devi dimostrare niente a quell'idiota», dice Elias con veemenza. «Seriamente, se non ha dato valore a quello che aveva, allora è un idiota.»

«Sì.» Dornan si gira leggermente verso di me prima che io abbia il tempo di svenire per il complimento di Elias.

Un motore romba nel parcheggio e una risata femminile mi ricorda dove siamo. Molly's, per l'amor del cielo.

«Chi tradisce una volta, tradirà sempre.» L'amarezza nel tono di Travis mi fa pensare che anche lui abbia sofferto per un tradimento.

«Vorrei trovare un modo per vendicarmi.»

«Che ne dici di una finta relazione?» Elias ora si è messo seduto, la conversazione ha catturato tutta la sua attenzione. Ho ancora la testa annebbiata dal sonno e probabilmente sono ancora ubriaca; quindi, mi ci vuole un po' per capire il suo commento.

«Una relazione finta?»

«Sì. Insomma, potrei sostituirmi a lui per rendere Eddie geloso. Vederti con me lo farebbe impazzire, soprattutto perché l'ultima volta che siamo stati insieme sono circolate delle voci, e so che lui le ha sentite.»

«Voci?»

«Qualcuno ci ha visti uscire insieme, tutto qui.»

«Quindi non sei andato a vantarti in tutto lo spogliatoio?»

«Certo che no.» Sembra offeso, ma non capisco perché. L'ho già sentito parlare male delle ragazze. Elias Mazur non è esattamente quello che si definirebbe un gentiluomo, o anche solo un bravo ragazzo. In realtà, l'ho sempre considerato un ragazzaccio, in tutto e per tutto.

Dornan emette un grugnito dalla gola, come se l'idea che io frequenti Elias, anche solo per finta, non gli andasse giù. «Posso sostituirlo io.»

«Anche io sono disponibile», dice Travis. «Eddie non mi conosce, e il fatto che io sia più grande potrebbe rendere la finta relazione ancora più efficace.»

«Potremmo farlo tutti», suggerisce Dornan, e io resto a bocca aperta. Dice sul serio?

«Tre finti fidanzati?» Mentre pronuncio queste parole, l'idea diventa reale e interessante. Eddie darebbe di matto se uscissi con Elias, ma sarebbe furioso se uscissi con tre uomini.

L'idea di Ellie per farmi superare i miei sentimenti era il sesso per ripicca. Un finto appuntamento di ripicca non suona proprio allo stesso modo, ma forse potrebbe essere un po' entrambe le cose. Una relazione finta, sesso bollente e reale. E non solo con un uomo. Con tre!

Potrei vedere come vivono ogni giorno i miei due migliori amici e spazzare via le ragnatele di Eddie.

Non racconto loro i miei nuovi propositi. Quella parte può venire col tempo. «Tre finti fidanzati. Questa sì che è una proposta.»

Apparentemente soddisfatti della mia decisione, nella stanza cala il silenzio e io mi rilasso contro i cuscini. È strano dormire nello stesso letto di Dornan. Siamo vicini, ma questo è un grande passo in un territorio nuovo. Lui non invade il mio spazio; il che, date le circostanze, è un sollievo, ma, mentre chiude gli occhi e si addormenta , non posso fare a meno di immaginare come sarebbe se lo facesse in futuro. Se lo facessero tutti.

***

Il sabato è sempre una seccatura. Ellie è impegnata con la famiglia e Gabriella tende a stare a letto per almeno metà della giornata. Odio che i miei fine settimana siano dedicati alle faccende domestiche. Quando uscivo con Eddie, anche noi stavamo a letto, andavamo a fare brunch e poi tornavamo a letto. Ho passato molto tempo in orizzontale con il mio ex. E in verticale contro il muro.

Ugh.

Non voglio pensare al sesso con Eddie.

Voglio cancellare quelle immagini dalla mia mente. Soprattutto, non voglio sentirmi la stessa stupida ragazza che ero. Ho bisogno di essere una persona nuova per segnare una linea nella sabbia.

Questo sabato mattina è iniziato in modo un po' diverso. Mi sono svegliata in una stanza di motel con tre uomini splendidi e seminudi. Addii imbarazzanti e una passeggiata della vergogna quando Travis mi ha accompagnata a casa e Dornan è rimasto con me mentre recuperavo una chiave di riserva.

La loro proposta è come una piccola luce che brilla, ma non abbastanza da tirarmi fuori dal mio umore cupo; quindi, faccio quello che faccio sempre quando mi sento giù. Vado a fare shopping con la carta di credito di mio padre e senza avere idea di cosa comprerò. Comincio dal mio negozio preferito, prendendo dei jeans e una bella camicetta marrone di seta da provare. Nello specchio, mi fissa la stessa me stessa. Capelli rosso fuoco e occhi verde brillante, lo stesso stile che indosso da quando ero adolescente.

Mi raccolgo i capelli in uno chignon sulla nuca e mi osservo di nuovo. Mi copro i capelli con le mani, desiderosa di vedere come sarebbe il mio viso senza quella chioma così particolare. Forse è quello che dovrei fare. Un grande cambiamento. Tingere i capelli di un colore scuro e drammatico. Marrone cioccolato, forse, con qualche riflesso caramello.

Rimetto a posto i vestiti e li restituisco alla commessa, poi esco dal negozio ed entro in una boutique in cui non sono mai stata prima. È piena di abiti più scuri che farebbero sparire i miei capelli rossi, ma che probabilmente starebbero benissimo con una chioma di riccioli scuri.

Setaccio gli scaffali alla ricerca di jeans neri e top in una gamma di colori che di solito evito come la peste. Trovo tre abiti stupendi, più simili a quelli che Ellie indosserebbe di solito, come opzione per i miei finti appuntamenti. Il conto totale è esorbitante, ma non mi sento in colpa. È passato più di un mese da quando mio padre mi ha chiamato. Dal divorzio e dalla sua fuga all'estero, ha dimostrato di avere ben poco interesse per me o per la mia vita. L'unico modo in cui posso entrare in contatto con lui è con i soldi. Spendere soldi con la sua carta di credito mi riempie stupidamente di una piccola speranza che lui stia pensando a me da qualche parte e abbia a cuore il mio bene.

C'è un parrucchiere nel centro commerciale, che è la mia prossima tappa. Quando dico alla parrucchiera cosa voglio, lei praticamente piange davanti a me. «Non puoi coprire tutto questo bel colore», si lamenta, agitando le mani su entrambi i lati della mia testa. «È perfetto così com'è.»

«Voglio essere una nuova me», dico. «Ho solo bisogno di un cambiamento. Un grande cambiamento.»

«Non posso farlo», dice, ma quando le parlo di Eddie, mi mette una mano sul braccio, sollevando le sopracciglia con aria comprensiva. «Ci siamo passate tutte, tesoro. Fai quello che devi fare.»

È così strano vederla dipingere i miei capelli dalla radice alla punta con una crema dall'aspetto grigio. L'odore è acre e il mio cuoio capelluto è stranamente freddo. Sfoglio i messaggi di Ellie e Gab con le foto di ieri sera allegate, ingrandendo Dornan, Elias e Travis.

La parrucchiera si china sulla mia spalla. «Beh, quelli sono il tipo di uomini che mi piacerebbe frequentare se fossi qualche anno più giovane.»

«Ma sono tutti così diversi», dico.

«Sono uomini veri, però. Guarda quei muscoli e quelle mascelle volitive. Uno di loro è il tuo ex?»

Le racconto cosa è successo ieri sera, compreso l'after party da Molly e gli addii un po' imbarazzanti al mattino. Quando le spiego la loro proposta, fischia. «Usciresti con tutti loro.»

«Immagino di sì.»

«Chi sceglierai per primo?»

«Non lo so. Dornan è un buon amico, quindi sarebbe l'opzione più sicura. Travis è il fratello maggiore sexy della mia amica, e il suo fascino maturo e sensuale incuriosirebbe Eddie. Ma Elias è il vero nemico giurato di Eddie. Lo odia con tutta l'anima. Ed Elias non si lascerà coinvolgere dai sentimenti. L'ultima volta non l'ha fatto.» Inoltre, è l'appuntamento che più probabilmente porterà al sesso che desidero disperatamente. Non dico questa parte alla parrucchiera, però.

«Lui.» Ingrandisco la foto di Elias e il parrucchiere fischia di nuovo.

«Sei fortunata, tesoro. Sei fortunata.»

Esco dal salone un'eternità dopo, con una cascata di morbidi riccioli color cioccolato e mi sento una persona diversa.

E con tre finti appuntamenti all'orizzonte, comincio anche a sentirmi più padrona della mia vita.

4

ELIAS

Il vento soffia forte lungo la strada, facendo roteare e rotolare i rifiuti nel canale di scolo. Infilo le mani nei miei jeans scuri preferiti, tremando per il freddo. Avrei dovuto portare una giacca, ma ieri sera ci ho versato sopra della birra e non ho avuto tempo di lavarla. Avere una sola giacca mi fa sentire un perdente. I miei amici hanno armadi pieni di vestiti e mamme che mandano loro pacchi regalo e comprano loro regali costosi per le occasioni speciali. Io ho il privilegio di lottare per me stesso.

Guardo in entrambe le direzioni, cercando Celine. Le avevo offerto un passaggio, ma lei mi ha detto che ci saremmo incontrati al bar. Questo accordo non mi sta bene, ma non sono il suo ragazzo e non spetta a me discutere con lei sulla sua mancanza di preoccupazione per la propria sicurezza.

In lontananza, una ragazza minuta con lunghi capelli scuri si avvicina a grandi passi al bar. La ignoro, guardo l'orologio e mi rendo conto che sto aspettando da quindici minuti. Celine è in ritardo, il che immagino sia una prerogativa femminile. Non mi ci vogliono più di quindici minuti per farmi la doccia, vestirmi e sistemarmi i capelli. Con quei bellissimi capelli lunghi e rossi, Celine deve impiegare ore per prepararsi.

«Elias.» La voce sembra quella di Celine e, quando mi volto, vedo una ragazza con un viso simile al suo, ma per il resto completamente diversa.

I capelli scuri le ricadono sulle spalle in morbide onde e il vestito che indossa è rosso brillante e così aderente che sembra una seconda pelle. I suoi occhi verdi sono contornati da un'ombra nera e le sue labbra sono truccate in tinta con il vestito.

È una bomba sexy, ma non è la vera Celine.

«Wow.» Non so cosa dire. Se le dico che è stupenda, penserà che prima non mi piaceva? Se le dico che preferisco i suoi capelli naturali e il suo modo di vestire più sobrio, si sentirà in colpa per i cambiamenti che ha fatto?

Questa situazione è insidiosa come un campo minato.

«Ti piace?» Celine ruota su una scarpa con tacco a spillo nero lucido, rivelando tutte le sue curve snelle, che ricordo così bene.

«Mi piace», dico. «A te piace?»

Lei sorride raggiante. «Mi sento diversa, il che è positivo. Mi piace questa nuova versione di me stessa.»

«Mi piacciono entrambe la versioni», dico, cercando di mantenere un equilibrio.

«Non pensavo che la diplomazia ti venisse così facile.» Si avvicina, mi mette una mano dietro al collo e mi dà un bacio leggero sulla guancia. Ha un profumo femminile che mi fa sentire un calore intenso e mi stringe i testicoli. Avvicinandosi al mio orecchio, mi sussurra: «Sembri sempre dire quello che pensi.» Ha ragione. Di solito è così. Ma per qualche motivo, proteggere i suoi sentimenti ha modificato questa mia tendenza.

Quando si allontana, mi sfiora la guancia per cancellare il rossetto che ha lasciato. «Grazie per averlo suggerito. È bello uscire, piuttosto che stare seduti a casa.»

«Ho visto molte persone che conosciamo entrare», le dico. «Eddie non ancora, ma molte persone che glielo diranno.»

Lei annuisce, sorridendo all'idea. C'è qualcosa di malizioso nel suo desiderio di irritare Eddie. Qualcosa di vendicativo che mi piace. La vendetta è un'emozione meschina, ma è sicuramente piacevole quando si cede al desiderio.

Le prendo la mano e la conduco all'ingresso, salutando con un cenno i buttafuori che mi conoscono bene. «Buona serata», dice uno di loro mentre passiamo.

All'interno, il bar è pieno solo per metà. È ancora presto e preferisco non essere schiacciato tra troppa gente. Essere grande e massiccio ha i suoi vantaggi, ma rende anche difficile farsi strada tra la folla, se non vuoi comportarti da stronzo e far cadere le persone. Sorrido al pensiero di aprirmi un varco tra la folla, separando tutti come birilli in una pista da bowling.

Da bambino sognavo di diventare un uomo grande come mio padre, che non avrebbe mai più dovuto preoccuparsi di farsi male. Amo la mia stazza e ho coltivato il mio sguardo minaccioso. Da quando ho compiuto diciotto anni, nessun uomo ha mai provato a sfidarmi.

Al bar, Celine si mette in punta di piedi e si arrampica con fatica su uno sgabello. È molto più piccola di me, è quasi divertente. «Cosa desideri?»

Lei sorride, sollevando le sopracciglia perfette in modo allusivo. «Penso che tu lo sappia.»

Dannazione. Il mio cazzo si irrigidisce contro la cerniera, ma resisto all'impulso di sistemarmi. «Oh, lo so. Ma sto parlando di un drink.»

«Guastafeste.» Le sue ciglia sbattono. «Che ne dici di un Cosmo?»

Faccio cenno al barista per attirare la sua attenzione e ordino un cosmopolitan e una bottiglia di birra. Le bevande sono ridicolmente costose, ma pago comunque, pensando a dove potrò stringere il budget più avanti nel mese.

Celine finisce il suo drink in un attimo, ma io mi godo la mia birra, scrutando il bar per vedere chi c'è in giro. Il migliore amico di Eddie è in un angolo, a parlare con una ragazza. Quando alza la testa, i nostri sguardi si incrociano e lui inclina la testa in segno di saluto. Poi nota Celine e spalanca gli occhi.

«Ci ha notati.» Mi avvicino all'orecchio di Celine, sfiorando con le labbra il suo dolce lobo e assaporando il brivido che il mio tocco le provoca. C'è qualcosa nella nostra connessione, un livello di consapevolezza diverso tra noi che non ho trovato con nessun'altra. È questo che mi ha spinto a proporre questo finto appuntamento. Voglio un'altra occasione per infilarmi tra le gambe di Celine e scoprire se una seconda notte con lei sarà esplosiva come la prima. È l'unica ragazza che ho desiderato di più, dopo una notte di sesso occasionale. «Vuoi dare spettacolo?»

«Sì.» Il suo assenso è un sussurro affannoso e la sua mano sul mio petto è un gentile incoraggiamento. Abbasso la testa e premo le mie labbra sulle sue, assaporando la sua morbidezza e lo scivolare della sua lingua. Mentre mi spingo più a fondo, lei mi afferra la camicia, avvolgendo le sue gambe snelle, toniche e completamente nude intorno alla mia vita. Premo forte contro la sua figa, usando una mano per avvicinare i suoi fianchi ai miei.

Senza curarsi di chi ci circonda, lei si struscia contro di me, gemendo dolcemente.

«Prendete una stanza», dice una voce profonda dietro di noi, ma io non mi fermo. È troppo bello, e il ricordo di quanto sia ancora meglio quando sono dentro di lei mi sprona ad andare avanti.

È Celine che mi spinge via dal petto, ponendo fine al bacio. La mia bocca si separa dalla sua, bagnata e dolorante. Il mio cazzo è duro e gonfio, una barra contro i miei boxer. I suoi affascinanti occhi verdi sbattono le palpebre, confusi e disorientati. Mi sento allo stesso modo.

«Ricordi quanto è stato bello?» Inclino la testa di lato e apro le labbra, assaporandola di nuovo. Le lancio il mio sguardo più ardente, sicuro che la mia arroganza sia parte di ciò che la eccita. È quello che sembra piacere a tutte le ragazze. Trattale bene e scapperanno a gambe levate. Tienile sulle spine in modo che non sappiano se ti piacciono o meno, e vorranno sposarti.

«Sì.» Lo dice senza finzioni, il che mi coglie alla sprovvista.

«So che questo è un finto appuntamento, ma potremmo trasformarlo in una vera avventura di una notte?»

Celine soffoca un sorriso. «Sei un vero Romeo, lo sai?»

«Romeo non si è innamorato di una minorenne, ha avuto una relazione di tre giorni e poi si è suicidato?»

Celine sbuffa, aggrottando la fronte perplessa. «È un riassunto piuttosto di parte di un'opera incredibilmente romantica.»

«Non è una storia d'amore. È una tragedia, e questo non risponde alla mia domanda.»

Lei socchiude gli occhi e poi si guarda intorno nel bar per vedere chi ci ha notati. Io continuo a guardarla, senza curarmi degli osservatori. Tutto quello che voglio sapere è se verrà a casa con me stasera.

«L'amico di Eddie è al telefono.»

«Oh, davvero. Vuoi dargli qualcos'altro da raccontare al suo amico stronzo traditore?»

Mi avvicino di nuovo e lei mi trattiene. «Vuoi davvero dirmi che non hai mai tradito nessuna?»

Con il mio naso che sfiora la punta del suo, le dico la verità. «Non sto con nessuna, quindi tradire non è una cosa che mi riguarda.»

«Vuoi dire che non ti impegni?»

«Esatto.»

Mi bacia di nuovo sulle labbra, come se avesse capito che questa storia non andrà oltre il finto appuntamento e ne fosse felice. Probabilmente ha ragione. Le relazioni sono una stronzata. Le persone si aggrappano l'una all'altra e poi passano il resto della loro vita cercando di distruggersi a vicenda. È meglio godersi semplicemente ciò che c'è da godersi: qualche momento rubato, un po' di passione condivisa e un legame superficiale. Poi separarsi con ricordi felici che ci faranno sorridere entrambi tra qualche anno.

Dio, voglio questa ragazza nel mio letto.

Mi tiro indietro, afferrandole la chioma di capelli castani con la mano e sollevandole il viso verso il mio. «Pensi che abbiamo fatto abbastanza scalpore qui?»

Lei annuisce, poi i suoi occhi si spostano a sinistra. «Posso fare una foto prima di andare sui social?»

Stringo i denti perché i social media sono la mia bestia nera. Sono solo un mucchio di persone false che fingono felicità o empatia per far sentire tutti gli altri insoddisfatti della propria vita o di se stessi. Non mi piace nemmeno che mi facciano delle foto. Mi piace muovermi nel mondo vivendo il momento. Guardare indietro è per le persone che hanno avuto un'infanzia piena di ricordi felici, e io non sono così.

Ma Celine mi guarda con occhi imploranti e, per qualche motivo, con lei non riesco a dire di no.

Tira fuori il telefono dalla borsa e lo tiene sopra le nostre teste, come fanno gli influencer per ridurre il doppio mento. Non guardo la fotocamera, ma appoggio la fronte contro il lato della sua testa in modo che sia visibile solo una parte del mio profilo. Celine sembra soddisfatta dell'immagine perché la carica rapidamente su Instagram mentre io finisco la mia birra. Non ho un account per controllare chi sta rispondendo, però.

«Andiamo», dice alla fine. Facendo una grande sceneggiata per scivolare dallo sgabello in modo sexy, Celine si sistema i nuovi riccioli e si gira nel suo vestito nuovo, inclinando il fianco e mostrando le sue gambe perfette. Se prima la gente non la guardava, ora lo fa sicuramente. Prendendola per mano, la accompagno alla porta, godendomi gli sguardi che riceviamo mentre attraversiamo la folla. Fuori, Celine mi lascia la mano e allunga le braccia in aria, emettendo un suono acuto e felice. «È andata bene, Elias. Davvero bene.» Si concentra su di me con un grande sorriso luminoso, trasmettendomi qualcosa di caldo che mi avvolge il cuore. «Se questo non lo fa urlare, non so cosa potrà farlo.»

«Lascia perdere far urlare Eddie. Che ne dici se faccio urlare te?»

Anche al buio, vedo le sue pupille dilatarsi per l'eccitazione. Quando faccio un passo avanti, incombendo su di lei, lei rimane ferma.

Con un sussurro roco, dice: «Pensavo che non me lo avresti mai chiesto.»

**

Non riusciamo nemmeno a varcare la soglia della mia stanza prima di aggrapparci l'uno all'altra con disperazione. Le abbasso le spalline sottili del vestito, scoprendo i suoi seni perfetti racchiusi in un reggiseno che quasi rivela i capezzoli. La mia bocca è sul suo collo, sulla clavicola, e più in basso, finché non mi aggrappo a un capezzolo piccolo e sodo e lo succhio con tanta forza da farla ansimare. Celine mi tira la maglietta e io la strappo dal mio corpo con un movimento brusco che fa rompere le cuciture.

«Cavolo», dice, seguendo il mio corpo con occhi languidi. «Il tuo corpo è pazzesco.»

«Non c'è niente di pazzesco. Solo duro lavoro e dedizione.»

Spingo indietro le spalle e faccio saltare i pettorali uno alla volta, ridendo quando la faccio ridacchiare.

«Beh, io, per esempio, sono molto felice di apprezzare i risultati della tua intensa concentrazione.» Mi fa scorrere una mano lungo il centro del petto, leggendo i muscoli del mio addome con lenta precisione. Quando arriva alla cintura, si ferma.

«Mostrami cosa mi sono persa.»

Non c'è bisogno che me lo chieda due volte. Mi tolgo la cintura con una mano, strappando la pelle dai passanti con un movimento rapido e deciso. La sua bocca si spalanca al suono secco che produce.

Interessante.

Mi tolgo le scarpe e i calzini - non c'è niente di meno sexy di un ragazzo nudo con le scarpe ai piedi - poi mi calo i jeans.

L'attenzione di Celine si concentra sul mio pene, che è molto evidente nei miei boxer neri attillati. «Ho sognato quella notte.» La sua mano ne accarezza delicatamente il contorno, mandandomi un brivido lungo la schiena e sul cuoio capelluto. Questa ragazza mi ucciderà.

Non ammetto che anch'io ho pensato molto a quella notte. Per lo più da solo, con la mia mano sinistra al lavoro. «Celine. Cazzo.» La afferro sotto il sedere con una mano, tirandola contro il mio corpo. Le sue gambe mi avvolgono la vita, aggrappandosi mentre ansima. Le nostre bocche si trovano e scivoliamo in un bacio che sembra un tumulto. Non riesco a respirare; voglio entrare dentro di lei.

Quando la sua schiena colpisce il muro, il colpo ci toglie il fiato. Celine getta indietro la testa, scoprendo la gola, e io faccio scorrere la lingua sul suo polso fino a raggiungere il suo orecchio. «Vuoi che ti scopi adesso, Celine? Dimmi cosa vuoi.»

«Con forza. Velocemente. Gesù, Mazur. Dammi il tuo cazzo e basta.»

Con il cuore che batte così forte da sembrare che stia per uscirmi dal petto, libero il mio cazzo, spingo da parte le sue mutandine e la penetro profondamente con un movimento fluido che fa urlare Celine e mi costringe a sollevarmi sulle punte dei piedi.

Oh Dio. È così bello. Così giusto. Non riesco nemmeno a respirare.

Mi muovo dentro di lei, premendo i fianchi contro la sua dolce figa, assaporando l'umidità tra le sue cosce come un dolce budino. Ogni spinta è una violenta punteggiatura del mio desiderio per lei. Sono fuori di testa, la bacio così profondamente che mi fa male la mascella, le abbasso il reggiseno fino a scoprirle il seno e le lascio dei succhiotti su tutta la pelle.

Sono dentro di lei, ma voglio andare ancora più a fondo.

La strappo dal muro, attraversando la mia stanza con lei aggrappata a me come un koala. La appoggio sul letto, ancora profondamente dentro di lei, mettendole le gambe sulle mie spalle prima di piegarla in due. Ecco. Ecco. Cazzo.

«Oh Dio», grida lei. «Oh... oh... non fermarti.»

«Vieni per me, cazzo», ringhio, mantenendo il ritmo incessante ma aggiungendo più forza a ogni colpo dei miei fianchi. Celine alza gli occhi al cielo e la sua figa si stringe così forte che vedo le stelle. Il suo corpo sussulta, spasimando sotto il mio peso. Appoggio una mano sul suo cuore e sento il battito esplosivo mentre raggiunge un orgasmo violento.

Continuo, concentrandomi sulle sue belle labbra socchiuse. Mi inclino all'indietro, guardando tra noi la dolce macchia di riccioli rossi all'apice delle sue cosce. Si è tinta i capelli, ma questa parte di lei è ancora come la ricordo. Chiudo gli occhi mentre il calore mi lambisce i testicoli fino a quando il mio cazzo si gonfia e tutto ciò che è rimasto teso dentro di me per settimane e settimane si riversa tra le cosce di Celine.

Oh, cazzo. È così dannatamente bello.

Così dannatamente bene. «Mmmm», gemo. Il sudore mi cola lungo la schiena mentre la penetro lentamente, spingendo il mio sperma sempre più in profondità, guardando il mio cazzo scomparire nella sua dolce piccola figa.

Lei trema e le sue gambe si scuotono. Mi piace sapere che l'ho distrutta. Se voglio di più, cosa che voglio, lei deve sapere che non può trovare di meglio da nessun'altra parte.

Non voglio tirarmi fuori. È così bella. Così perfetta sotto di me. Celine mi guarda sbattendo le palpebre, le pupille ancora dilatate, gli occhi quasi neri come i miei.

«Cazzo, Elias. È stato...»

Le appoggio un dito sulle labbra. «Lo è stato.» Non ha senso che entrambi ci lasciamo trasportare dalle emozioni dopo aver fatto sesso.

Sì, scopare con Celine è il miglior sesso che abbia mai fatto. Sì, mi fa sorridere con il suo umorismo sfacciato e il suo carattere focoso. Non ha paura di rispondere per le rime o di andare a prendersi quello che vuole. La rispetto. Ma questo è tutto. Non possiamo andare oltre, per il bene di entrambi. Non frequento nessuna, e anche se lo facessi, Celine sta cercando di riprendersi da una delusione amorosa, il che non è una base su cui costruire qualcosa di nuovo.

Ma questo non significa che non mi godrò questa situazione per quello che è.

Mi giro sulla schiena e stringo Celine al petto, fissando il soffitto che vedo ogni notte.

«Ragazza, tu sconvolgi il mio mondo», le dico.

«Tu distruggi il mio in mille piccoli pezzi.»

Ci guardiamo negli occhi e io ammiro le piccole lentiggini che le punteggiano il naso e le guance come glitter e il broncio del suo labbro inferiore. Ho baciato via tutto il trucco dal suo viso, ma va bene così. Mi piace di più così.

Lascio vagare la mia mano sul suo fianco e sul suo sedere, poi faccio scivolare il dito tra le sue gambe. Sta gocciolando quello che le ho sparato dentro, e la sensazione di averla conquistata mi fa stringere di nuovo i testicoli. L'istinto mi porta a spingere dentro di lei quello che sta fuoriuscendo.

«Non abbiamo usato protezioni», dico. «L'ultima volta prendevi la pillola.»

«La sto ancora prendendo. Ho anche fatto il test, nel caso Eddie mi avesse trasmesso qualcosa di brutto. Sono a posto.»

«Anch'io sto bene». Non aggiungo che lei è l'unica ragazza con cui ho mai fatto sesso senza protezione.

Lascio che il mio pollice giochi con i riccioli corti tra le sue cosce, e lei geme abbastanza da farmi ingrossare il cazzo. Si muove come se fosse già affamata di altro. Come l'ultima volta, siamo una coppia che aspetta solo di accendersi. «So che volevi un cambiamento», mi ritrovo a dire mentre mi concentro su una ciocca dei suoi capelli tra il pollice e l'indice. «Ma stavi bene prima, Celine. Non aver paura di tornare indietro.»

La sua gola emette un clic quando deglutisce, concentrandosi sulla parete che ho ricoperto con poster dei miei sportivi preferiti e alcune donne in bikini. Non risponde, ma quando la sua mano si avvolge intorno al mio cazzo, rendendolo di nuovo duro, e lei si sposta fino a prenderlo in bocca, dimentico tutto quello che stavo pensando in un istante.

5

CELINE

Dornan arriva alla mia porta alle sette di sera, vestito elegantemente, con una camicia azzurra abbottonata, jeans blu scuro e stivali di pelle marroni. I suoi capelli, che di solito sono spettinati, sono tirati indietro dal suo viso rude. Ha anche un buon profumo, come una foresta durante un temporale.

Il modo in cui la sua espressione cambia quando mi vede è esilarante. «Cosa hai fatto ai tuoi capelli?»

«Sono una nuova me.» Mi giro nel mio vestito verde scuro, gettando i capelli dietro le spalle.

«Wow. Stai benissimo. È solo che è uno shock.»

«Sì. Hai più o meno la stessa reazione di Elias, solo che lui è stato più bravo a nasconderla.»

Dornan allunga le mani con i palmi rivolti in avanti. «Mi dispiace. Stai benissimo... è solo che non me l'aspettavo.»

«Sì. Elias era contento che il tappeto non fosse abbinato alle tende.»

Dornan impiega un paio di secondi per capire cosa intendo e, quando lo fa, i suoi occhi scendono sul mio inguine prima di risalire di nuovo. Le occhiaie sotto i suoi occhi sono così carine. «Ti sei divertita?» Alza la mano destra prima che io possa rispondere. «Sai una cosa? Probabilmente è meglio che tu non risponda.»

«Ci siamo divertiti.» Appoggio la mano sul braccio di Dornan, apprezzandone la fermezza. Non riesco a resistere alla tentazione di stringerlo leggermente. «E sono sicura che ci divertiremo anche noi, stasera.»

Wow. È uscito più forte di quanto volessi, e Dornan sembra leggermente sconcertato dall'idea che potremmo condividere qualcosa di più di un semplice cocktail. Capisco perché. Siamo amici. Non condividiamo fluidi corporei, o almeno non lo facevamo fino a quando non l'ho baciato l'altra sera. È stata una cosa frivola che ho fatto mentre ero ubriaca, ma ha suscitato in me qualcosa che non sono riuscita a dimenticare.

Fingere di uscire con qualcuno è strano. Tre uomini si sono offerti di aiutarmi a vendicarmi di Eddie, ma nessuno di questi appuntamenti sarà uguale all'altro. Conosco Elias meglio fisicamente, Dornan meglio emotivamente e Travis quasi per niente.

Dornan mi sta fissando, quindi scuoto le chiavi per farlo uscire dal torpore in cui lo ha fatto cadere il solo accenno al sesso. Cavolo. Gli uomini possono essere strani quando si tratta di donne sessualmente sicure di sé. È come se volessero che ci coprissimo il viso con un velo e abbassassimo le ciglia mentre fissiamo timidamente il pavimento. Quei giorni sono finiti da tempo, e non mi scuserò per aver cercato ciò che voglio quando lo voglio. Ho passato troppo tempo a fare quello che voleva Eddie. Non tornerò mai più indietro.

«Andiamo.» Seguo Dornan, saltando nella sua vecchia ma luccicante auto argentata. Allacciandomi la cintura, lo guardo chiudere delicatamente la mia portiera e cercare di infilarsi nel sedile del conducente. Seriamente, questo tipo è enorme, e la macchina non è adatta alle dimensioni di un giocatore di football.

«Sei sicuro di non volerla sostituire con un SUV?»

«Adoro quest'auto.»

Mette in moto e ci dirigiamo verso lo stesso bar dove sono stata con Elias ieri sera. Probabilmente è strano andare nello stesso bar due sere di fila con due uomini diversi, ma è il posto più popolare, il che significa che ho più possibilità di incontrare persone che conoscono Eddie.

«Cosa ne pensano Gab ed Ellie di questo finto appuntamento?» chiede Dornan.

Mi giro per guardarlo di profilo, osservando la sua mascella forte e irsuta e il naso dritto. Tiene il volante con un solo braccio potente e mi piace il suo controllo rilassato. Non ho bisogno di ripensarci quando sono con Dornan. È comodo e posso rilassarmi perché mi fido di lui, so che gestirà tutto e si prenderà cura di me. «Non gliel'ho detto», ammetto.

Le sue sopracciglia bionde si sollevano. «Dici sul serio? Voi vi dite tutto.»

«Non le ho viste.» La verità è che so che disapproverebbero, non in modo scortese, ma perché si preoccuperebbero per me e per l'effetto che questi appuntamenti potrebbero avere sulle dinamiche del nostro gruppo. È più facile evitare le conversazioni che affrontare le possibili conseguenze.

Mi lancia un'occhiata. «Sai, esistono queste cose chiamate telefoni, e tutto quello che devi fare è premere qualche tasto e all'improvviso puoi parlare con i tuoi amici.»

«Divertente.» Gioco con il manico della mia borsa, piegando la morbida pelle. «Ho pianto troppo sulle loro spalle ultimamente. Penso che abbiano bisogno di una pausa dalla vita e dai drammi di Celine Lauder.»

«Nessun vero amico ha bisogno di prendersi una pausa dalla vita degli altri. L'amicizia non funziona così. Ci sosteniamo a vicenda nei momenti difficili. Senza fare domande.»

Appoggio la mano sulla sua coscia enorme e la stringo. «Sei un buon amico, Dornan. Fai sempre più del dovuto.»

«Ellie probabilmente non sarebbe d'accordo, in questa situazione.»

Alzo un sopracciglio, sorpresa. «Perché?»

«Perché dovrei dissuaderti dal portare avanti questi giochi di vendetta. Dovrei incoraggiarti a considerarli uno spreco di tempo e di energie e convincerti a concentrarti sul futuro.»

«Sto voltando pagina.» Incrocio le braccia sul petto, risentita nei confronti dell'immaginaria Ellie per la sua valutazione negativa delle mie decisioni. «Questo è un ottimo modo per voltare pagina. Elias mi ha aiutato tantissimo.»

Non appena ho pronunciato l'ultima frase, me ne pento. Non voglio sembrare manipolatrice. Se Dornan intende spingersi oltre quanto ha fatto Elias con me, dipende da lui. Non sto facendo pressione su nessuno affinché faccia sesso con me, se non ne ha voglia.

«Elias pensa solo a se stesso.»

«Dornan, non è molto carino da parte tua.»

Lui scuote la testa e le sue narici si dilatano. Calmati, ragazzo. «Conosci Elias. Non ha mai niente di buono da dire su nessuno.»

«Ha detto molte cose carine su di me.»

«Perché vuole farsi una scopata.»

Mi irrito perché, anche se in parte potrebbe essere vero, penso che Dornan sia troppo severo con Elias. «Ha un carattere cupo e burbero, ma non ho mai sentito dire che sia un coglione.»

«È stato uno stronzo con Ellie quando si è sparsa la voce che lei se la spassava nell'armadio con i tre gemelli Townsend.»

«Davvero?»

Dornan annuisce. «Glielo ha chiesto nello spogliatoio.»

«Lo ha chiesto a loro?»

Le sue spalle si irrigidiscono. «Sì. Ha ficcato il naso dove non doveva.»

«Quindi era curioso? L'ha insultata?»

«No.»

«Ha fatto insinuazioni cattive su di lei?»

«Ha iniziato a parlare di porno con le sorellastre.»

«Sembra che stesse cercando di essere divertente.»

Mentre ci fermiamo un po' più avanti rispetto al bar, Dornan slaccia la cintura di sicurezza. «Stava cercando di dar loro fastidio. Non mi piacciono queste stronzate.»

Abbasso l'aletta parasole per controllare il mio viso nello specchietto. Il mio trucco è ancora perfetto. Sono pronta per la seconda fase.

«Beh, mi ha sempre sostenuto. Forse ha voltato pagina.»

Scendiamo dall'auto e i nostri sguardi si incrociano sopra il tetto. «Dovrebbe voltare pagina completamente per rimediare alle sue passate stronzate.»

Sbatto la portiera, guardando un'altra coppia che si avvia verso il bar abbracciata. Mi volto e vedo che anche Dornan li sta guardando. «Non è da te essere vendicativo.»

Abbassa leggermente le palpebre, poi scuote la testa. «È solo che non voglio vederti soffrire.»

Quando gira intorno alla macchina, mi guardo intorno per assicurarmi che nessuno stia guardando. Poi mi tiro su il vestito. «Vedi queste? Sono mutandine da donna adulta, Dornan.»

I suoi occhi quasi gli escono dalle orbite alla vista del mio tanga di pizzo nero, ma penso di aver chiarito il mio punto di vista. Prima che abbia la possibilità di riprendersi dallo shock, lascio cadere il tessuto e gli prendo il braccio. «Andiamo a bere qualcosa, ti va?»

È strano uscire con Dornan senza il resto della banda. Strano e facile. Non sembriamo mai esaurire gli argomenti di conversazione, forse perché conosciamo tante persone in comune e abbiamo trascorso molto tempo insieme grazie alla sua amicizia con Ellie. A differenza di Elias, Dornan mantiene una distanza rispettosa mentre siamo seduti uno di fronte all'altra al bar. Alcuni amici di Eddie sono seduti in un separé dall'altra parte della pista da ballo e ho già notato che guardano nella nostra direzione. Uscire con Dornan è bello, ma non abbastanza. Ho bisogno che mi vedano con le sue mani su di me, se voglio che Eddie creda che questo sia qualcosa di più di due amici che si ritrovano davanti a una birra e un cocktail.

Quando abbiamo finito di analizzare la festa di Dalton dove ci siamo baciati per la prima volta, e io ho finito due cocktail deliziosamente diversi, noto che uno degli amici di Eddie si sta avvicinando. Appoggio la mano sul ginocchio di Dornan. «Adesso ti bacio, ok?»

Con i suoi grandi occhi blu color cielo ceruleo, lui sbatte le palpebre. Poi annuisce con un cenno quasi impercettibile. La distanza tra noi è troppo grande, quindi scivolo giù dallo sgabello, mi metto in piedi tra le sue gambe muscolose e appoggio le mani sul suo petto scolpito come una lastra di granito. Lui inspira così profondamente che è un miracolo che non gli venga un capogiro.

È strano far scivolare la mano dietro al suo collo e sentire i suoi palmi che mi circondano la vita. Strano, ma anche emozionante ed eccitante. È così grande e muscoloso, emana un senso di protezione che placa l'incertezza che mi attanaglia come un peso oscuro sotto le costole.

Mi avvicino ancora di più, aspettando l'ultimo momento per chiudere gli occhi. Quando le nostre labbra si incontrano, è un contatto leggero che mi fa venire i brividi lungo le braccia.

A differenza di Elias, Dornan è gentile e titubante all'inizio, diventando esigente solo quando abbiamo imparato i movimenti l'uno dell'altra, e mi perdo nel modo provocante in cui mi succhia il labbro inferiore tra i suoi. Le mani passano da gentili ad avide, attirandomi più vicino fino a quando non sono stretta tra le sue gambe forti. È un bene perché le mie ginocchia sono molli come panna montata e la mia mente ha scelto proprio questo momento per abbandonare il mio corpo.

Quando Dornan emette un grugnito profondo dalla gola e le sue mani scivolano sui miei fianchi fino a posarsi appena sotto il seno, mi tiro indietro per poterlo guardare negli occhi.

Per la prima volta, vedo le sue pupille dilatarsi per l'eccitazione, scurendosi fino ad assumere il colore del cielo poco prima che cali l'oscurità. Le luci lampeggianti si riflettono in esse e lui mi fissa come se fossi qualcosa di nuovo, brillante e affascinante.

«È andato tutto bene?», mi chiede.

«Più che bene», mi ritrovo a rispondere con voce roca e senza fiato.

«Ci hanno visto?»

Non mi guardo intorno per controllare chi ci sta guardando. Sono troppo presa dal momento.

«Posso fare un selfie di noi due?» Deglutisco, cercando di ricomporre la mia mente frammentata. Questo è Dornan Walsh, non una star di Hollywood. Devo riprendere il controllo.

«Certo. Ovviamente.»

Mi giro tra le sue braccia, tiro fuori il telefono, lo tengo alto e appoggio il viso contro quello di Dornan. Nella foto sembriamo una coppia dolce. I miei capelli scuri contrastano con i suoi, ma i nostri lineamenti sembrano ben assortiti.

«Dove lo pubblicherai?»

Apro Instagram e gli mostro la mia pagina. L'ultima foto che ho pubblicato era con Elias. Non ha ricevuto tanti like quanti speravo. Carico la foto che ho appena scattato, studiando le immagini una accanto all'altra. C'è una certa *distanza* nell'immagine di Elias e una *presenza* in quella di Dornan.

Mi guardo intorno, cercando qualcuno che possa raccontare a Eddie di questo finto appuntamento, ma non vedo nessuno. Giocare senza un pubblico è uno spreco del mio tempo prezioso. Tempo che potrei dedicare ad altre cose.

Se Dornan è felice di giocare ancora.

«Vuoi andartene da qui?», chiedo con nonchalance, anche se il mio cuore fa uno strano tonfo nel petto al pensiero di portarlo nel mio dormitorio e scoparlo a morte.

Cosa penserà Ellie? È strano pensare di condividere questo con lei. Siamo sempre state aperte riguardo alla nostra vita sessuale, ma questo quando gli uomini coinvolti non erano amici comuni. Dornan è il migliore amico di Ellie fin dall'asilo. Condividere una notte di esplorazione sessuale con lui sarebbe come pestarle i piedi?

E poi c'è Elias.

Quello che è successo ieri sera è stato senza impegno, ma questo non significa che lui non penserà a me che scopo con Dornan.

«Qualunque cosa tu voglia fare», risponde lui.

Le parole mi risuonano nella mente. Cosa voglio? È una domanda così insolita. Voglio un affetto senza vincoli che non mandi in frantumi la nostra relazione. Posso averlo con Dornan? Penso di sì.

Gli tocco la guancia e sorrido con tutta la malizia che deriva dall'essere egoista e dal concentrarsi sui propri bisogni. «Mi porti a casa, signor Walsh.»

***

Il viaggio in auto è relativamente tranquillo. Il bacio si è posato tra noi come un velo di incertezza. Riesco quasi a sentire gli ingranaggi che girano nella mente di Dornan e tutte le domande che vorrebbe farmi ma che tiene strette nella sua bocca.

Guardo fuori dal finestrino, pensando a mia sorella Marie. Lei non ha mai avuto problemi di coppia. Ha conosciuto suo marito al liceo e si sono sistemati così in fretta che mi è girata la testa. Ora ho una nipotina adorabile e Marie sembra felicissima. Al contrario, io non ho mai trovato un uomo che mi vedesse davvero o che fosse disposto a impegnarsi per vedere oltre l'apparenza. So di aver alzato delle barriere perché lasciare che le persone mi si avvicinino finisce sempre per ferirmi. Di conseguenza, mi è difficile fidarmi e scelgo uomini come Eddie ed Elias perché mi tengono a distanza e non c'è possibilità di rimanere scottata.

Ma c'è una possibilità. L'infedeltà e il rifiuto fanno male, che tu sia innamorata o meno.

Dornan non è così.

Non ha complessi che rendono i suoi angoli taglienti. Il suo modo di pensare e di agire non è offuscato dalle esperienze passate. Vive il momento, sicuro di sé e di chi è. Non dubita che il mondo gli porterà cose belle. Lo so perché si aspetta che cose belle accadano a tutti quelli che lo circondano.

È facile stare con Elias perché i miei spigoli si incastrano con i suoi, ma con Dornan, ogni volta che mi avvicino, sento di dover smussare tutto ciò che c'è di spigoloso in me.

Lo sorprendo a guardarmi con la coda dell'occhio, come se temesse che io possa spalancare la portiera dell'auto e scappare. Non si rende conto che l'unica cosa a cui riesco a pensare è invitarlo a entrare, così che possa farmi sentire meno distrutta.

Da vero gentiluomo, Dornan mi accompagna alla porta. Quando la apro, fa un passo indietro, aspettandosi di salutarmi. Invece, prendo la sua mano grande e capace nella mia e lo trascino dentro.

Prima che abbia la possibilità di chiedermi se sono sicura o se è una buona idea, lo bacio e gli infilo le mani sotto la camicia.

Trovo muscoli sodi e una pelle calda e morbida. La sua bocca divora la mia come se fosse da più di qualche giorno che pensava di farlo con me. La sua fame mi provoca un'ondata di desiderio tra le cosce. Sono io a spingerlo a strapparsi la maglietta dalla testa. Sono io a slacciare in fretta i lacci che tengono insieme il mio vestito avvolgente. Con i miei tacchi a spillo e la biancheria intima, mi sento sexy e potente, e Dornan mi fissa con gli occhi sgranati, lo sguardo che scivola lungo il mio corpo, sempre più in basso, con un calore ardente che mi lambisce la pelle.

«Cazzo, Celine.»

«Sì, Dornan. È ora di scoparmi.»

Spingendolo indietro con una mano al centro del petto, le sue gambe incontrano il bordo del mio materasso. Lui si siede e io metto una gamba su ciascun lato delle sue cosce muscolose, spingendolo indietro sul mio morbido piumone. Slacciare il reggiseno è facile e veloce, e le sue mani reagiscono con rapidi riflessi per accarezzarmi il seno. Mi struscio contro il rigonfiamento duro del suo pene, inclinando la testa all'indietro, lasciando che il mio corpo senta il percorso. Con una velocità mozzafiato, mi fa rotolare sulla schiena e mi sovrasta, i suoi capelli mossi perdono il loro stile formale e ricadono disordinatamente sulla fronte.

«Stai correndo troppo, Celine.»

Oh, vuole prendersi il suo tempo.

Ma prendersi il suo tempo significa che io ho tempo per pensare, e non voglio farlo. Voglio scopare in modo violento e senza pensieri. Voglio che Dornan sia d'accordo nel trattarmi come faceva Eddie, così posso godere e poi andare avanti con la mia vita. Qualsiasi altra cosa mi penetrerebbe nelle ossa e mi farebbe *provare* qualcosa, e non riesco a sopportarlo. Non ho la forza di non crollare e piangere.

«Sono pronta, Dornan. Non ho bisogno di riscaldarmi. Dammelo e basta.»

«Gesù...» I suoi occhi vagano sul mio viso come se non riuscisse a capacitarsi che questo stia davvero accadendo tra noi.

Armeggio con i suoi jeans, le mie dita sembrano coordinate come salsicce. Lui trova un preservativo nella tasca e io non mi oppongo. Parlare ancora in questo momento potrebbe solo rovinare tutto.

Quando riesco ad avvolgere le dita attorno al suo pene, gemo di soddisfazione. Dornan è dotato, e il suo pene è perfetto sotto ogni aspetto. È grosso e lungo e le mie dita non riescono a chiudersi mentre lo accarezzo tre volte per provarlo.

«Cazzo...» Stringe i denti come se fosse furioso, non come se si stesse divertendo. Poi le sue mani diventano frenetiche, mi abbassano le mutandine fino a quando non c'è più nulla tra noi. Gli tiro i fianchi, spingendolo in avanti mentre lui succhia ciascuno dei miei capezzoli fino a renderli duri. Il suo pene è così largo che devo allargare le gambe per accogliere solo la punta, e quando mi penetra di un centimetro, geme di profonda soddisfazione.

Questo è ciò di cui ho bisogno. Essere riempita fino all'orlo. Essere posseduta da mani avide e da una bocca ancora più avida. Dimenticare tutto ciò che è successo prima.

«Celine.» Dornan geme nel mio collo. I suoi fianchi mi penetrano, profondamente e poi ancora più profondamente. Mi aggrappo alle sue spalle larghe, respirando il suo profumo e assaporando la sua pelle salata.

«Dornan.» Il suo nome sulla mia lingua ha un sapore strano perché siamo amici, non amanti. Ma ora siamo qualcosa a metà strada tra le due cose.

Mi spinge sul letto, la potenza delle sue spinte mi toglie il respiro dai polmoni. Scopa come gioca a football, con precisione dedicata e la potenza di due uomini, fissandomi come se si fosse reso conto di essersi perso nella natura selvaggia e avesse bisogno di trovare una via d'uscita.

Mi sento allo stesso modo.

«Ti prego», sussurro, mentre inarco il collo e tutto il mio corpo si irrigidisce. «Ti prego.»

Dornan grugnisce mentre mi dà tutto quello che ha, e io vengo e vengo e vengo, distrutta, esausta, vedendo le stelle nel buio pulsante dietro le mie palpebre.

Lui si libera con un gemito potente che probabilmente sveglierà i miei vicini, ma non mi importa. È magnifico. Spettinato e bellissimo. Come un angelo caduto sulla terra solo per essere corrotto da me.

Gli tocco il viso e la sua pelle è bollente. Lui gira il viso verso il mio palmo e lo bacia al centro, ed è tenero e dolce, proprio come il suo sorriso.

«È stato...»

«È stato», concordo. Perfetto. Estasiato. Magnifico. Tante parole per descrivere ciò che Dornan mi ha appena fatto.

Ma ora è finita e dobbiamo separarci. È ora di tornare a come eravamo prima.

Amici.

Amici che si fanno favori a vicenda.

Amici che si sono visti nudi.

Amici che sono stati uniti nel modo più intimo possibile.

Possiamo farlo, vero?

6

TRAVIS

Quando il messaggio di Celine appare sullo schermo del mio telefono, aggrotto le sopracciglia. Sono passati tre giorni da quella strana notte al motel di Molly, ed ero sicuro che si fosse dimenticata del nostro strano accordo.

Ehi Travis. Possiamo vederci più tardi per il nostro "finto appuntamento"?

Ripongo il telefono sulla scrivania senza rispondere, torno all'e-mail che ho ricevuto da un reclutatore e allego il mio curriculum. Ho bisogno di trovare un lavoro, e perdere tempo con appuntamenti finti con una ragazza così immatura da pensare che vendicarsi di un ex traditore sia una buona idea dovrebbe essere l'ultima delle mie priorità.

Tuttavia, mentre cerco di concentrarmi sulla ricerca delle aziende che stanno attualmente reclutando personale per ruoli per cui sono qualificato, i miei occhi continuano a tornare sul telefono e sul messaggio di Celine.

Ho accettato di aiutarla. Potrei spiegarlo come un momento di debolezza, dando la colpa alla mia stanchezza e alla pressione di altri due uomini che hanno accettato la stessa cosa, ma non è tutta qui la storia.

Celine potrebbe fare qualcosa di folle, ma capisco la sua motivazione. Quando una persona di cui pensi di poterti fidare ti tradisce, una parte di te cambia per sempre. La fiducia che dai facilmente diventa qualcosa che metti in gabbia. Il semplice atto di permettere che i sentimenti si sviluppino diventa una strada di carboni ardenti e mine esplosive.

Vuoi vendicarti, ma niente può migliorare la situazione.

La vendetta spreca emozioni, ma non conosco Celine abbastanza bene da dirle di lasciar perdere. Ripensare a una relazione ormai finita non la renderà felice. Affrontare la verità, ovvero che si è fidata della persona sbagliata e ha sprecato un sacco di tempo con quell'idiota di Eddie, non è qualcosa per cui è pronta.

Mi sento molto al di sopra di questa immaturità emotiva. Quando mi sono trovato nella stessa situazione, me ne sono andato a testa alta. È quello che dovrebbe fare Celine, ma solo un amico può darle questo consiglio, e noi non siamo amici.

Ma lei mi piace e mi dispiace per lei. Mia sorella Gabriella si aspetterebbe che facessi tutto il possibile per aiutarla.

È così che nostra madre ci ha insegnato a vivere la nostra vita.

Prendo il telefono e scrivo una risposta veloce. **Stasera va bene. Dove?**

Lei risponde quasi immediatamente con il nome di un locale. Merda. Non voglio andare in un posto del genere con una quasi sconosciuta. La musica è troppo alta, rendendo impossibile parlare. Riesco già a sentire il silenzio imbarazzante che si allunga tra noi o, peggio, temo di dover ballare.

Non sono un ballerino. Almeno, non mi piace farlo in pubblico. Ho senso del ritmo, quindi non è quello il problema. Più che altro, trovo strano tutto il rituale di sconosciuti che si muovono nel buio.

Scrivo tre messaggi suggerendo altri posti, cancellandoli ripetutamente. Ovviamente lei ha un buon motivo per suggerire il bar che ha scelto. Alla fine, accetto di passare a prenderla al suo dormitorio alle dieci di sera e poi mi rilasso sulla sedia, stirandomi la schiena e già temendo la serata.

Una ragazza mi aspetta fuori dal dormitorio di Celine mentre mi avvicino, vestita con un bellissimo abito blu scuro e tacchi argentati con cinturini. Con lunghi capelli scuri raccolti in morbidi riccioli, è stupenda. Compongo il numero di Celine mentre la ragazza si avvicina alla mia auto, appoggia la mano sulla maniglia e apre la portiera. Sto per dirle che ha sbagliato auto quando mi rendo conto che è lei.

«I tuoi capelli», esclamo. È così diversa che la fisso a bocca aperta.

Si fa scivolare sul sedile del passeggero, chiude la portiera e allaccia la cintura di sicurezza. «Ti piacciono?»

«Eh?»

«Non ti piacciono?» Aggrotta le sopracciglia mentre cerco le parole giuste. È una situazione delicata.

«Stai bene in entrambi i modi. È solo un cambiamento radicale.»

«I cambiamenti radicali fanno bene all'anima».

La capisco. Ho lasciato la Germania perché avevo bisogno di un cambiamento radicale. Se tingersi i capelli è ciò di cui ha bisogno per stare bene, allora buon per lei. Mi piacevano i suoi riccioli rossi. La rendevano unica. Ora assomiglia alla metà delle ragazze là fuori.

Metto la macchina in moto e faccio inversione, così siamo nella direzione giusta.

«Stai ascoltando gli Eagles.»

«Sì. Li conosci?»

«Certo. Cavolo, adoro questa canzone».

Celine inizia a cantare con una voce troppo dolce per il suono della chitarra e il testo grintoso, ma conosce tutte le parole.

Guardandola con la coda dell'occhio, non posso fare a meno di sorridere, mentre lei preme le mani sul cuore e canta con tutta se stessa. È così entusiasta che mi ritrovo a unirmi a lei, e passiamo tutto il viaggio verso il club cercando di superarci a vicenda con interpretazioni perfette dei classici rock degli anni Settanta che entrambi sembriamo amare così tanto.

Il locale è pieno solo per metà quando arriviamo, ma va bene così. Prendo da bere e Celine mi guida verso un tavolo nella parte superiore che non sapevo esistesse. La musica è forte e martellante, non proprio il genere che mi piace ascoltare, e non posso bere perché devo guidare. Ma Celine mi sorride raggiante e mi tocca il braccio.

«So che non ci conosciamo molto bene, quindi apprezzo che tu abbia fatto questo per me.»

«Gli amici di mia sorella sono anche miei amici».

Celine sorride. «Gabriella è davvero una buona amica.»

«È una brava persona».

«E tu? Sei una brava persona?»

Lascio vagare la mia attenzione verso il bar, dove una cameriera bionda sta impilando dei drink su un grande vassoio. Sono una brava persona? Mi piace pensare di sì, ma tutti abbiamo pensieri e sentimenti che ci mettono a disagio. Ultimamente ne ho avuti più di quanti vorrei.

«Cerco di esserlo», rispondo. «Immagino sia tutto quello che possiamo fare.»

Celine si concentra sul suo drink, bevendone metà con la cannuccia. «Quello che sto facendo non è giusto, vero?»

«Cercare di rendere Eddie geloso?»

«Non voglio che sia geloso», dice rapidamente. «Non è questo il punto. Non voglio tornare con lui. Non lo toccherei nemmeno con un bastone lungo tre metri. Si tratta di fargli vedere cosa si perderà per il resto della sua vita. E di lavare via tutti i sentimenti orribili che provo con nuove esperienze più piacevoli.»

«E come sta andando?»

«Finora, bene.» Celine si sistema i capelli dietro l'orecchio e si appoggia allo schienale della panca.

«Sei uscita con Dornan ed Elias?»

«Sì.» La sua risposta non rivela nulla, ma il rossore sulle sue guance e il fatto che eviti il contatto visivo sì.

«Ed Eddie ti ha vista?»

«I suoi amici sì.»

Annuisco, capendo che non si tratta solo del fatto che Eddie l'ha vista andare avanti con la sua vita. Si tratta del fatto che i suoi amici hanno visto e capito quanto Eddie abbia sbagliato.

«E questo ti fa sentire meglio?»

I suoi begli occhi verdi incontrano i miei, e la tristezza che vi si legge avvolge il mio cuore e lo stringe. Ma la sua risposta è nettamente diversa. «Assolutamente sì.» Lei sbatte le palpebre e stampa un sorriso finto sul viso, ma io vedo la verità. Questi giochi del cazzo non la fanno sentire meglio. Per niente. Sono solo qualcosa che le distoglie la mente dai suoi veri sentimenti. Il problema è che possiamo seppellire il nostro dolore sotto strati e strati di distrazioni, ma esso rimane comunque e deve essere affrontato.

«Posso scattare un selfie di noi due da postare su Instagram?», chiede, già armeggiando con il telefono e sistemandosi i capelli.

Odio i social media, ma capisco che Celine voglia estendere la portata dei suoi giochi oltre le quattro mura di questo nightclub. Mettendole un braccio intorno alle spalle, mi concentro sull'immagine di noi due incorniciata sul suo telefono. Ora siamo in netto contrasto. Luce e oscurità. Lei sorride apertamente, mentre io mi concentro sull'apparire cattivo e cupo. Se Eddie vede questa immagine, voglio che capisca che non sono un ragazzino del college con cui può scherzare. Ho lasciato tutto questo alle spalle molto tempo fa.

La guardo mentre pubblica l'immagine con alcuni hashtag. Quando ha finito, appoggia il telefono sul tavolo.

«Dovremmo ballare», dice. «Assicuriamoci di essere visti dal maggior numero di persone possibile.»

«Potremmo sederci al bar», dico. «Andrebbe bene?»

Lei abbassa le spalle, ma annuisce. «Certo.»

Prendo il bicchiere quasi vuoto di Celine e il mio e trovo un posto al centro del bar con due sgabelli liberi. Celine si guarda intorno alla ricerca di volti familiari. «Pensavo che stasera ci sarebbe stata più gente», dice.

«Vedi Eddie o qualcuno dei suoi amici?»

«Solo uno, e non sono vicini.»

Celine si appollaia sul bordo dello sgabello e si morde il lato del dito. La sua postura è tesa, le spalle curve in avanti. La donna sicura di sé che mi ha chiesto di uscire con lei è scomparsa, e al suo posto c'è una ragazza che sembra sconfitta.

Mi si spezza il cuore. «Diamo a quello stronzo un motivo per arrabbiarsi», dico.

Celine sembra confusa, ma le passo il telefono. «Un altro selfie», le dico.

Quando lo schermo è in modalità fotocamera e lei lo tiene alto, le prendo il bel viso tra le mani e la bacio. La fotocamera emette un clic mentre Celine sospira contro le mie labbra. La bacio più profondamente, lasciando che la mia mano le accarezzi la nuca, attirandola a me con una presa decisa. Un altro clic.

Le sue labbra sono così morbide e desiderose, e anche se ci conosciamo appena, il bacio è tenero e bollente allo stesso tempo.

Cavolo.

Capisco perché Elias fosse così desideroso di avere un'occasione per uscire con Celine. Aveva già assaggiato il suo sapore e ne voleva ancora.

E ora, anch'io.

Clic.

Un'altra foto.

Mi allontano, fissando i suoi occhi vitrei.

«Sono abbastanza buone?»

Lei annuisce, ma non controlla.

Passo la punta del naso sul suo, abbassando le palpebre mentre riprendo fiato. «Elias e Dornan ti hanno baciata?»

«Sì», sussurra.

«Ti hanno scopata?» La domanda mi sfugge senza riflettere abbastanza. Loro conoscono Celine molto meglio di me, e se è così che sono finite le loro uscite, non ha alcuna influenza su ciò che potrebbe succedere tra noi stasera.

Ma voglio davvero arrivare a quel punto? Domanda stupida, Trav. Certo che lo vuoi. Se sia una buona idea o meno è un altro discorso.

«Sì.»

«Vuoi che ti scopi?» Sto davvero andando in quella direzione? Credo di sì.

«Sì.»

«Ma lui non lo saprà, Celine, vero? Saremo solo io e te. Che senso ha se lui non può vedere?»

Lei aggrotta le sopracciglia e distoglie lo sguardo, il mio commento ha toccato il nervo scoperto, proprio come speravo. Voglio che capisca che le sue azioni non hanno alcun senso. Si sta confondendo e impantanando nella vendetta e nella lussuria, ed è una situazione pericolosa.

Quando si volta di nuovo, nei suoi occhi c'è di nuovo il fuoco che conosco bene.

«Eddie non mi controlla, Travis. Non si tratta di lui. Si tratta di me che cerco di cancellare ogni traccia di lui da ogni parte di me. Ma se non è quello che vuoi fare...»

I suoi occhi mi sfidano a tirarmi indietro, anche mentre si avvicina per far scorrere il suo labbro superiore tra i miei.

È così dannatamente sexy. Troppo sexy per il suo bene.

«Se è solo di questo che si tratta, allora che cazzo ci facciamo qui?»

Lei sbatte le palpebre, scioccata, ma non capisco perché. È lei che me lo sta chiedendo. Pensava che sarei stato più difficile da convincere?

Forse è così. Celine pensava che il fratello maggiore di Gabriella sarebbe stato meno impulsivo dei suoi amici del college. Pensava che sarei stato maturo e cauto e forse più difficile da convincere a stare al suo gioco.

Dovrei esserlo.

Ma poiché capisco tutta la vergogna e i sentimenti di inadeguatezza che derivano dall'essere vittima di un tradimento, il mio desiderio di darle tutto ciò di cui ha bisogno supera il mio bisogno di essere un uomo maturo e responsabile.

Questo non la aiuterà davvero. Non a lungo termine. Semmai, avere a che fare con tre uomini diversi che molto probabilmente cercano solo un appagamento fisico potrebbe ridurre in polvere tutti i suoi pezzi già frantumati. La mia voce interiore ha ragione.

È una situazione in cui o si soffre ora o si soffrirà dopo.

Posso portarla da Molly. Posso fare tutto quello che lei vuole che io faccia e anche di più. Posso aiutarla a farsi del male, ma non voglio farlo. Non dopo tutto quello che ho imparato vivendo la stessa situazione. Non quando lei merita molto di più.

Lei sorride mentre la accompagno alla porta. Mi fermo per baciarla, sperando che sia sufficiente perché chi ci guarda faccia le supposizioni che Celine vuole che faccia.

E quando siamo in macchina, con la musica che suona dolcemente, solo allora le dico che la sto portando a casa.

«Non posso fare quello che mi stai chiedendo», le dico. «Non perché non voglia, perché lo voglio. Lo voglio davvero. Ma perché so che usare il sesso per mascherare i sentimenti è una cosa davvero autodistruttiva.»

Celine mi fissa a bocca aperta, poi il suo corpo si irrigidisce. «Sai una cosa, Travis? Tu non sei mio fratello maggiore, ok? Non devi prenderti cura di me. Non sono una bambola fragile. Sono una donna adulta e so quello che faccio.»

Allungo la mano per posarla sul suo braccio, ma lei la tira via. «Ti voglio bene. Sei una brava persona. Non voglio essere allo stesso livello del tuo ex.»

«Non stiamo insieme, quindi non puoi tradirmi. Non capisco cosa stai cercando di dire.»

«Il sesso non dovrebbe essere un'arma o una benda.»

Lei sbuffa, si gira di fronte a me e incrocia le braccia sul petto. «Tutto quello che chiedo è di divertirmi, Travis. Non la pace nel mondo.»

Questa conversazione non sta portando da nessuna parte, ma non voglio che Celine mi odi. Non voglio che si senta umiliata perché l'ho respinta. «Mi piaci, Celine. Sono felice di fare tutto ciò che vuoi per aiutarti a sentirti meglio, ma non funzionerà.»

«Puoi accompagnarmi a casa?», mi chiede con voce strozzata.

«Certo.» Metto in moto e mi concentro sulla strada. Ho la gola serrata e le mani tese sul volante. Percepisco l'energia di Celine, ed è instabile. Non posso lasciarla così. Sulla sinistra stiamo per superare un fast food che fa dei dolci incredibili. Se mi fermo e le offro qualcosa di dolce, avremo la possibilità di concludere la serata in modo migliore.

Si gira a guardarmi quando segnalo ed esco dalla strada principale. Mentre ci avviciniamo al bancone, le chiedo quale dessert vorrebbe ordinare. Sento che è in conflitto con se stessa, vorrebbe rifiutare la mia offerta ma allo stesso tempo vorrebbe assecondare il mio tentativo di alleggerire l'atmosfera.

«Una coppa gelato al cioccolato», dice, e quando ho fatto l'ordine mi ringrazia.

Dopo aver superato la finestra per pagare e ritirare l'ordine, parcheggio in un posto nel parcheggio che non è visibile dal ristorante.

Celine prende un cucchiaio e raccoglie un'enorme fetta di brownie ricoperta di gelato soft e salsa al cioccolato e se la mette in bocca. Il modo in cui geme è così sexy che quasi mi cade la coppa di gelato al caramello sulle gambe. Sarebbe un modo per raffreddare il mio cazzo semi-eretto.

«Buono?»

Lei annuisce, continuando a masticare. Ha una macchia di salsa al cioccolato sulla guancia, che le tolgo con il pollice. Spalanca gli occhi per la sorpresa e si lecca le labbra.

Celine è davvero bellissima, come una fata medievale trasportata nel ventunesimo secolo e cosparsa di un pizzico di sfrontatezza. È una descrizione stupida, ma calza a pennello.

«Vedi, il gelato è più efficace del sesso nel risollevare il morale.»

«Gabriella ha consigliato cocktail e cioccolato.»

«Ottimi anche per superare la fine di una relazione.»

«Ellie ha suggerito il sesso di ripicca.»

«Davvero?» Questo mi sorprende. Ellie mi è sempre sembrata piuttosto conservatrice quando si trattava di relazioni. Prima del suo harem di fratellastri, usciva raramente con qualcuno. Gabriella pensava che potessimo essere una bella coppia, ma ho detto a mia sorella che la sua amica era troppo giovane per me. È divertente che ora stia fingendo di uscire con la sua altra migliore amica, che ha la sua stessa età.

«So cosa stai passando», le dico. È ora di confessare tutto, così capirà meglio la mia situazione. «La mia ex mi ha tradito. È per questo che ho lasciato la Germania.»

«Oh.» Infila il cucchiaio nella coppa gelato e lo abbassa sulle ginocchia.

«È stato uno shock e dopo mi sono sentito un idiota per non aver colto i segnali. La verità è che le persone che tradiscono sono ingannevoli, ed è un bene scoprirlo prima che le cose diventino serie e la posta in gioco sia più alta.»

«Non sarei mai arrivata a quel punto con Eddie.»

«Grazie al cielo. Quel ragazzo è un idiota di proporzioni epiche.»

Lei ride e prende il cucchiaio, allungandosi per affondarlo nella mia coppa di gelato. La avvicino a lei in modo che sia più facile prendere una porzione abbastanza grande. Lei alza gli occhi al cielo e geme di nuovo per il sapore del caramello, e io mi prendo a calci interiormente per aver rifiutato il sesso. Mi piacerebbe farla gemere semplicemente premendo la lingua piatta sul suo clitoride, ma stasera non se ne parla. Inoltre, ho la sensazione che non le piacerebbe il mio modo di scopare. È troppo autoritaria e sicura di sé per desiderare quello che piace a me.

Passiamo altri venti minuti a condividere i nostri dessert e a scoprire altra musica in comune. Celine è forte. Sicuramente una donna con cui mi piacerebbe uscire, se le cose fossero diverse. Stasera mi sono divertito più di quanto mi sia mai divertito con Lina.

Torniamo al dormitorio di Celine e lei canta per tutto il tragitto. Si è scrollata di dosso la tristezza e io sono sollevato. Questo non mi impedisce di pensare a cosa avremmo potuto fare se avessi accettato la sua proposta. A quest'ora, potremmo essere da Molly, sudati e frenetici.

Avrei potuto distrarla dallo stress o, per lo meno, alleviare un po' la tensione.

Fuori dal dormitorio, Celine afferra immediatamente la maniglia. Le tocco l'altro braccio, trattenendola il più delicatamente possibile.

«Voglio che tu sappia che sono qui se hai bisogno di me, ok?»

Lei si gira e, dietro il sorriso luminoso, si intravede la sua tristezza. Le tocco il viso e bacio le sue labbra dolci e carnose. Le nostre bocche si muovono come se lo facessimo da sempre, come se le nostre labbra fossero destinate a toccarsi, toccarsi e toccarsi fino a quando ogni terminazione nervosa del mio corpo è sveglia e pronta. Stare con Celine è come allungare la mano per afferrare una stella cadente.

Se entrambi fossimo meno segnati dal passato, forse potremmo goderci il presente insieme, ma non è destino. Giocare non mi sembra giusto.

«Ciao, Travis. E grazie.»

Mi lascia con un senso di conflitto più forte che mai.

7

CELINE

«Due panini con formaggio e prosciutto.»

L'uomo dietro al bancone digita l'ordine di Gabriella sul registratore di cassa.

«E questi.» Lei solleva due bibite, che lui aggiunge al conto. «Pago io.» Gabriella si gira verso di me con un sorriso. «La prossima volta paghi tu.»

Pagare a turno rende le cose più semplici, ed è il turno di Gab, quindi per me va bene. «Ok. Grazie.»

Un tavolo vicino alla finestra viene lasciato libero da una coppia che stava litigando sottovoce quando siamo arrivate. Attraverso di corsa la caffetteria per occuparlo, lasciando Gabriella ad aspettare il nostro ordine.

Attraverso la finestra, osservo il viavai di persone che si spostano da una lezione all'altra. Mi sembra di intravedere i capelli scuri di Elias, ma scompare in un edificio di fronte al punto in cui mi trovo.

Tiro fuori il telefono, apro il mio account Instagram e cerco tra le notifiche. Ci sono alcuni like sui miei post più recenti: le foto dei baci con Travis. Non riesco a guardare quelle foto perché c'è troppa passione che ora so non essere reale. Lui non mi voleva.

Gabriella trasporta con cura un vassoio con il nostro cibo e le nostre bevande attraverso la caffetteria, evitando per un soffio uno degli amici di Eddie, che si alza e spinge la sedia proprio sulla sua traiettoria. «Attento», gli urla lei, con grande divertimento di lui.

«Giuro, i ragazzi qui intorno diventano ogni giorno più stronzi.»

«Sei solo viziata dai tuoi fidanzati maturi.»

Lei annuisce e scarta il suo panino, concentrandosi sul ripieno che fuoriesce dall'estremità mentre dà il primo morso. «Mmmm...» Masticando con gli occhi spalancati, mi guarda mentre faccio lo stesso. «È buonissimo.»

Annuisco in segno di assenso mentre la fame che mi era venuta durante l'ultima lezione finalmente si placa in soddisfazione.

«Allora, possiamo stare qui a parlare di panini tutto il giorno, oppure puoi dirmi perché mio fratello ti stava succhiando la faccia ieri sera.» Lei alza le sopracciglia e fissa con aria impertinente il mio telefono.

«Mi sta aiutando con una cosa... Cioè, mi ha aiutato con una cosa.»

«Mettendoti la lingua in gola? Travis è proprio un buon samaritano.»

«Tu ed Ellie mi avete detto che il modo migliore per superare una brutta relazione era fare sesso di ripicca.»

Gab resta a bocca aperta. «Quella era Ellie, e tu hai fatto sesso con mio fratello?»

Una ragazza al tavolo accanto a noi si gira e ci fissa a bocca aperta, e io la fisso abbastanza a lungo da farla vergognare e spingerla a farsi gli affari suoi.

«No. Niente sesso. Abbiamo pomiciato in pubblico, così per far capire a Eddie che sto andando avanti.»

«Oh... quindi Travis è il tuo ragazzo di ripiego.»

«Appuntamento di vendetta», la correggo, e lei sbatte le palpebre, sorpresa.

«E Elias e Dornan?»

«Appuntamenti di vendetta.» Apro la mia bibita e bevo un lungo sorso del liquido dolce e frizzante.

«Sesso di vendetta?»

Le mie guance si infiammano prima che io riesca a rispondere, e il sorriso che illumina il volto di Gabriella mi fa capire che è inutile negarlo. «Il sesso per vendetta è eccitante.»

«Cavolo, Celine. Insomma, Elias lo capisco. Ci sei già passata. Ripetere un'avventura di una notte è facile. Ma Dornan è un amico. Non è stato strano?»

«Stranamente no», ammetto. «È stato...»

Lei alza le mani prima che io possa finire. «Non sono sicura di volerlo sapere. Se mi dici qualcosa che mi renda difficile guardarlo, lui capirà che abbiamo parlato delle sue prodezze sessuali.»

Alzo le spalle, stacco un pezzo di pane e lo metto in bocca. «Posso tenerlo tutto per me.» Probabilmente avrei dovuto farlo fin dall'inizio.

Gab guarda il soffitto come se cercasse un intervento celeste. Dopo aver inspirato ed espirato profondamente, mi fissa con i suoi angelici occhi blu. «È stranissimo, ma devi raccontarmi tutto.»

«Siamo andati al Blue Bar per un appuntamento, poi lui mi ha fatto divertire.»

Gabriella scuote la testa. «Pensi davvero di cavartela con un riassunto così succinto?»

Inclino la testa di lato e stringo le labbra per trattenere il sorriso che sta per spuntare. «È stato bellissimo. E per niente strano, finché non è finito. Poi c'è stato un momento in cui ho pensato che mi avrebbe detto che voleva di più.»

«Non l'ha fatto?»

Scuoto la testa. «Lui sa come stanno le cose. Sa che stiamo solo giocando per dimostrare a Eddie quanto facilmente mi sto dimenticando di lui.»

Gab stringe le labbra e guarda i tavoli occupati che ci circondano. Si avvicina e abbassa la voce. «Ho sentito che Eddie sta già uscendo con qualcun'altra.»

Il mio cuore ha uno strano sussulto nel petto. «Quella con cui mi ha tradita?»

«Abbey Swanson.»

«Abbey?» Ma che cazzo? Non mi ha tradita con lei, o forse sì? Forse se le è fatte tutte contemporaneamente.

«Sì. Ho sentito per caso uno dei suoi amici atleti lamentarsi del fatto che Abbey ora non è più disponibile. A quanto pare, Eddie la porterà in quel nuovo ristorante elegante, l'Eclet, dopodomani.»

«Bello.» Sento il viso caldo e la nuca fredda.

Tanti saluti a Celine. Eddie mi ha già sostituita con una che la maggior parte dei ragazzi di questa università considererebbe una bomba.

Appoggio quello che resta del mio panino sul piatto, la fame è sostituita da un'ondata di nausea.

«Ehi.» Gab mi mette una mano sul braccio. «Eddie è il re degli stronzi, Celine. Un pezzo di merda. Dimenticalo e basta. Concentrati sulle cose belle della tua vita.»

È facile per lei dirlo. Ha tre uomini che la amano. Io cosa ho? Due uomini che scopano da dio e uno che mi ha detto che sto cercando di curare le mie ferite con il sesso. Ho alcune foto sexy su Instagram e alcuni ricordi bollenti. Niente di tutto questo mi tiene al caldo la notte o fa sparire questa terribile sensazione di vuoto.

Ma so cosa lo farà: presentarmi all'Eclet con tre degli uomini più sexy di questa città e mostrare a Eddie che l'ho battuto tre volte.

Elias verrà, e anche Dornan. Le ultime parole di Travis sono state che sarebbe stato lì per me se avessi avuto bisogno di lui. Beh, ora ho bisogno di lui.

«Stai tramando qualcosa.» Gab mi guarda con i suoi occhi contornati di eye-liner, sistemandosi i capelli dietro l'orecchio e avvicinandosi. «Dimmelo.»

«Cosa ne pensi se mi presentassi all'Eclet con Elias, Dornan e Travis?»

«Penso che non sia necessario.»

Appoggiandomi allo schienale della sedia, mi concentro sul mio piatto. «A me sembra necessario.»

«Beh, allora dovresti farlo... se loro sono d'accordo.» Quando incrocio il suo sguardo, vedo che è pieno di preoccupazione. «Sono solo preoccupata per te, tesoro. Non ti comporti come al solito. Per metà del tempo che hai passato con Eddie, ti lamentavi di lui e cercavi un modo per sfuggire alla relazione.»

«Esatto. Ma era quello che volevo quando era secondo i miei termini. Niente di quello che è successo è stato secondo i miei termini.»

«Quindi non lo rivuoi indietro?»

Arriccio il naso disgustata. «No. Che schifo.»

«Vuoi solo dimostrare che non sei stata influenzata da quello che ha fatto?»

«Passare a cose più grandi e migliori.»

«E provi qualcosa per Elias o Dornan... o Travis?» È il suo turno di arricciare il naso al nome di suo fratello.

Penso a come mi sentivo tra le braccia di Elias e Dornan e al modo gentile in cui Travis mi diceva che non voleva ferirmi. Niente di tutto ciò può essere definito un sentimento, ma non sono insensibile. Sono uomini bellissimi che si preoccupano abbastanza da volermi aiutare. Mi sono divertita con loro, anche quando Travis cercava di fare ciò che riteneva giusto. Mi ha sfidata, e questo mi piace.

«È solo un grande gioco.»

Gabriella sembra rassicurata e non mi pressa oltre. Invece, mi racconta dei successi di Dalton nel catering e del nuovo tatuaggio di Blake. Anche Kain viene menzionato. Si è quasi completamente ripreso dall'incidente che gli è quasi costato la vita ed è tornato a darle orgasmi senza sosta. Vederla così felice mi lascia con sentimenti contrastanti. È mia amica e non potrei essere più felice che abbia trovato "quelli giusti". Ma la mia invidia non fa che acuire il mio dolore.

Non finisco il mio panino prima che entrambe dobbiamo andare alla lezione successiva.

***

Quando ho finito per oggi, prendo una scatola di ciambelle e un cartone di latte dal negozio e torno al mio dormitorio. Non è esattamente una cena nutriente, ma ho voglia di un carico di zuccheri. Quando la vita è amara, solo il dolce può aiutarmi.

Mentre mangio una ciambella ricoperta di cioccolato, comincio a scrivere una richiesta a Dornan. È lui il più propenso ad accettare il mio folle piano, dato che siamo amici prima di tutto. Poi mi fermo e smetto di masticare mentre valuto un approccio diverso. Se mando a ciascuno di loro un messaggio individuale, non vedranno che ho chiesto anche agli altri. Se creo un gruppo, forse saranno più propensi ad accettare. Un po' di pressione da parte dei coetanei, alimentata da un pizzico di gelosia. L'attrito tra Elias e Dornan si è accumulato nel corso degli anni. Indipendentemente dal fatto che siano possessivi nei miei confronti, lo spirito competitivo permane. Non ho l'impressione che Travis sia competitivo, quando si tratta di donne. Sembra rilassato riguardo alla vita in generale. Ma almeno, in questo modo, sono trasparente.

Chiamo il gruppo "Fake Dates" e invito tutti. Poi scrivo il mio messaggio.

Emergenza! Eddie porterà la sua nuova ragazza al ristorante domani. Per favore, potete portarmi lì... tutti e tre, per ottenere il massimo effetto? Vi sarò debitrice a vita!

Quando lo invio, il pezzo di ciambella che sto masticando mi si blocca in gola e devo bere mezzo bicchiere di latte per non soffocare. Il messaggio viene consegnato e Dornan è il primo a iniziare a scrivere una risposta. Ma poi si ferma. Anche Elias sembra che stia scrivendo qualcosa, ma poi si ferma. Travis non scrive affatto.

Aspetto e aspetto, chiedendomi se qualcuno risponderà in un modo o nell'altro. Avevano accettato di aiutarmi con questo finto gioco di appuntamenti, ma ora sembra che si stiano tirando indietro. Appoggio il telefono a faccia in giù sulla scrivania e mi premo le mani sul viso.

L'immagine di Eddie e Abbey che condividono il cibo e brindano con bicchieri di champagne occupa la mia mente, facendomi venire voglia di urlare. Il volto compiaciuto di lui mi sorride dalla mia immaginazione e una bolla di rabbia si gonfia dentro di me, così viscerale che sbatto la mano sulla scrivania. Il portapenne si rovescia e le ciambelle rimaste saltano sul piatto. La mano mi fa male per l'impatto, e me ne pento immediatamente. Usando la mano buona per massaggiarmi il palmo dolorante, borbotto. *Stupida. Stupida. Stupida.*

Perché non riesco a fare quello che mi hanno suggerito Travis e Gab e dimenticare tutta questa storia? Perché l'infedeltà di Eddie mi irrita e mi spezza l'anima? Vorrei riuscire a lasciarmi tutto alle spalle, ma, nella mia mente, anche solo pensarci fa di Eddie il vincitore. *Stupida. Stupida. Stupida.*

Penso a mio padre e a come se ne sia andato con tanta facilità, riducendo quasi a zero i contatti tra noi. Eddie non si è nemmeno preoccupato di tradirmi, perché evidentemente non era affatto preoccupato di perdermi.

Intreccio le mani in grembo, odiando il pulsare scuro e viscido del rifiuto che mi riempie.

Forse questo ultimo appuntamento sarà sufficiente? Potrò lasciarmi alle spalle tutte queste idee di vendetta e andare avanti.

Il problema è che non riesco a immaginare come sarà il mio futuro.

La mia famiglia è distrutta.

Mia madre è risentita e mio padre è assente.

I miei amici hanno tutti una relazione e vivono la loro vita al meglio.

Mia sorella è felicemente sposata e ha un bambino stupendo.

E io sono bloccata. Un'emarginata. Rifiutata.

Il mio telefono vibra, lo prendo e controllo i messaggi. È Dornan. Dice che lo farà. Uno è andato, ne restano due.

Ora devo solo aspettare di vedere se Elias e Travis si faranno avanti.

8

CELINE

«Quando vi restituirò i compiti in classe, voglio che guardiate dove avete sbagliato. Per alcuni di voi, questo potrebbe essere il primo fallimento. Prendete nota dei vostri errori, impegnatevi e tornerete in carreggiata. Per altri, questo compito potrebbe essere l'ennesimo sotto la sufficienza. Se siete in questa situazione, temo che a questo punto del semestre sarà difficile migliorare i vostri voti.»

Fisso il segno rosso dell'insufficienza e deglutisco a fatica. Non è il mio primo brutto voto in questo corso. Ho faticato a trovare il tempo per svolgere i compiti richiesti e a concentrarmi abbastanza per assimilare quel poco che ho fatto.

Guardo gli altri studenti nella stanza. Alcuni sono felici. Altri, come me, hanno la fronte corrugata e l'espressione cupa. Elias è in fondo, sta mettendo via le sue cose e sorride. Ha davvero superato l'esame? Era difficile. I nostri sguardi si incrociano – è la prima volta che lo vedo dalla nostra notte insieme – e lui alza le sopracciglia con aria interrogativa.

Vuole sapere se ho superato l'esame. Scuoto la testa e il suo sorriso svanisce in una smorfia preoccupata.

Mi volto per infilare il bloc notes e la penna nella mia borsa già piena. Quando seguo la folla fuori dalla stanza, Elias mi sta aspettando nel corridoio.

«Ehi.»

Mi muovo con il flusso di studenti in uscita, costretta involontariamente a stargli vicino. Il suo profumo oggi è diverso. Qualcosa di legnoso con un sottofondo di arancia che stuzzica i miei sensi. Quando mi tocca il braccio, sono sopraffatta dai ricordi di lui nudo e feroce, che mi sovrasta e mi penetra con forza. «Non hai superato l'esame?» Dio, la sua voce è così roca e profonda.

Scuotendo la testa, fisso il corridoio, imbarazzata dal suo sguardo. Mi prenderà in giro. Lo so, ma non posso evitare di rispondere. «Sto fallendo», dico. «Non è solo questo test.»

«Perché non me l'hai detto? Avremmo potuto studiare insieme.»

Sbatto le palpebre, sorpresa. Dove sono i suoi soliti commenti sarcastici? Questo non è affatto da Elias. «Non ci ho pensato... sai... perché non siamo...»

Vorrei finire la frase dicendo «vicini» o «amici», ma suona ridicolo alla luce di quello che abbiamo fatto qualche notte fa.

E in passato.

Non abbastanza intimi da condividere appunti di scuola, ma abbastanza intimi da condividere fluidi corporei.

La mia vita è ridicola in questo momento.

«Sei felice di chiedermi di uscire per un finto appuntamento e fare cose con me, ma non di dirmi che hai bisogno di aiuto con una lezione?» La sua espressione confusa mi fa arrossire per l'imbarazzo.

«Nessuno vuole ammettere di essere stato bocciato.»

Elias inclina la testa verso il soffitto ed espira a lungo. «Sai, questo non ha senso. Posso aiutarti. Tutto quello che devi fare è chiedere.»

«Sì, beh, chiedere aiuto non è proprio facile. Soprattutto quando le persone non rispondono.» Fingo di guardare l'orologio, piuttosto che guardarlo negli occhi.

«Volevo parlarti proprio di questo.»

«Sai una cosa, Elias? Non preoccuparti. Dimentica che te l'ho chiesto. Va bene così. E non ho bisogno di aiuto per studiare. Me la caverò da sola.»

Mi volto prima che lui possa rispondere e attraverso l'edificio a passo svelto fino a quando vedo le porte dell'uscita. Lui non mi segue, ma non mi aspettavo che lo facesse.

***

Quando Gabriella ed Ellie si presentano al mio dormitorio con una bottiglia di vino e un'enorme tavoletta di cioccolato, il mio istinto è quello di dire loro che sto bene e che possono tornare a casa dai loro uomini. Tutto quello che voglio è essere lasciata in pace, così posso rannicchiarmi sul letto e fissare il muro. Ma i loro volti sono così raggiante e sembrano così soddisfatte di loro stesse che non riesco a trovare la forza di rifiutare il loro aiuto in questo momento difficile.

«Allora, Colby ha detto che questo è un buon vino. Non ne capisco nulla di vini, ma da quando lavora ha acquisito alcune abilità da adulto che stanno tornando utili.»

«Che maturità e che cresciuto?» Gabriella lotta con la costosa bottiglia di vino, cercando di estrarre il tappo.

Trovo tre bicchieri di plastica da cui bere. «Colby si vergognerebbe se vedesse questi bicchieri?»

«Probabilmente sì.» Ellie scarta il cioccolato, lo spezza in lunghe barrette e lo mette sulla mia scrivania. «Gli piace che le cose siano fatte per bene, il che è per lo più una cosa positiva.»

«Se mette lo stesso impegno nel sesso che mette nella scelta del vino, sei a cavallo.» Finalmente, estratto il tappo dalla bottiglia, Gabriella la solleva e urla di gioia. «Pensavo che quel bastardo non sarebbe mai uscito.»

Ridacchiamo tutte mentre Gab ci versa bicchieri di vino quasi traboccanti. Bevo il mio con più entusiasmo di quanto dovrei, tenendo presente che dovrei studiare per migliorare i miei voti.

«Allora, Gab mi ha raccontato di Eddie e Abbey. Come ti senti al riguardo?» Ellie morde un pezzo di cioccolato, masticandolo con gli occhi fissi su di me.

«Sai come mi sento.»

«Beh, Dornan ha detto che gli hai chiesto di uscire per un altro finto appuntamento?» Mi guarda attentamente, come se fosse consapevole di stare esagerando, ma si sentisse giustificata nel farlo. La sua amicizia con Dornan risale all'asilo, quindi capisco perché possa sentirsi protettiva.

«L'ho chiesto a tutti: Dornan, Elias e Travis. Dornan è l'unico che ha accettato.»

«È preoccupato per te. Lo siamo tutti.»

Mi irrito perché questa serata a sorpresa con vino e cioccolatini sta iniziando a sembrare una seduta di psicoterapia. «Sto bene», mento. «Tutta questa storia è solo un po' di divertimento. Sei stata tu a dirmi che un cazzo di ripicca è meglio di questo.» Agito le braccia per indicare quello che stiamo facendo.

«Sì, beh, intendevo una notte di sesso con uno sconosciuto sexy, non uscire con tutti gli uomini single della nostra cerchia.»

Aggrotto le sopracciglia. «Non sono tutti gli uomini single della nostra cerchia. Elias e Travis non fanno nemmeno parte della nostra cerchia. Non vuoi che mi metta con Dornan? È questo il motivo?» Ellie batte le palpebre e stringe le labbra. Mi volto verso Gab e alzo le spalle. «La pensi allo stesso modo su Travis?»

Mi rivolge uno sguardo comprensivo. «Potrebbe diventare complicato. Ne vale la pena?»

Appoggio il bicchiere ormai vuoto sulla scrivania, sentendo già l'alcol riscaldarmi il corpo. «Gli uomini fanno queste cose continuamente e nessuno ha nulla da dire al riguardo. Voglio solo dimostrare a Eddie che non significa nulla per me, che sono andata avanti alla grande e che sto bene senza di lui.»

«Beh, ci sei riuscita.» Ellie alza il bicchiere per brindare. «Il tuo Instagram sta andando a fuoco.»

«Volevo solo un'altra serata. Uscire con tutti loro nello stesso ristorante dove Eddie porterà Abbey. Ma Travis ed Elias non hanno risposto, ed è solo che...» Improvvisamente sopraffatta dall'emozione, mi copro il viso con le mani. «È solo che... non riesco a parlarne con te. Possiamo cambiare argomento?»

«No, tesoro.» Ellie mi posa una mano sulla spalla. «Siamo amiche in ogni circostanza, ok? Nei momenti belli e in quelli difficili. Non escluderci quando hai più bisogno di noi.»

«Sto andando male a scuola. Tutto sta andando storto.»

Non riesco a guardare nessuna delle mie amiche, ma percepisco che stanno comunicando senza parole. Ellie mi stringe la spalla e Gab mi dà una pacca sulla gamba.

«Hai un sacco di cose da affrontare. Mi dispiace che ti stia succedendo tutto questo.»

«È normale sentirsi sopraffatte, tesoro», aggiunge Ellie. «Quando le cose si accumulano, può sembrare di non riuscire a respirare.»

«Ho bisogno di un altro bicchiere di vino», dico, sforzandomi di sorridere. La loro compassione mi irrita. Gab me ne versa ancora un po' e io lo bevo tutto d'un fiato. Mi scorre nel cervello con un formicolio di caldo che mi fa sentire meglio. Anche se sto per ubriacarmi, mi rendo conto che affogare il dolore nell'alcol non è una buona cosa.

Mamma lo faceva dopo il divorzio. Penso che possa essere alcolizzata, ma non le ho mai parlato di questo. Nelle mie rare visite, ci sono troppe bottiglie di liquore vuote nella spazzatura rispetto a quanto dovrebbero essercene.

«Dacci solo un secondo e mangia un po' di quel cioccolato. È davvero buonissimo.»

Ellie e Gab si alzano e cercano i loro telefoni nelle borse. Entrambe scompaiono nel corridoio e le loro conversazioni sommesse sono solo un leggero mormorio attraverso la porta. Il cioccolato è delizioso, si scioglie sulla lingua e mi ricopre la gola. Chiudo gli occhi e gemo, riflettendo se Ellie avesse torto e se l'alcol e il cioccolato battessero davvero il sesso di ripicca.

Oh, chi voglio prendere in giro? Tra Dornan ed Elias, potrei essere rovinata per gli altri uomini. Il solo pensiero di quelle serate di passione sfrenata mi fa ribollire dentro e arrossire vivacemente fuori. E i baci di Travis. Le mie labbra formicolano quando ricordo come si è impegnato per aiutarmi con i miei stupidi giochi di finta frequentazione.

Finisco due deliziosi pezzi di cioccolato prima che le mie amiche ricompaiano sulla soglia. «È tutto sistemato», dice

Gabriella. «Domani verranno a prenderti e ti porteranno da Eclet».

«Chi?»

«Dornan, Travis ed Elias.»

Mi avvicino all'armadio prima di girarmi verso Ellie e Gab. «Un finto appuntamento di compassione? Questa situazione rasenta il ridicolo!»

«Ma loro si stanno facendo avanti per te, Celine, perché vogliono aiutarti. Tutti noi vogliamo aiutarti. Goditi l'appuntamento. Divertiti. Indossa il tuo vestito più sexy e metti in piega i tuoi splendidi capelli nuovi in onde seducenti. Dimentica tutte le cose brutte per una notte. E quando avrai fatto quello che volevi, noi saremo qui per aiutarti con il resto.»

Le loro espressioni sono così sincere e piene di speranza che mi trattengo dal pronunciare le parole amare ispirate dalla tristezza che ho sulla punta della lingua. Do un'occhiata al mio armadio e ai vestiti nuovi che ho comprato per adattarmi al mio stile "post Eddie". La maggior parte di essi ha ancora il cartellino attaccato.

«Aiutatemi a scegliere qualcosa», dico loro.

Così, invece di crogiolarmi nella mia tristezza, lascio che le mie amiche mi aiutino a mettere insieme un outfit che lascerà a bocca aperta i tre uomini che sono stati riluttanti a uscire con me e un ex fidanzato che vorrei facesse un bel salto da un molo.

Sono tempi folli.

9

DORNAN

Travis passa prima a prendere Elias e poi me, poi ci dirigiamo verso il dormitorio di Celine. L'atmosfera in macchina è stranamente tesa e sono grata di essere sul sedile posteriore, dove mi sento meno sotto pressione per fare conversazione. L'intera situazione è strana. Non tanto per il rapporto di tre uomini per una donna. Quella parte è diventata quasi normale nella nostra piccola cerchia di amici. No, è che siamo quasi estranei e c'è questo brusio di competitività che proviene dagli altri occupanti dell'auto, che non apprezzo.

Celine è prima di tutto mia amica, anche se, dopo il nostro ultimo appuntamento, non sono più così sicura della semplicità di questa affermazione. So cosa è successo tra lei ed Elias, e questo mi fa venire la pelle d'oca. Il suo appuntamento con Travis è stato dopo il mio, quindi non sono aggiornato. Immagino che sia andato tutto bene, visto che Travis è qui per il secondo round. Cioè, il secondo appuntamento.

Sospiro perché chi cazzo lo sa cosa stiamo facendo tutti in questo momento?

Giochiamo a stupidi giochi, e a che scopo?

Elias è qui per il sesso. Questo è certo. Travis è un'incognita. E io? Beh, non so cosa cazzo voglio. Aiutare la mia amica. Ripetere l'altra sera. Di più.

Ammettere che provo qualcosa per Celine che va oltre l'amicizia è difficile, specialmente date le circostanze. La gelosia non è un'emozione che mi si addice. Celine non prende sul serio nulla di tutto questo, quindi la gelosia è l'ultima delle mie preoccupazioni. Provare qualcosa per un'amica che sta cercando di superare una rottura è una ricetta per il disastro.

Elias si schiarisce la gola come se il silenzio in macchina fosse diventato troppo scomodo per lui. «Allora, qual è il programma per stasera?» Si gira per valutare la mia espressione e poi fissa il profilo in ombra di Travis.

«Portare Celine a cena fuori», risponde Travis. «Dimostrare a Eddie che è una ragazza desiderabile, così che si pentirà di essere stato un tale idiota. E poi guardare Celine allontanarsi verso il tramonto come una donna cambiata.»

«Sembra un po' troppo da realizzare in un solo appuntamento finto», dico.

«Ve la siete scopata?», chiede Elias, e io quasi soffoco con la mia stessa lingua.

«No», risponde Travis in modo rapido e deciso. «Non è nel mio stile.»

«Lei voleva scoparti?», Elias non si lascia dissuadere dal chiedere ciò che ha in mente dalla mascella serrata di Travis.

«Sì...»

Non spiega perché non l'ha fatto, ma io mi faccio le mie idee. È un uomo migliore sia di me che di Elias.

«E stasera? Cosa pensi che vorrà fare dopo questo appuntamento a quattro?»

La mascella di Travis si contrae e, quando lui non risponde, Elias si rivolge a me. «Te la sei scopata?»

Annuisco solennemente perché non sono il tipo che racconta i propri segreti e rispondere a questa domanda è imbarazzante.

Gli occhi di Elias lampeggiano, ma non mi chiede i dettagli, il che è un sollievo.

«Cosa ne pensi, Dornan, di stasera?»

«Penso che dovremmo improvvisare. Celine è in missione-vendetta. Chissà cosa le passa per la testa.»

«Dovremmo essere sulla stessa lunghezza d'onda.» Elias fissa il profilo di Travis come se il suo commento fosse rivolto esclusivamente a lui.

«E quale lunghezza d'onda?» Travis lancia un'occhiata a Elias prima di concentrarsi di nuovo sulla strada. «Quella di non far sentire Celine peggio di quanto non si senta già. Sta fallendo gli esami e questa storia con Eddie la sta influenzando più di quanto dovrebbe.»

Non ho modo di esprimere la mia opinione perché Celine ci sta aspettando fuori dal dormitorio, splendida come sempre. Insomma, lei è sempre bella, ma stasera potrebbe rivaleggiare con qualsiasi celebrità sul red carpet. Quando guardo Elias, vedo che ha la bocca spalancata. Travis spalanca gli occhi alla sua vista. Forse prima non era sulla stessa lunghezza d'onda di Elias, ma ora sì.

Celine apre la porta e si fa strada fino al posto accanto al mio.

«Ciao, ragazzi.» La sua voce è allegra e vivace, ma c'è qualcosa di un po' artificiale che non sono abituato a sentire. Forse un tremito di nervosismo.

«Ecco la nostra ragazza.» Elias mette la mano dietro il poggiatesta di Travis per girarsi. Scuote la testa e poi piega le labbra come se lei fosse abbastanza bella da assaporare. Non posso dargli torto.

«Qualcuno è già stato in questo ristorante?», chiede lei.

«No», rispondiamo all'unisono.

«Dovrebbe essere buono. E stasera offro io, tra l'altro. Per favore, non fate storie. Vi ho invitato tutti io. Stasera userò la carta di credito di mio padre.»

Non posso essere l'unico a non sentirmi a mio agio all'idea di andare a un appuntamento e lasciare che sia la donna a pagare. Sono stato educato a essere un gentiluomo e non voglio nemmeno pensare a come mio padre vedrebbe tutta questa situazione.

Travis armeggia con la radio e mette una vecchia canzone che mio padre ascoltava in macchina quando ero piccolo. «Ma la stai ascoltando davvero? È musica da vecchi.»

«Ehm...» Celine alza la mano. «Non provare nemmeno a criticare, Dornan Walsh. La musica di quell'epoca è la migliore. Niente di nuovo può eguagliarla.»

Travis ridacchia. «Ha buon gusto. Questo glielo concedo.»

Il loro botta e risposta rompe il ghiaccio e passiamo il resto del viaggio in macchina a scherzare sul fatto che Travis ascolta musica da vecchi e che Celine non apprezza le band più recenti. Anche lei si unisce alle battute, scrollandosi di dosso il solito atteggiamento scontroso. Comincio a temere un po' meno la serata.

***

Troviamo un parcheggio vicino all'Eclet e ci raduniamo intorno a Celine come se fosse una cliente famosa e noi la sua scorta.

«Pronta?» Travis le offre il braccio e Celine lo guarda per un paio di secondi prima di infilare la mano. All'interno veniamo accolti da un cameriere vestito in modo impeccabile che ci accompagna a un tavolo al centro del ristorante. Do un'occhiata furtiva in giro alla ricerca di Eddie, ma non lo vedo. Travis tira fuori la sedia di Celine da sotto il tavolo e la aiuta a sedersi. Stasera sta davvero dando il massimo.

Elias e io ci sediamo ai lati di lei, mentre Travis si siede di fronte. Prendiamo il menu che ci viene offerto e iniziamo a scorrere la lunga lista di piatti dai nomi difficili da pronunciare. «Che cos'è questa roba?» Elias mi fissa con uno sguardo terrorizzato da sopra il menu che stringe forte con entrambe le mani. Sono contento di non essere l'unico a sentirmi fuori posto.

«Per lo più piatti francesi.» Travis scorre il menu con il dito e annuisce. «Se non sapete cosa sia qualcosa, posso provare a capirlo.»

«Non sei solo un bel faccino», dice Elias con sarcasmo.

Celine non sembra sopraffatta dal menu. Lo ha già ripiegato con cura e sta sistemando un tovagliolo bianco immacolato sulle ginocchia.

«Cosa prendi?»

Mi sorride dolcemente. «L'anatra.»

«Anatra?» esclama Elias.

«È deliziosa. Anche l'agnello sembra buono.»

«C'è l'agnello?» Guarda in basso per cercare, poi posa il menu con frustrazione. «Travis, puoi ordinarmi l'agnello?»

«Certo.»

«Prenderò anche quello.»

«Va bene. E da bere?»

«Birra.» Elias sputa fuori la parola come se fosse assetato.

«Dovremmo prendere del vino rosso.»

«Dovremmo?»

«Dovremmo», concorda Travis. Apre il menu delle bevande e guarda la lista. «Ecco una buona scelta.»

Giuro che quel ragazzo ha solo pochi anni più di noi, ma mi fa sentire come un ragazzino. Quando i miei occhi incontrano quelli di Elias, capisco che prova la stessa cosa.

Prima che abbiamo la possibilità di ordinare, Celine si irrigidisce sulla sedia. Mi volto e vedo Eddie che entra con passo tranquillo nel ristorante, tenendo per mano una ragazza che presumo sia la sua accompagnatrice, Abbey. Sotto il tavolo, appoggio la mano sulla coscia di Celine. «Rilassati.»

La sua gamba è rigida e la mascella serrata, proprio il tipo di espressione che Eddie adorerebbe per gongolare. Mi chino, faccio scivolare la mano sulla sua nuca e avvicino il suo viso al mio per baciarla. All'inizio sembra sorpresa, ma poi si scioglie nel bacio. Non la lascio andare finché non sento il cameriere chiedere a Eddie e Abbey se vogliono ordinare subito da bere o dare prima un'occhiata al menu.

Gli occhi di Celine sono annebbiati quando solleva le palpebre e li passa su ciascuno di noi. Quando raggiungono Elias, lui non perde tempo e fa quello che ho fatto io. Guardarlo baciare Celine mentre ho ancora il sapore delle sue labbra sulla bocca è strano. Un pugno di gelosia viene immediatamente sommerso dal calore che mi gonfia il cazzo. Gesù. Il modo in cui Elias afferra i capelli di Celine e controlla il suo bacio è eccitante.

Dall'altra parte del ristorante, i miei occhi incontrano quelli di Eddie, e la rabbia nella sua espressione è come acqua ghiacciata che mi scorre lungo la nuca.

Non ho paura di lui. Per niente. È tutto chiacchiere e pochi fatti. Giochiamo nella stessa squadra, ma riusciamo a evitare di parlarci, tranne quando lo richiede l'allenatore.

Celine ed Elias si separano e io mormoro: «Eddie non sembra contento.»

Per la prima volta da quando li abbiamo visti arrivare, Celine sorride.

«Beh, allora sta andando tutto alla perfezione.»

Il cameriere torna per prendere la nostra ordinazione, che Travis comunica perfettamente con un accento francese che sembra quello di un madrelingua. Pensavo lavorasse in Germania, ma forse mi sbaglio e in realtà era in Francia.

Eddie è concentrato su Abbey, ma ha le spalle tese e si è girato di lato; quindi, riesco a intravedere solo il suo profilo.

«Mi dispiace per la ragazza», dice Travis, sorseggiando il vino versato nei nostri calici alti a forma di campana.

«Anche a me.» Celine si lecca la macchia rosso sangue dalle labbra, eccitandomi di nuovo. «Non sa in cosa si sta cacciando.»

«Forse dovresti parlarle?»

Celine alza le spalle. «Io non l'avrei ascoltata. Quando lui mi ha sorriso, ogni riserva che avevo su di lui è svanita. Se io posso essere una sciocca, probabilmente lo sarà anche lei.»

«Tu non sei una sciocca», interviene Travis bruscamente. «È lui lo sciocco.»

«E sta guardando di nuovo da questa parte», sussurro.

Travis allunga la mano sul tavolo e prende quella di Celine. Non so se lo fa per effetto o perché sente sinceramente che lei ha bisogno di essere rassicurata. In ogni caso, questo fa arrossire Eddie, che restringe gli occhi.

«Continua così», dico. «Funziona.»

Elias prende l'altra mano di Celine, portando le sue nocche alle labbra, e io cerco di trattenere un sorriso. Non dovrebbe essere divertente, ma lo è. Se Eddie fosse meno idiota, forse mi sentirei in colpa, ma si merita tutto quello che gli capita.

I camerieri portano i nostri piatti, e tutto sembra delizioso. Allo stesso tempo, anche Eddie e Abbey ricevono il loro cibo. Taglio il mio agnello e ne assaggio un boccone, assaporando la carne deliziosamente morbida e salata ricoperta da una salsa leggermente dolce al gusto di vino. Ne taglio un altro pezzo e porgo la forchetta a Celine. «Devi provarlo.»

Lei apre la bocca e io le metto delicatamente la carne tra le labbra. Il gemito che emette mentre mastica mi ricorda il suono che faceva durante il sesso. «Mmmm... è davvero buonissimo». Alza gli occhi al cielo come faceva quando la facevo venire.

«È fottutamente delizioso», dice Elias, infilandosi in bocca un enorme boccone di agnello e patate. Le porzioni saranno anche più piccole di quanto vorrei, ma i sapori ci sono tutti.

«In Europa, questo tipo di ristoranti è ovunque. A parte i fast food, lo standard del cibo è molto più alto.» Travis sta estraendo le cozze dai gusci mentre parla, disgustandomi.

«Ci credo. Com'è la Germania?», chiede Celine.

«Interessante. La cultura è molto diversa. Le persone sono più riservate sotto certi aspetti e più libere sotto altri, e l'umorismo è più asciutto.»

Celine beve un altro sorso di vino. «Hai visto molte cose mentre eri lì?»

«Sì, l'ho fatto. I tedeschi sono orgogliosi della loro cultura. Mi è piaciuto visitare il paese, ma la birra e i wurst erano il massimo.»

«È una salsiccia, vero?» Elias tracanna metà del suo vino rosso senza assaporarne affatto il gusto costoso.

«Sì, una salsiccia grande.»

«Ne ho una anch'io.» Ride. «Non c'è bisogno di andare in Germania per quello.»

Celine ridacchia per il suo ridicolo tentativo di scherzo. Allunga entrambe le mani con i palmi rivolti verso l'alto. «Il cazzo di Elias o il cibo, la cultura e la storia tedesche.» La mano in cui ha metaforicamente messo il cazzo di Elias si alza sempre più in alto.

Con un sorriso accompagnatorio, Elias dice: «Niente batte il mio cazzo.»

Celine allunga la mano per toccargli la coscia. «Hai ragione, tesoro. Il tuo cazzo è il migliore.»

«Possiamo evitare di parlare di cazzi?» Travis arriccia il naso, tenendo una cozza tremolante sulla punta della forchetta e guardandola con aria disgustata.

Celine ride forte, attirando l'attenzione di un paio di altri commensali.

E Eddie.

La sta fissando con occhi infuocati.

«Sì. Forse è meglio riservare i discorsi sul cazzo a un ristorante meno costoso», dico. Una strana energia mi percorre gli avambracci, come nei momenti che precedono un temporale, quando l'aria inizia a caricarsi di elettricità.

«Beh, vi consiglio di viaggiare quando avrete finito gli studi. Il mondo è un posto grande e affascinante.»

«Non ho nemmeno il passaporto», ammette Elias.

«Mio padre è in Canada in questo momento», dice Celine.

«Sei andata a trovarlo?»

Lei scuote la testa e stringe le labbra in una linea severa. Non so molto della sua famiglia, se non che i suoi genitori sono divorziati e che lei è già zia.

«Dovresti andarci.» Travis raccoglie un po' di brodo con il cucchiaio. «È un paese bellissimo.»

«Non sono stata invitata.»

Elias mi lancia un'occhiata, chiedendomi silenziosamente se ne sono a conoscenza. Alzo le spalle per fargli capire che non ne so nulla.

«Dove vorresti andare se i soldi non fossero un problema?» Travis alza il bicchiere verso Elias.

«In Romania.»

Tutti fissiamo Elias sciocccati. «Romania. Il paese di Dracula?»

Lui scuote la testa e mi lancia un'occhiata. «Il mio paese. Beh, almeno quello di mia madre. Ho ancora dei parenti lì… alla lontana, però.»

«Quindi è da lì che viene Mazur?»

Elias scuote la testa. «È polacco.»

«Come i fidanzati di Gabriella», dice Travis.

«Lauder è scozzese», interviene Celine.

«Walsh è irlandese», aggiungo.

«Cross è inglese. Non sappiamo molto della storia della nostra famiglia, però.» Travis guarda Eddie. «E Eddie? Da dove viene la sua famiglia?»

«Dalle profondità dell'inferno.» Celine aggrotta le sopracciglia. «Dal centro infuocato della Terra. Ho incontrato sua madre una volta. Giuro che quella donna ha un'ossessione malsana per suo figlio. Probabilmente è per questo che lui è così tossico. Mi odiava.»

«Deve essere un'idiota», dice Travis.

«Sicuramente», concordo.

«Awww... grazie ragazzi!» Allunga di nuovo la mano per toccarci il braccio e decido che è ora di un altro bacio. Celine acconsente, ed è dolce e seducente. Sono così perso nella sensazione delle sue labbra contro le mie che non mi accorgo che Eddie si è alzato dal suo posto e si sta avvicinando al nostro tavolo. Me ne rendo conto solo quando Elias e Travis si alzano di scatto, facendo scivolare all'indietro le loro sedie con un terribile rumore stridente.

«Ma che cazzo?» urla Eddie. «Ti stai facendo passare di mano in mano come una puttana?»

«Stai indietro, cazzo.» Elias incombe su Eddie come un cavaliere oscuro, pronto a uccidere chiunque gli si pari davanti. «Quello che fa non è più affar tuo, quindi porta il tuo culo traditore lontano dalla mia vista.»

Mi alzo e giro intorno al tavolo per raggiungere Elias e Travis, tenendo Celine dietro di me in modo che non sia visibile. Con noi tre in piedi, spalla a spalla, Eddie sembra appassire. I suoi occhi passano da uno all'altro, socchiusi e pieni di odio, ma il suo viso è contorto da un sorrisetto. «Vi state godendo la figa che ho rifiutato? È già abbastanza rovinata da permettervi di entrare perfettamente.»

Celine inizia ad alzarsi dietro di me, ma io le afferro il braccio e la tengo lontana da Eddie. Non c'è modo che lei lo affronti quando noi tre siamo qui a proteggerla dalle sue parole crudeli e chissà cos'altro.

«Parla ancora così di Celine e ti ritroverai a ingoiare i tuoi stessi denti», ringhia Travis.

«Indietro, Eddie. Qui non vincerai.» Mi spingo in avanti ed Eddie reagisce barcollando all'indietro. Elias ride e il viso di Eddie diventa rosso per l'imbarazzo.

«Tre uomini piccoli», dice. «Per una donna allargata. Siete perfetti l'uno per l'altra.» Parole forti, ma lui sta tornando da Abbey, che sembra inorridita. Il direttore del ristorante è lì vicino. È un uomo piccolo e sembra rendersi conto che intervenire in una discussione tra quattro uomini enormi non è un'idea sensata. Alzo la mano e mi scuso prima di tornare al mio posto. Mangiamo in silenzio mentre le persone intorno a noi sussurrano critiche sommesse sul nostro comportamento. Celine è silenziosa, ma mentre mangia una fetta d'anatra, mi sorride con una scintilla genuina che non vedevo da tempo.

«È stato fantastico», dice dopo un po'. Devo ammettere che mi ha fatto davvero piacere.

10

CELINE

Eddie lascia il ristorante prima di noi e, quando se ne è andato, tiro un sospiro di sollievo. È stato fantastico vedere Elias, Travis e Dornan tenergli testa e difendermi dalle sue ridicole offese. Insomma, sul serio. Sembrava così amareggiato; se Abbey non lo considera un serio campanello d'allarme, se lo merita.

Pago il conto mentre vado in bagno, prima che gli uomini possano obiettare. Quando dico che sono pronta per andare, tirano fuori i loro portafogli e sembrano sinceramente dispiaciuti che io abbia battuto loro sul tempo.

In macchina, mi appoggio allo schienale del lussuoso sedile in pelle ed espiro. «Grazie mille per stasera. È andato tutto alla perfezione.»

«Hai pensato che fosse perfetta?» Travis si gira dal sedile del conducente per guardarmi. I suoi occhi blu scuro scrutano il mio vestito, soffermandosi sul mio seno prima che lui si ricomponga.

«I miei giochi di vendetta non incontrano la tua approvazione, eh?»

Lui alza le spalle. «Quell'uomo non vale nemmeno il vapore della tua pipì, Celine. Per favore, mi prometti che questo è l'ultimo gioco di vendetta che hai intenzione di fare?»

«Credo di sì.»

«Bene.»

Si gira e mette in moto l'auto. «È ora di tornare a casa?»

«Ho un'altra idea», dico.

«Oh, sì?» Elias sembra speranzoso, il che mi fa sorridere. Il modo in cui mi ha baciata al ristorante mi ha lasciata con le mutandine bagnate e la figa dolorante, e Dornan... beh, Dornan mi ha quasi fatta venire proprio lì, in quel momento.

«Da Molly's?» Incrocio lo sguardo di Travis nello specchietto e quasi mi sciolgo sotto l'intensità del suo sguardo.

«Posso accompagnarvi lì...»

«Voglio che venga anche tu.»

Dornan emette un gorgoglio dalla gola.

Travis, che sta cercando di concentrarsi sulla strada davanti a lui, deglutisce rumorosamente.

Questa è la mia unica possibilità per convincerlo che non sto solo cercando conforto per riprendermi dal rifiuto di Eddie. Un'ultima opportunità per sapere come sarebbe essere adorata da tre uomini, come lo sono le mie amiche ogni notte.

«So cosa hai detto, ok? Ma non si tratta di una ripicca. Si tratta della mia scelta di divertirmi un po'. Siete disposti a farmi passare dei bei momenti?»

«Insieme?» Elias si gira sul sedile, guardando alternativamente me e Dornan. I suoi occhi scuri si illuminano come lampioni. Dietro di noi, qualcuno suona il clacson e il mio cuore inizia a battere forte nel petto.

«Insieme», concordo. «Se Ellie e Gabriella possono farlo, perché io no?»

«Ci sto», dice Elias rapidamente. «Dornan?»

Mi volto verso il mio amico, che ha le guance arrossate. Allunga la mano per prendere la mia, studiandola. «Farò tutto quello che vuoi.»

È una dichiarazione gentile da parte di qualcuno che ovviamente tiene a me. È sempre stato una persona generosa, ma questo va oltre tutto ciò che abbiamo sempre avuto l'uno per l'altra.

«Travis?», chiede Elias. Il suo tono è fermo, esorta Travis ad accettare prima che tutto vada in pezzi.

Fisso lo specchietto retrovisore, aspettando che Travis distolga lo sguardo dalla strada. Per molto tempo rimane concentrato sul percorso davanti a lui. Elias sospira e fa schioccare le nocche. Dornan mi stringe la mano. Non chiedo di nuovo. Non supplicherò.

Poi gli occhi blu scuro di Travis incontrano i miei e lui annuisce una volta. «Va bene.»

Non mi rendo conto di stare trattenendo il respiro finché lui non lo dice.

***

Da Molly's, Travis parcheggia vicino alla reception e Dornan prenota la stanza. Quando torna con la chiave, apro la portiera dell'auto e mi alzo sulle gambe che già mi sembrano deboli. La distanza da percorrere a piedi è breve, ma l'aria è così carica di aspettative che sembra di camminare nella melassa.

Non riesco a trattenermi dallo studiare ciascuno degli uomini che ho sedotto stasera, ricordando i momenti bollenti che abbiamo già vissuto, preparandomi a ciò che sta per accadere.

101

Dornan apre la porta e mi lascia passare per prima. Mi sfilo i tacchi, li appoggio contro il muro, poi mi tolgo la giacca leggera e la appoggio su una sedia nell'angolo. La porta si chiude con uno scatto e la serratura viene girata.

Quando mi trovo di fronte a Elias, Dornan e Travis, li vedo tutti riuniti lì, in attesa.

C'è un momento di imbarazzo, ma svanisce quando faccio scivolare il vestito dalle spalle e sui fianchi, fino a che non cade ai miei piedi. Lo desidero così tanto che le mie dita tremano e il mio cuore batte all'impazzata.

Posso farlo. Posso spogliarmi davanti a tre uomini. Posso lasciare che usino il mio corpo e mi diano quel tipo di piacere che potrò conservare nella mia memoria come le calde estati.

Questo è esattamente ciò che voglio fare ora che sto vivendo il mio momento. La libertà di decidere senza giudizi o conseguenze è inebriante.

Elias mormora un'imprecazione mentre porto le mani dietro la schiena per slacciarmi il reggiseno.

Tre paia di occhi si concentrano sul mio seno mentre i miei capezzoli si induriscono nell'aria fresca. Passo le dita sulla mia morbida carne, pizzicando delicatamente le punte mentre Elias rompe i ranghi e fa un passo avanti.

Mi solleva con una mano sotto il sedere, baciandomi così profondamente che mi fa male l'anima. Ma, invece di spingermi contro il muro, sale sul letto e mi deposita al centro. «Devo condividerti stanotte», mi sussurra all'orecchio. «Non sono bravo a farlo.»

«C'è abbastanza di me per tutti.» Mi tira giù le mutandine dai fianchi e mi allarga le gambe.

«Sì, è vero.»

Mentre la lingua di Elias cerca il mio clitoride, io cerco Dornan e Travis nell'oscurità. Dornan è vicino, si siede sul bordo del letto, la sua mano grande e ruvida mi accarezza il braccio e mi sfiora il seno. Gemo quando la sensazione dal mio capezzolo e dal mio clitoride si scontrano, frizzando nel mio sistema nervoso come un sorbetto sulla punta della lingua. Travis sembra congelato, mi guarda dalla porta.

«Travis.» Allungo la mano verso di lui, invitandolo ad avvicinarsi. Gira intorno al letto, muovendosi come se fosse sonnambulo o in trance. Quando è abbastanza vicino, gli prendo la mano e lo tiro a me per baciarlo sulle labbra. Ci deve essere un modo per metterlo più a suo agio. Voglio che si lasci andare e provi quello che provo io. Conosco un suo segreto che rende questo desiderio ancora più forte.

Le sue labbra sono esitanti, poi diventano provocanti, ma quando Elias mi infila dentro due grosse dita, mi stacco da lui e gemo forte.

«Ecco, così», mormora Dornan. «Ecco, così. Ci siamo quasi.»

Gli occhi color onice di Elias incontrano i miei sopra il mio ventre, ardenti come se volesse divorarmi tutta. Ansimo quando Travis mi tocca l'altro seno, facendo scivolare il palmo su ogni centimetro di pelle che riesce a trovare. Tutte le mie preoccupazioni che lui se ne andasse, che mi rifiutasse, svaniscono.

«Oh Dio», grido. «Oh... oh». La mia mano afferra i folti capelli scuri di Elias per tenerlo esattamente dove ho bisogno che sia, ma lui non ha intenzione di andare da nessuna parte. Vuole farmi venire con una determinazione che rasenta l'ossessività.

«Non fermarti», sibilo mentre lui mi penetra con più forza. «Non... non... non... ohhhhhh.»

Inarco la schiena mentre l'orgasmo mi travolge, il mio cuore batte così forte che lo sento tuonare nelle orecchie. Lampi bianchi mi esplodono dietro gli occhi e il mio corpo trema e ha spasmi, completamente fuori controllo.

«Ecco, così», mormora Travis, abbassando la bocca sul mio capezzolo e succhiandolo. Continua a prolungare l'orgasmo per qualche secondo con il suo morso deciso sulle mie labbra.

Chiudo gli occhi, abbandonandomi al mio piacere mentre il fruscio dei vestiti che vengono tolti riempie la stanza. Solo quando le onde tra le mie cosce si sono fermate alzo gli occhi per apprezzare gli uomini che mi circondano.

C'è così tanto da apprezzare che non so dove guardare. Il petto ampio di Elias riempie la mia vista, la massa arrotondata delle sue spalle e dei suoi bicipiti è così potente che un brivido mi attraversa. Stringe il suo grosso cazzo con il pugno, stringendolo così forte che sussulto per lui. Voglio sostituire le sue dita con le mie e sentire tutta quella circonferenza e quella durezza.

Accanto a lui, Dornan è altrettanto muscoloso, ma ha una corporatura più massiccia che mi fa venire l'acquolina in bocca. Si sposta sui piedi come se stesse aspettando che la palla entri in gioco. I suoi enormi quadricipiti si muovono e il suo pene batte impaziente contro il suo stomaco.

E Travis? Oh, Travis. Sapevo che sotto i suoi abiti eleganti sarebbe stato sexy, ma nulla mi aveva preparato al suo corpo snello e muscoloso. Ha il fisico di un nuotatore, con addominali scolpiti che scendono fino a formare una V di muscoli che mi fa venire voglia di gemere.

È come se avessi vinto un triplo jackpot.

Mi guardano con tre espressioni molto diverse. Elias con fervore determinato, Dornan con eccitazione titubante e

Travis, come se temesse che potessi frantumarmi da un momento all'altro.

«Sono pronta», dico, allargando le gambe. «Guardate.»

Accarezzandomi tra le gambe, il mio dito si ricopre del mio desiderio. Lo lecco e assaporo i gemiti di tre uomini che sembrano così affamati da essere comici. Sono sempre stata sicura di me dal punto di vista sessuale, e trovarmi circondata da tre uomini così belli amplifica questa sicurezza al cento per cento.

Elias è il primo a cedere, girandomi sulla pancia e tirandomi contro di lui in modo che la mia schiena sia premuta contro il suo petto. La sua mano mi stringe la gola, limitando leggermente il mio respiro. «Ci vuoi tutti insieme?» mi sussurra all'orecchio. «O uno dopo l'altro.»

«Non ne sono sicura», ammetto. Insomma, ho pensato a tanti scenari diversi da sola, a letto, la notte, ma ora, di fronte alla realtà, la mia mente è sopraffatta dalle opzioni.

«Beh, immagino che prenderemo noi l'iniziativa. Dornan, mettiti davanti a lei.»

Dornan gira intorno al letto mentre Elias mi sistema in modo che io sia appoggiata sui palmi delle mani e sulle ginocchia. Il suo cazzo è così grande e smussato all'ingresso che, quando mi penetra, mi brucia. Alzo lo sguardo verso Dornan, che è inginocchiato davanti a me. «Succhiagli il cazzo, Celine.» La forza dell'ordine di Elias è come un dito sul mio clitoride. Apro la bocca e prendo Dornan il più profondamente possibile, sentendolo in fondo alla gola prima che lui si ritiri. «Gesù, Celine. Vacci piano.»

Non posso fare a meno di sorridere, anche se ho la bocca piena.

Elias mi penetra con tutta la forza che ha. Il mio ventre mi fa male per le sue dimensioni, ma la sua mano sulla mia schiena mi costringe a inclinare i fianchi e improvvisamente la profondità è più gestibile. «Sei così bagnata...» All'inizio si muove a dolci ondate, poi con spinte più violente che mi fanno soffocare con Dornan. Cerco Travis con la coda dell'occhio, ed è vicino, con gli occhi che si spostano tra quello che Elias e Dornan mi stanno facendo, il pugno stretto attorno al suo cazzo.

È un'immagine che conserverò per sempre nella mia libreria della masturbazione.

Allontanandomi da Dornan, esorto Travis ad avvicinarsi.

I suoi occhi si spalancano quando prendo il suo cazzo in bocca. La sua mano va sulla mia guancia, non per controllarmi ma per guidarmi. «Più forte», mi esorta, e io incavo le guance, mordendomi le labbra per dargli la stimolazione più intensa possibile.

«È piacevole?», chiede Elias.

«Cazzo, è fantastico», geme Travis. Chiude gli occhi mentre lo lavoro, riuscendo a malapena a mantenere il ritmo, con Elias così profondo.

«La sua figa sta diventando più stretta», dice Elias a denti stretti. Il polpastrello del suo pollice mi sfiora l'ano, una volta, due volte, poi preme più forte, facendomi gemere. «Possiamo scoparti anche qui, se vuoi», dice. Sputa, e una calda viscosità scivola tra le mie natiche. Anche il suo pollice entra e spinge dentro, e anche se è piccolo rispetto al suo cazzo, mi sento completamente piena. «Sei stretta, Celine. Fottutamente stretta.»

«Oh, cazzo», grugnisce Travis, come se il pensiero del mio piccolo buco del culo stretto fosse troppo eccitante per lui da contemplare.

«Cambio», dice Elias, tirandosi fuori e lasciandomi vuota.

Dornan scivola giù dal letto e mi dà un colpetto sul fianco. «Sdraiati sulla schiena, Celine.»

Mi giro rapidamente, guardando quella montagna di uomo. È uno spettacolo che rimarrà impresso nella mia mente per sempre. Le sue mani lavorano velocemente, srotolando un preservativo lungo il suo membro spesso. I suoi occhi incontrano i miei e lui sorride. «Arretra un po'.»

«Ma la mia testa sporge dal bordo del letto.»

«Fidati di me.» Dornan mi scavalca, sostenendosi con le braccia muscolose che si gonfiano mentre si irrigidiscono. Mentre inclino la testa all'indietro, Elias si avvicina.

Oh... capisco cosa hanno in mente. Non ho mai succhiato un cazzo in questo modo, ma sono pronta a provare. È questo che Ellie e Gab fanno con i loro uomini? Prendo mentalmente nota di chiedere almeno qualche dettaglio piccante in futuro.

Si sincronizzano in modo da penetrarmi contemporaneamente. Elias mi riempie la bocca, gemendo mentre lo prendo in profondità nella mia gola. Chiudo gli occhi mentre Dornan mi penetra la figa, il suo grosso membro mi allarga completamente. Per non essere da meno, Travis concentra tutta la sua attenzione sui miei seni, e mi sento come uno strumento suonato per la bella musica che può produrre. La mia mente nuota, disconnettendosi mentre il calore si accumula tra le mie cosce e le terminazioni nervose si infiammano ovunque vengo toccata.

«Sto per venire», grugnisce Elias, ma lo so già perché le sue cosce tremano e usa le mie spalle per sostenersi.

«Anch'io», dice Dornan, accelerando il ritmo e usando i fianchi per sbattere contro il mio clitoride. È così grande che i miei legamenti si tendono per accoglierlo, e io aggancio una gamba alla sua spalla per approfondire la penetrazione.

Mi spingono sempre più in alto. Sempre più vicina all'orgasmo. La testa mi gira, in parte per l'eccitazione e in parte per la mancanza di ossigeno, mentre Elias mi penetra la bocca.

Mi perdo mentre mi usano per il loro piacere, e l'assenza di gravità si espande dentro di me, liberandomi.

«Oh, CAZZZZZ.» Dornan mi afferra, il suo corpo diventa un muro di muscoli tesi, il suo viso è contorto e arrossato mentre il piacere lo travolge. Elias si tira fuori dalla mia bocca, usando la mano per finire, gemendo come se stesse espirando l'ultimo respiro, ed è la vista del suo sperma che cola a fiotti sulle sue dita che mi fa venire di nuovo.

«Cazzo, Celine.» Dornan ansima, il respiro affannoso, il petto ansimante. È ancora dentro di me, spingendo per prolungare il mio orgasmo. La morbida carezza delle mani di Travis sul mio corpo mi trasporta in uno spazio trascendentale che non ho mai sperimentato prima.

Non c'è da stupirsi che le mie amiche abbiano rischiato tutto per le loro relazioni non convenzionali. Se è così bello, non credo che vorrò mai tornare indietro.

11

TRAVIS

Non è affatto come pensavo che sarebbe stato. Quando Celine ha suggerito di fare sesso in quattro, l'unica cosa a cui riuscivo a pensare era quanto fosse strano trovarsi in una stanza con altri due ragazzi nudi. Insomma, come avrebbe potuto funzionare?

Mia sorella ha questo tipo di relazione, ma ho cercato di non pensare troppo agli aspetti pratici della sua vita sessuale. In realtà, mi rifiuto di credere che ne abbia una!

Dornan ed Elias sono a loro agio l'uno con l'altro perché praticano sport insieme. Probabilmente si sono visti nudi negli spogliatoi più volte di quante possano contare. Non sono timido riguardo al mio corpo. So di avere un bell'aspetto e, anche se loro sono più muscolosi di me, il mio fisico è comunque snello e atletico.

Ma, alla fine, l'unica nudità a cui ho prestato attenzione è stata quella di Celine.

Cavolo, è bellissima, e non solo esteriormente. Sì, ha un bel viso, capelli lunghi e un corpo che mi fa eccitare solo a pensarci. Sì, è minuta ma formosa, con delle belle tette naturali e una vita stretta che probabilmente potrei abbracciare con le mani. Ma è il fuoco nei suoi occhi che mi accende. È il modo in cui chiede ciò che vuole e quanto crede di meritarselo che mi eccita. È la sua vulnerabilità e il guscio duro che si è costruita che mi fanno venire voglia di conoscerla meglio.

Ha chiesto di passare una notte con tre uomini che le piacciono e che tengono a lei abbastanza da giocare a ridicoli giochi di vendetta per farla sentire meglio. Ma non credo che nessuno dei presenti in questa stanza sia qui solo per il sesso.

Ho visto il modo in cui Elias la fissa come se non volesse che lei gli piacesse, ma in realtà gli piace. Dornan la tratta come se fosse qualcosa di prezioso che ha paura di rompere. E io? Beh, non so davvero cosa sto facendo. Sono tornato dalla Germania con un unico obiettivo: dimenticare quello che è successo lì e andare avanti con la mia vita. Avevo in mente di trovare un nuovo lavoro e un posto dove vivere, ma non una nuova donna nella mia vita.

È solo sesso.

Ma non lo è. So che non lo è. Celine forse sta fingendo, ma noi altri ci stiamo complicando la vita, anche se abbiamo delle riserve.

E ora sono l'unico che non è ancora venuto, e tutti gli occhi sono puntati su di me.

Merda. Quando Celine mi tocca il viso e mi guarda con i suoi occhi verdi e confusi, del colore delle foreste fuori Berlino, il mio cuore inizia a battere forte. «Travis», mormora, attirandomi a sé. «È ora che tu prenda ciò che desideri.» La bacio profondamente, grato che Dornan si sia fatto da parte mentre la mia mente riflette su come dovrei comportarmi. Ci sono molte cose che mi piacerebbe fare a

Celine, ma non ho il coraggio di provarci in questa situazione. La mia ultima ragazza ha respinto i miei desideri come se fossero strani ed estremi. Mi ha fatto vergognare anche solo per aver suggerito qualcosa fuori dalla norma.

Celine mi spinge contro la spalla, costringendomi a guardarla. «So cosa ti piace», sussurra.

«Cosa?» La fisso con aria assente, chiedendomi di cosa diavolo stia parlando.

«Kain ha la tua collezione di porno nel suo armadio. L'ha trovata Gabriella.»

Si morde il labbro inferiore mentre io assimilo il fatto che mia sorella ha discusso delle mie preferenze sessuali con la sua amica. Dovrò fare due chiacchiere con Gab sulla sua lingua lunga e la sua mancanza di lealtà familiare.

Celine mi tocca il braccio. «Non arrabbiarti con lei. Non sapeva che ci saremmo messi insieme.»

«Cosa c'era nei porno?», chiede Elias, interrompendo il senso di mortificazione che sto provando in questo momento.

Lo guardo e vedo il suo sorriso compiaciuto. Poi allunga le mani, con i palmi rivolti verso di me. «Non ti giudico, amico. In camera da letto va tutto bene, purché sia consensuale.»

«Bondage», dice Celine, prima che io possa decidere se confessarlo o meno. «Ti piace avere il controllo.»

Merda. Merda. Merda.

Quello che vuoi è malato. È quello che mi ha detto la mia ultima ragazza. Pensava che fossi misogino perché volevo il controllo totale in camera da letto. Niente di più lontano dalla verità. Non so perché mi ecciti avere una donna legata e indifesa, ma non ha nulla a che vedere con qualcosa di terribile. Il bondage funziona solo quando c'è consenso.

Non mi piacciono le cose non consensuali. Anzi, l'idea mi fa stare male fisicamente.

Celine mi tocca di nuovo la guancia, riportando la mia attenzione su di lei. «Sono pronta a fare tutto quello che vuoi. Ho portato alcune cose nella borsa, non si sa mai.»

Le mie sopracciglia si alzano fino all'attaccatura dei capelli. «Cosa hai portato?»

«Delle cravatte di seta... sai... così i miei polsi non si ammaccano.»

«Celine è come un boy scout del bondage», ride Elias.

Dornan, ancora in piedi ai piedi del letto, emette un suono soffocato. «Volete davvero fare qualcosa di perverso?»

«Sì.» Il sorriso di Celine è ampio e luminoso. «Perché no, cazzo? Siamo tutti qui per divertirci. Tanto vale andare fino in fondo.»

Immagino che l'idea debba piacere a Dornan, perché il suo cazzo è di nuovo duro come la roccia.

Distolgo lo sguardo, perché la nudità maschile mi mette ancora a disagio.

Celine chiede a Dornan di prenderle la borsa, e lui lo fa. Lei tira fuori le cravatte di seta e me le porge. Elias scende dal letto in modo che Celine possa spostarsi al centro.

La struttura del letto è antiquata e realizzata in legno arancione. Ci sono dei montanti a cui posso legarle le mani, ma non c'è la pediera. Immagino che dovrò improvvisare. Senza dire altro, prendo il braccio di Celine e le lego il nastro di seta attorno al polso, lasciandole abbastanza spazio per stare comoda. Lei ansima piano quando lego l'altra estremità alla testiera del letto e la fisso saldamente. La seconda mano è più facile e, quando è fissata in posizione, devo inspirare profondamente ed espirare rapidamente per calmarmi.

Cazzo, è bellissima così legata per il mio piacere. Unisce le gambe come se mi sfidasse a legarle anche quelle.

«Avrò bisogno del vostro aiuto», dico a Dornan ed Elias. Mentre lego le caviglie di Celine, sento le sue gambe tremare. Quando le apro con uno strattone, passando l'estremità della corda sinistra a Elias e quella destra a Dornan, Celine geme forte.

«Tenetela forte, ok?»

«Stai bene, Celine?», chiede Dornan.

«Sì», risponde lei con un sussurro. «Cazzo, sì.»

«Credo che le piaccia.» Il sorriso nella voce di Elias non è beffardo. È felice che Celine si stia divertendo.

«Vediamo quanto le piace.»

Mi arrampico su di lei, ammirando i tendini tesi sotto le sue braccia e il modo in cui i suoi seni sono tesi. Le tocco il labbro superiore con il pollice, fissando profondamente i suoi occhi spalancati. «Come ci si sente ad essere legata a questo letto e tenuta aperta da due uomini?»

La sua lingua guizza fuori per leccarmi la pelle. «Bene.»

La mia mente è vuota come una pagina bianca, la realizzazione della mia fantasia è quasi troppo forte. Faccio scorrere le dita lungo la parte interna del suo braccio, dal polso delicato fino a sfiorare con la punta il capezzolo piccolo e turgido. La sua pelle si ricopre di pelle d'oca e tutto il suo corpo è scosso da un brivido. Quando le accarezzo il capezzolo con il dito, lei geme, e quando lo stringo con la forza giusta per farle un po' male, lei grida, inarcando la schiena. Ripeto l'operazione dall'altra parte, ma, invece di pizzicarla, le prendo l'altro capezzolo in bocca e lo succhio forte, finendo con un morso.

«Sì», ansima. «Oh cazzo, sì.»

Non lascio un centimetro della sua pelle senza toccarlo con le dita o con la bocca. Esploro ogni cresta e ogni valle, i punti morbidi che la fanno contorcere e quelli inesplorati come le sue dolci costole e l'incavo dove la vita si allarga. Li premo tutti con dei baci.

Quando mi avvicino alla sua figa, lei tira contro le cinghie che le trattengono le gambe, ma Elias e Dornan la tengono ferma, mantenendo le sue gambe aperte a V, la sua figa spalancata per me. Quando passo le dita tra i riccioli all'apice delle sue cosce, la mia mente torna alla prima notte alla festa di Dalton, dove i suoi capelli erano rossi e vivaci. È bellissima adesso, ma mi piacciono i suoi capelli nel loro colore naturale.

La sua figa è rosa e graziosa, lucida per l'eccitazione. Mi lecco la punta del dito e lo passo sul suo clitoride, gonfio e pronto.

Celine impreca, tirando di nuovo contro le cinghie che le trattengono le gambe. «Leccala», dice Elias con un sussurro eccitato. «Vediamo quanto riesci a farla dimenare.»

Le sue parole rendono il dolore al mio cazzo ancora più forte. Non riesco a capire come il fatto che la mia fantasia segreta sia stata convalidata stia amplificando la mia eccitazione. Questa perversione che vedevo come un peso o qualcosa di cui vergognarsi è ora allo scoperto e viene goduta da altre tre persone.

Quando abbasso il viso all'incavo delle cosce di Celine, sono colpito dal suo profumo e qualcosa scatta nella mia testa. Il mio desiderio per lei è feroce, ma improvvisamente è avvolto da un velo di brama e bisogno di possesso. Il pensiero che Eddie abbia messo le mani su di lei mi fa venire voglia di prendere a pugni qualcosa. L'idea che qualcun altro potrà essere così con lei quando avremo finito mi fa scorrere un brivido freddo lungo la schiena.

Le corde che legano Celine vengono strette ancora di più, limitando ulteriormente i suoi movimenti. Lei geme quando tocco con la punta della lingua il punto proprio sopra il suo clitoride, cercando di spostarsi ma trovando impossibile farlo. Dornan ed Elias stanno facendo un ottimo lavoro nel tenerla immobile. «Ti prego», implora. «Fammi venire.»

Sorrido contro la sua coscia, poi uso la lingua per esplorare le sue pieghe, spingendo verso la sua dolce entrata e sorridendo quando lei grida.

«Stuzzicala», dice Dornan. «Non darle quello che vuole.»

È esattamente quello che intendo fare. Farla contorcere e tirare contro le sue legature. Farle interiorizzare la consapevolezza che lei è mia e che posso fare tutto ciò che voglio con lei.

La lecco di nuovo, appoggiando il dito appena dentro di lei. Lei cerca di muoversi per rendere la penetrazione più profonda, ma Elias e Travis non glielo permettono. I suoi gemiti diventano più frustrati e io afferro il mio cazzo, stringendolo e tirandolo tre volte con forza solo per alleviare un po' della tensione bruciante che mi spinge a seppellirmi dentro di lei.

La sua figa freme contro il mio dito, un piccolo buco affamato, ma non le do altro. Più è affamata, più voglio farla aspettare.

Altre lente leccate mandano la mia mente in un luogo dove mi sembra di librarmi sopra i nostri corpi, guardando dall'esterno me stesso. «Ti prego», ansima di nuovo.

«Forse dovresti lasciarglielo fare.» Dornan bacia la caviglia di Celine, e gli occhi di lei si concentrano su di lui, velati di tormento e disperazione.

«Ti lascio venire?» le chiedo, sapendo già la risposta.

«Sì.»

Tengo il pollice sopra il suo clitoride e inclino il mio pene nella sua figa in modo da poterlo spingere dentro con una sola spinta. Lei viene così violentemente intorno al mio pene che vedo le stelle, scopandola attraverso ondate di bellissime contrazioni, guardando il suo corpo contorcersi e inarcarsi, allungando i suoi seni e facendo dimenare i suoi fianchi. «Ecco, piccola.» Ha fatto così bene, ha sopportato così tanto e ha aspettato così a lungo.

E ora è il mio turno.

«La voglio a pancia in giù», dico a Elias.

Celine mi guarda sorpresa, sbattendo le palpebre. Senza ulteriori istruzioni, Elias e Dornan le slegano le gambe e iniziano a slacciarle i polsi. La incoraggiano a girarsi mentre io aspetto alla fine del letto, osservando mentre la legano di nuovo a pancia in giù. Dornan ed Elias la stanno preparando per me come un sacrificio sul mio altare.

Il suo culo è così invitante, sinuoso e rotondo, con piccole fossette nella parte superiore dei fianchi. Anche con le gambe strette, riesco ancora a vedere il rigonfiamento della sua dolce figa premuta come una conchiglia. È sdraiata con la testa girata a sinistra; i suoi occhi fissi in lontananza. Non aiuta Elias e Dornan allargando le gambe. Invece, aspetta che siano loro a divaricarle usando le corde, emettendo un lamento sommesso mentre lo fanno. Mi metto tra le sue gambe, allargandole le natiche in modo da avere una visione chiara di tutto ciò che è mio. Agganciando

116

i pollici all'interno del suo ingresso, la allargo ancora di più, gemendo alla vista di tutta la sua carne rosa e bagnata.

«Ti riempio, Celine?» le chiedo, «O ti lascio così, spalancata affinché tutti possano apprezzarti?»

«Riempimi», sussurra. «Ti prego.»

«Che brava ragazza.»

Il mio cazzo scivola dentro di lei così bene da questa angolazione. Copro tutto il suo corpo con il mio peso, spingendo così in profondità dentro di lei che raggiungo il fondo, e lei geme. Sfiorando con le labbra il padiglione auricolare, assaporo il brivido che le provoca. «È questo che volevi, Celine? Volevi che tre uomini ti possedessero. Ti abbiamo dato quello di cui avevi bisogno?»

«Sì.» La parola è soffocata, come se la sua gola si fosse chiusa involontariamente a metà della pronuncia. «Sì.»

«Penso che tu possa venire di nuovo», dico, anche se sono vicino e trattenermi sarà una sfida.

«No.» Lo dice con un sussulto mentre la penetro con forza. La mia mano spinge sotto il suo fianco, alla ricerca del suo clitoride. Quando lo trovo, mi limito a premere leggermente sopra di esso mentre spingo, sapendo che una pressione indiretta è la cosa più probabile per farla venire dopo così tanti orgasmi. Dannazione, è così bella e piacevole da vedere e da toccare, distesa e prigioniera sul letto. «Fallo», le dico. «Lasciati andare.»

E come se le mie parole fossero il grilletto, lei mi stringe forte, il suo corpo si tende e si contrae, e vedo le stelle lampeggiare davanti ai miei occhi. I miei testicoli si contraggono e io mi libero come un'onda di marea che si infrange sulla riva, gemendo a lungo e profondamente.

Celine sostiene il mio peso mentre crollo su di lei, affondando il viso nei suoi dolci capelli. I nostri corpi sono

117

scivolosi e ho un crampo alla coscia sinistra. Lei ansima e il suo cuore batte così forte che riesco a sentirlo contro la mia pelle.

Tutte le mie riserve sul fatto di coinvolgermi con qualcuno di nuovo così presto dopo aver lasciato la Germania svaniscono. Trovare qualcuno che apprezza le mie perversioni mi ha aiutato a scrollarmi di dosso tutta la tensione che mi ero portato a casa.

Ma mentre allungo la mano per sciogliere i polsi di Celine, ed Elias e Dornan si affollano intorno a lei per baciarla, toccarla e dirle che è una dea, il legame che desidero si ritira dentro di me.

12

ELIAS

«Non voglio ancora andare a casa», geme Celine, facendo eco ai miei sentimenti. Questa stanza da Molly non è esattamente un lussuoso hotel a cinque stelle ai Caraibi, ma il letto è morbido e caldo, e io sono stanco morto. Stanco morto e con un'erezione permanente grazie alle perversioni di Travis.

Giuro, non avrei mai pensato che il bondage mi avrebbe eccitato così tanto, ma guardarlo mentre controllava Celine, stuzzicandola fino a farla quasi impazzire di piacere, mi ha aperto gli occhi su un mondo completamente nuovo di giochi sessuali.

«Neanch'io voglio andarmene. Fuori fa un freddo cane, mentre qui dentro è caldo.» Attiro Celine più vicino a me e lei mi avvolge pigramente una gamba con la sua, premendo la sua dolce figa contro la mia pelle.

Cavolo.

Non se ne parla proprio di uscire da questa stanza adesso.

«Dovrei andare. Domani ho un colloquio.»

«Sei il nostro autista», fa notare Dornan mentre Travis cerca di alzarsi dalla sedia su cui è sprofondato. Travis ricade all'indietro.

«Immagino che potremmo restare qui. Mi faccio una doccia qui, poi mi metto i vestiti a casa dopo avervi accompagnati.»

«Posso fare la passeggiata della vergogna», dice Celine con una punta di orgoglio felice nella voce.

«Non c'è niente di cui vergognarsi, rossa.»

Mi dà una pacca sul petto, ma sorride contro la pelle della mia spalla. «Mi hai appena dato un nomignolo sdolcinato?»

«Beh, sei la nostra cucciola. Travis ti aveva messo il guinzaglio.»

«Cazzo, Elias.» Scuotendo la testa, Travis arrossisce sopra la barba. «Non è così.»

«Cosa?»

«Lei non è un animale. Non si tratta di sminuirla.»

«Lo so. Sto solo scherzando. Era fottutamente eccitante.»

«Vuoi provare anche tu la prossima volta?»

Alzo le spalle, cercando di sembrare disinvolto, soprattutto perché Travis ha dato per scontato che ci sarà una prossima volta senza che Celine abbia suggerito di voler passare un'altra notte con noi.

Voglio che succeda di nuovo. Anche dopo la prima volta che abbiamo scopato volevo di più, ma non era possibile. Quell'idiota di Eddie l'aveva in pugno.

Ora è diventato un accordo a quattro, che non può andare oltre. È troppo complicato, cazzo, e io sono figlio unico. Condividere non è una cosa che mi viene naturale.

Sono un avido stronzo quando si tratta di Celine.

Dornan mi guarda da dove è sdraiato dall'altra parte di lei, come se la stessi monopolizzando. Anche se l'abbiamo condivisa, c'è un disagio tra noi che dovrebbe impedire che questo accada di nuovo. Vedo la possessività nel suo sguardo mentre i suoi occhi si fissano sul mio braccio che avvolge la vita di Celine, tenendola stretta a me.

Lui la vuole per sé nello stesso modo possessivo in cui la voglio io.

Travis è più complesso da capire.

La sua perversione deve rendergli difficile trovare partner. Con Celine, non ha dovuto passare attraverso alcuna fase di confessione perché lei sapeva già cosa gli piaceva e lo accettava.

E anche noi l'abbiamo accettato.

Non c'è da stupirsi che sembri il gatto che ha mangiato il canarino.

«Stai davvero parlando di fare ancora sesso?» Celine sbadiglia e si sposta, liberandosi dalle mie braccia e voltandosi per prestare attenzione a Dornan. La sua assenza mi fa rabbrividire e borbotto interiormente mentre Dornan si avvicina per stringerla a sé.

«Ti abbiamo stancata?» chiede Dornan, baciandola sulla fronte. Quindi ora sta dispensando affetto con disinvoltura. Ora la tratta come una fidanzata, non solo come un'avventura.

«Il mio corpo sembra essere stato investito da uno di quei camion che viaggiano sulle strade ghiacciate.»

«Il mio sta bene.» Mi stiro, appoggiando le mani sopra la testa. Il mio cazzo mi batte sulla pancia, pronto per almeno un altro round, se non di più.

121

Ecco perché a quattro non funzionerà. Gli altri uomini in questa stanza hanno esaurito il mio tempo e la mia opportunità.

Travis geme e si dirige verso il letto vuoto, che è stato avvicinato a quello che noi tre stiamo condividendo. «Voi studenti sapete come bruciare la candela da entrambe le parti.»

«Ti stiamo sfinendo, vecchio?» rido.

«Aspetta di avere qualche anno in più.»

«Hai solo cinque anni più di noi.» Celine alza lo sguardo verso Travis. «Ti comporti come se fossi sul punto di andare in pensione.»

Dornan ride mentre la mano di lei gli sfiora gli addominali. «Davvero, Celine. Non farlo. Sono sensibile al solletico.»

Come un drappo rosso davanti a un toro, lei gli si avventa addosso con le dita che si contorcono, e il ragazzo più grosso della stanza si riduce a un tremolante mucchio di gelatina.

«Pensavo che dovessimo dormire.» Mi tiro addosso il lenzuolo e mi giro dall'altra parte. La gelosia è un brutto nodo allo stomaco e un groppo che mi stringe la gola. È fottutamente patetico sentirsi rifiutato solo perché Celine ha scelto di ridere con un altro uomo. Nessuno di noi ha un interesse più significativo nel suo tempo e nel suo affetto. Semmai, ho avuto rapporti intimi con lei più volte. Questo dovrebbe mettermi in vantaggio. Ma non posso fare a meno di provare quello che provo. Non posso fare a meno di voler uscire da questo letto, infilarmi i vestiti e uscire di corsa dalla porta.

Le risate si spengono e il letto si muove dietro di me. Dei passi attraversano il pavimento e mi volto appena in tempo per vedere il dolce sedere di Celine scomparire in bagno.

Cazzo, ha un'andatura sexy come le ragazze dei video musicali degli anni Ottanta, con i fianchi che ondeggiano in un modo che mi fa impazzire.

Dornan fischia con un tono basso e discendente mentre Celine chiude la porta. «Quella ragazza è una bomba.»

La mia gola deglutisce involontariamente, emettendo un suono strozzato.

«È vero», concorda Travis.

Non dico nulla.

«Elias, vuoi rifarlo?»

È ovvio che non sto ancora dormendo, quindi non ho modo di evitare di rispondere alla domanda di Dornan. Se dico di no, sono fuori dai giochi con Celine per sempre. Ha altri due uomini che aspettano solo di prendere il mio posto. Ma se dico di sì, mi impegno a condividere ancora, il che mi fa sentire bene sul momento, ma mi lascia vuoto come una fottuta caverna dopo.

«Forse dovresti chiedere a Celine, prima di coinvolgerci.»

«Travis?»

«Se lei vuole.» Ovviamente lui non ha le mie stesse riserve o preoccupazioni. Fantastico. Proprio fantastico.

Dal bagno provengono rumori di acqua che schizza. Celine canticchia sottovoce, ma non riesco a distinguere la melodia. Il mio telefono vibra sul tavolino, ma sono troppo stanco per controllare chi sia. Probabilmente è una delle chat di gruppo, piena di pettegolezzi. Stasera c'era una partita importante di hockey; se la nostra squadra avesse vinto, i giocatori sarebbero usciti, causando il caos.

Quando Celine apre la porta, allungo il collo per guardarla, nel caso fosse l'ultima volta che la vedo nuda. Si è raccolta i capelli in uno chignon disordinato, con alcune ciocche che le ricadono sul bel viso da elfo. Il suo seno è nudo e i capezzoli sono ancora arrossati dalle nostre dita e dalle nostre bocche crudeli.

Esita, guarda i due letti come se non sapesse cosa fare. Ha lasciato uno spazio tra me e Dornan, ma questo non significa che tornerà lì. La voglio accanto a me, anche se si rannicchia dall'altra parte, ma tre in un letto e uno nell'altro non ha molto senso.

Deve pensare la stessa cosa, perché si avvicina all'altro lato del letto di Travis e si infila sotto le coperte. «C'è posto per un'altra persona?»

Lui sorride e si sposta, prendendo il piumone e coprendola. Le bacia le labbra e si rannicchia tra le sue braccia come se dormissero insieme da cent'anni. Mi volto, stringendo i denti.

«Immagino che saremo solo io e te.» Dornan si sposta più in basso sul cuscino e io divento molto consapevole del fatto che sono nudo e a letto con un altro ragazzo nudo.

«Dobbiamo metterci qualcosa addosso.» Prendo i miei boxer dalla pila di vestiti sul pavimento e li indosso. «Non voglio assolutamente svegliarmi con il tuo cazzo vicino a me.»

Dornan scende dal letto, alla ricerca dei suoi boxer smarriti. «Credimi, sono più che felice di tenere i miei gioielli per me.»

«Il tuo pacco è tutto mio», mormora Celine soddisfatta. Emette un ronzio dalla gola simile al miagolio di un gatto.

«Avida.» Travis si gira e vede Dornan che si infila nel letto. Non è così che immaginavo la fine di questa notte.

«Se lo dici a qualcuno, le tue parti intime finiranno nella spazzatura», ringhio.

La stanza esplode in una risata, ma io non mi unisco.

Non riesco ad addormentarmi facilmente.

***

La sveglia di Travis ci alza tutti all'alba. Per fortuna, ieri sera ho mantenuto la mia posizione dando le spalle a Dornan, e lui non si è avvicinato per abbracciarmi. Faccio scivolare le gambe dal bordo del materasso e mi strofino entrambe le mani sul viso e tra i capelli. Mi trascino in bagno e faccio pipì così a lungo che comincio a preoccuparmi. Faccio una doccia di due minuti, lavando via con riluttanza ogni traccia di Celine e di quello che abbiamo fatto la notte scorsa.

Tornata in camera da letto, Celine si è già infilata il vestito e i tacchi. Mi sorride con gli occhi assonnati e le guance rosee, e il mio stupido petto si riempie di tenerezza davanti al suo viso carino al mattino.

«Abbiamo dieci minuti.» Travis irrompe in bagno, apre la doccia e poi fa i suoi bisogni. Dornan è ancora rannicchiato sotto le lenzuola come un tronco d'albero gigante.

Gli lancio un cuscino in testa. «Dornan. È ora di alzarsi.»

Lui geme e poi allunga il braccio sul letto. Quando si gira, è evidente che ha un'erezione mattutina. Celine ridacchia e io distolgo lo sguardo, infastidito.

Anche solo vederla fissare l'erezione accidentale di un altro uomo mi fa ribollire di rabbia.

Mi vesto in tempo record e mi sistemo i capelli asciutti allo specchio. La mia espressione è più tesa del dovuto. Di solito, la mattina dopo aver fatto sesso, sono tutto dolcezza e luce, con un sorriso che non mi abbandona e fossette in piena forza.

Di solito riesco a liberarmi della tensione che si accumula dentro di me fino a farmi diventare simile a un orso grizzly.

Questa volta, è il dopo sesso che mi ha reso scontroso.

«Ehi.» Celine mi si avvicina da dietro, appoggiandomi delicatamente una mano sulla spalla. «Stai bene?»

«Sto bene.» Mi giro per guardarla, e vedo che ha la testa inclinata da un lato. Il turbinio dei suoi pensieri è quasi udibile.

«Sì?»

«Sì. Ci siamo divertiti.» Alzo le spalle come se non significasse altro. Due corpi che si uniscono per il piacere reciproco.

«Sì, è vero.» Le sue labbra si serrano e i suoi occhi trovano un punto nell'angolo su cui si concentrano. «Volevo chiederti se hai tempo per aiutarmi con la mia classe. Devo migliorare i miei voti prima che inizino a prendere provvedimenti.»

Non riesce nemmeno a guardarmi quando mi chiede aiuto. Cavolo, questa ragazza mi ricorda me stesso.

«Posso aiutarti. Travis può accompagnarmi al tuo dormitorio e studieremo insieme.»

Celine annuisce e poi fa un passo indietro, mettendo un po' di distanza tra noi. Non mi piace questa distanza. Vorrei attirarla a me e darle un bacio sulla fronte. Vorrei rassicurarla che, non importa quanto sia indietro, può migliorare i suoi voti con un po' di impegno e concentrazione.

Voglio comportarmi in un modo che non ho mai fatto prima con una ragazza, e questo mi spaventa a morte.

Travis esce dalla doccia canticchiando qualcosa. Il ragazzo ha un'aria davvero felice dopo aver fatto sesso.

126

Dornan scompare in bagno, riprendendo la melodia, quindi ora entrambi gli altri stanno canticchiando. È un coro di soddisfazione che mi rende ancora più cupo.

Sfogliando il mio telefono, cerco di passare il tempo fino a quando Travis non è completamente vestito e Dornan è uscito dalla doccia. Celine fa lo stesso, appollaiata sul bordo del letto, rannicchiata sul suo schermo.

La vedo di sfuggita mentre aggiunge su Instagram alcuni dei selfie che abbiamo scattato insieme ieri sera, e anche se so che il nostro appuntamento faceva parte della sua vendetta contro Eddie, mi dà comunque fastidio che lei sia più concentrata su quello che su di me.

Mi passo una mano tra i capelli, frustrato e con un nodo allo stomaco.

«Che cazzo sta facendo lì dentro?», sbuffo.

«Calma», dice Travis guardando l'orologio. «Va tutto bene. Mancano ancora due minuti.»

Puntuale come un orologio, Dornan esce dal bagno, si infila i vestiti e si asciuga i capelli bagnati con l'asciugamano. Tutti e quattro siamo pronti in dieci minuti. Dev'essere una specie di record!

Travis ascolta la sua musica da papà a tutto volume fino al campus e Dornan e Celine canticchiano insieme a lui. Io resto a guardare fuori dal finestrino con le labbra serrate. Dornan è il primo ad andarsene, allunga il braccio per baciare Celine sulla guancia con un bacio d'addio. «Ti chiamo», dice, poi scivola giù dal sedile posteriore e si ferma a salutarci con la mano mentre Travis si allontana.

Può chiamare Celine. Hanno quel tipo di rapporto.

La loro facile amicizia mi fa venire il voltastomaco.

Guidiamo per un altro minuto prima di raggiungere il dormitorio di Celine. L'edificio si profila accanto a noi e

Travis si gira verso Celine, che è sul sedile posteriore. «Ieri sera è stato...» Si interrompe come se non riuscisse a trovare le parole per descriverlo. Conosco quella sensazione e, a quanto pare, anche Celine.

«Lo è stata davvero.»

Esco dall'auto prima che lui possa dire che chiamerà anche lei; perdo il controllo della lingua.

«Buona fortuna per il colloquio. Sono sicuro che li stupirai.»

«Lo spero.»

Apro la portiera di Celine, desiderosa di allontanarla il più possibile dalla mia rivale.

«Fammi sapere se hai bisogno di altro.»

Celine è già a metà strada fuori dalla porta quando lui lo dice, e lei si ferma. «Ok. Grazie.»

Sul marciapiede, si guarda intorno per vedere se qualcuno la sta osservando mentre viene accompagnata con gli stessi vestiti della sera prima. È ancora presto e gli studenti non sono famosi per la loro capacità di alzarsi presto la mattina. La strada è libera. La seguo dentro e salgo le scale fino alla sua stanza. Il suo modo di camminare mi ipnotizza e i ricordi della notte precedente dipingono nella mia mente immagini sessuali che mi fanno indurire il pene.

Mi concentro sul pavimento, non volendo avere un'erezione completa prima di arrivare alla sua porta.

Mi ha chiesto di venire qui per aiutarla, non per scoparla, anche se le due cose non devono necessariamente escludersi a vicenda.

Quello che succederà dopo dipenderà da lei, e odio non avere il controllo.

13

CELINE

Elias entra goffamente nella mia piccola stanza del dormitorio, occupando così tanto spazio che non so cosa fare. Ho un odore strano e la mia figa è così eccitata dalla notte scorsa e dalla sua vicinanza che ha un battito proprio.

Cavolo.

Devo lavorare sui miei voti, ma farlo con Elias in queste circostanze è una tortura.

«Ti va un caffè e qualcosa per colazione? Ho dei cereali.»

«Certo.» Si guarda intorno nella mia stanza.

«Puoi sederti qui. Preparo tutto e poi faccio una doccia veloce.»

Si avvicina alla sedia della mia scrivania, passandoci vicino. «Non fare la doccia per me. Hai un buon profumo.»

«Puzzo di sesso.»

«Esatto.»

Arriccio il naso ed Elias ridacchia cupamente. «Hai il profumo del miglior sesso, Celine. Nessun ragazzo che valga qualcosa troverà quell'odore sgradevole. Cazzo, mi sta praticamente facendo girare la testa.»

«Gli uomini sono disgustosi.» Mi dirigo a grandi passi verso l'angolo cottura in comune per preparare al mio ospite un caffè istantaneo e una ciotola di muesli. Probabilmente preferirebbe qualcosa di zuccherato, ma non ho cereali per bambini.

Tornato nella mia stanza, accetta con gratitudine ciò che gli offro, guardandomi con gli occhi socchiusi che mi dicono che preferirebbe mangiare me piuttosto che il cibo. Prima che abbia la possibilità di toccarmi, sparisco in bagno, chiudendo la porta a chiave dietro di me. Mister Arrapato là fuori probabilmente mi seguirebbe se ne avesse la possibilità, e anche se l'idea di un Elias nudo e bagnato che mi blocca contro la parete piastrellata è così deliziosa da farmi venire l'acquolina in bocca, devo trattenermi.

Mi ricopro di bagnoschiuma alla fragola e mi strofino il viso. Dopo aver asciugato la pelle, applico un burro corpo alla fragola e spruzzo il viso con acqua di rose. Poi mi rendo conto di aver dimenticato di portare dei vestiti puliti in bagno.

Cavolo.

Il mio asciugamano è piccolo e mi copre a malapena il sedere. Quando apro la porta, Elias ha finito di fare colazione e sta riposando appoggiato alla mia sedia con le braccia conserte e le gambe divaricate. Quando mi vede, fa scattare la lingua per inumidirsi le labbra.

«Stai cercando di uccidermi, Celine?»

«Sei troppo grosso. Non potrei mai nascondere il tuo corpo.» Lui scoppia a ridere mentre io rovistò nel mio comò alla ricerca di mutandine pulite e un reggiseno abbinato. Non faccio il bucato da due settimane, quindi mi sono rimasti solo biancheria intima bianca di cotone e un reggiseno nero di pizzo. Non è esattamente una combinazione seducente, il che è un bene perché non voglio che Elias si faccia strane idee.

In realtà, non gli importerebbe se indossassi un sacchetto di plastica. Anzi, probabilmente gli piacerebbe. È più facile da togliere.

Trovo una camicia e un paio di jeans e mi avvio verso il bagno.

«Dove vai?» La sua voce rimbomba con un sorriso.

«A vestirmi.»

«Celine, ho visto dentro la tua figa e ti comporti come se fossi timida?»

Mi giro verso di lui e alzo gli occhi al cielo. «Non è elegante implorare uno spettacolo porno gratuito.»

Elias alza le braccia e appoggia la testa sui palmi delle mani, spingendo indietro in modo che la schiena scricchioli. Una volta ho visto un documentario sul linguaggio del corpo, e lui ha assunto una classica posa dominante, mostrando tutto ciò che ha.

«Sembra già l'inizio di un porno tra fratellastro e sorellastra. La prossima cosa dirai che sei a corto di soldi e che mi farai un pompino per cinquanta dollari.»

La mia bocca si spalanca per la sorpresa e il disgusto. «Li guardi davvero?»

Alzando le spalle, cambia posizione, appoggiando gli avambracci sulle ginocchia e sporgendosi in avanti. C'è malizia nel luccichio dei suoi occhi e nel rapido lampo di un sorriso sulle sue labbra.

«Tu cosa ne pensi?»

«Penso che tu sia fastidioso, Elias.»

«Ma ti piace, vero, Celine? Quindi cosa dice questo di te?»

Tra noi volano scintille perché ha ragione. Mi piace che lui superi i limiti. Mi piace che la sua sicurezza si propaghi come le scosse di assestamento di un terremoto. Tutto di lui, dalla sua stazza ai capelli scuri, ai movimenti lenti e decisi, mi eccita.

«Va bene.» Getto i vestiti sul letto e lascio cadere l'asciugamano sul pavimento. Non mi preoccupo di guardare nella direzione di Elias e mi concentro invece sull'angolo della mia stanza mentre mi infilo le mutandine e allaccio il reggiseno. Una volta indossati la maglietta e i jeans, mi avvicino con passo deciso alla scrivania. «Prendo i miei libri e tu mi dici da dove cominciare.»

Non raggiungo la libreria prima che il braccio possente di Elias mi afferri per la vita e mi tiri sulle sue ginocchia. Lo schiaffeggio infastidita e, quando lui cerca di baciarmi, gli premo entrambe le mani sul petto e lo spingo indietro.

«Non credo proprio.»

Il suo pene è una barra di ferro sotto il mio sedere, e dimenarmi contro di esso sembra solo farlo diventare più grande.

Mi preme il viso contro il collo e inspira. «Gesù, che buon profumo che hai. Come le merendine alla fragola.»

«Mi stai davvero paragonando a un dolce zuccherato e artificiale?»

Ride, e sembra che la risata provenga da qualche parte nel profondo di lui, che non mostra molto spesso. La sua mano scivola sul mio fianco e mi accarezza il seno. «Non c'è niente di plasticoso in te.»

Soffoco un sorriso mentre tutto il mio corpo si infiamma di eccitazione.

Questo non dovrebbe farmi piacere. Elias è un idiota arrogante che si diverte a provocarmi. Eppure, non posso fare a meno di godermi le sue provocazioni, sia metaforiche che letterali.

Gli tolgo la mano dal seno e la appoggio sulla mia coscia. «Devo studiare.»

Lui fa un respiro esagerato ed espira come un toro infuriato, ma allo stesso tempo sorride.

«Potresti avere questo...» Si spinge verso l'alto per farmi sentire la sua erezione. «Ma tu vuoi questo.» Si picchietta il lato della testa.

«Entrambe le cose sarebbero belle, ma prima questa.» Gli tocco la tempia e lui mi ruba un bacio, poi mi dà una pacca sul sedere, esortandomi ad alzarmi.

«Prendi i tuoi libri, Celine. Il mio cazzo non aspetterà per sempre.»

14

ELIAS

Passiamo due ore a ripassare la comprensione di Celine dell'argomento e le parti del corso che le risultano più difficili. Alla fine, ha gli occhi sgranati e la sua penna sta praticamente strappando le righe del foglio su cui scrive così velocemente. «Oh mio Dio, non posso credere di non averlo capito.»

«Neanch'io riesco a crederci.»

«Il professor Callihan è un pessimo insegnante.»

Alzo le spalle perché sono d'accordo solo a metà. Lui ci indica la direzione giusta per tutte le informazioni di cui abbiamo bisogno per avere successo. Ci sono molte letture esterne che Celine ovviamente non ha fatto. «Penso che ci dia ciò di cui abbiamo bisogno, ma non possiamo affidarci solo alle lezioni. Devi dedicare del tempo ai testi di studio.»

Il suo cipiglio si fa più profondo e lei continua a schioccare la punta della penna.

«Quanto studi, Elias?»

«Molto.»

«Ma tu hai la pratica.»

«Ciò richiede tempo, ma...»

Ma devo sfruttare ogni secondo che passo qui, perché non ho i soldi di mamma e papà su cui contare. Devo dimostrare che non sono l'idiota che mio padre mi ha ripetuto più volte di essere. Devo mostrare al mondo l'uomo che voglio essere perché quello che sono non è un granché.

Cazzo. Non le dico niente di tutto questo.

«Ma?»

«Ma devi trovare il tempo per le cose importanti.»

Celine appoggia la penna sul blocco degli appunti e scivola giù dal letto. Quando è davanti a me, si ferma tra le mie gambe e mi passa le dita tra i capelli. Chiudo gli occhi, la sensazione sul cuoio capelluto mi manda un brivido lungo la schiena e tra le gambe. Penso alla sua biancheria intima spaiata e a quanto vorrei strappargliela di dosso e affondare dentro di lei. A quanto vorrei sentire le sue unghie affondare nella mia pelle.

La tiro verso di me, premo il viso contro la sua pancia e resto lì mentre lei mi accarezza. Le sue dita scivolano lungo la mia nuca tesa e sfiorano le mie spalle contratte. Anche se il fisioterapista della nostra squadra si occupa dei nostri dolori e dei nostri acciacchi, sono ancora teso per tutte le panchine, gli allenamenti e il resto dello stress della vita.

«Sei così grande», sussurra. «Così grande e duro e….»

«...e?» Aspetto il pensiero che le si è seccato sulla lingua.

«...un dilemma.»

«Bella parola. In che senso?»

«Sembri non prendere nulla sul serio, ma in realtà lo fai. Respingi qualsiasi tipo di contatto emotivo, ma ami le manifestazioni d'affetto. Non riesco a capirti.»

Sbuffo ironicamente, ma sotto la mia frivolezza mi sento esposto. «Sembra che tu voglia capirmi».

135

Invece di ammetterlo, mi solleva il mento costringendomi a guardarla negli occhi. L'incertezza che vi leggo mi sconvolge.

«Portami a letto, Elias.»

E così faccio.

Lo faccio in modo crudo e sexy, e so che le piace perché la fa impazzire fino a quando non mi graffia e piagnucola. Ma dopo, quando la stringo a me, lascio che le mie dita vaghino sulla sua pelle con la stessa delicatezza che lei mi ha mostrato, e mi lascio trasportare dalle sue carezze delicate, allontanando i pensieri di Dornan e Travis, e persino di Eddie. Allontanando la mia mente confusa che mi dice che sono un codardo perché desidero Celine per qualcosa di più di una scopata divertente e conveniente.

Mi concedo di riposare perché mi sembra un'occasione che non si ripeterà per molto tempo.

15

DORNAN

Travis ha ottenuto il lavoro. Lo scopro da Ellie, che lo ha saputo da Gabriella e me lo dice mentre prendiamo un caffè nel pomeriggio. Più tardi, mentre mi rilasso nella mia stanza, uso la chat di gruppo "Fake Dates" per condividere il mio messaggio di congratulazioni. Sembra la cosa giusta da fare, ma quando lo invio, provo un'ondata di incertezza.

Non siamo un gruppo di amici. Abbiamo condiviso due notti al motel di Molly, una perfettamente innocente e l'altra totalmente corrotta, ma questo è tutto.

Non ho più visto Celine da allora, e mi sta facendo impazzire chiedermi se sia solo impegnata o se mi stia evitando. O, peggio ancora, se stia vedendo gli altri due ma abbia deciso di escludermi.

Merda.

Mi passo una mano tra i capelli e mormoro che sono un idiota per aver lasciato che i miei sentimenti per Celine crescessero in circostanze tutt'altro che ideali. Mi accascio sul letto, allungo le mie lunghe gambe, facendo una smorfia per il livido che mi sono procurato nell'ultima partita e per i muscoli indolenziti dall'allenamento. I miei piedi con i calzini sembrano enormi, quasi sporgono dal bordo del letto.

Quando il mio telefono vibra, salto in piedi, dimenticando i miei dolori e afferrando il telefono. È Travis con una risposta.

TRAVIS - Grazie, amico. Sono entusiasta. È un ruolo fantastico. Meglio di quello che ho lasciato in Germania. Hanno bisogno che inizi immediatamente, ma ho chiesto una settimana di ferie per trovare un appartamento.

Vedo che Celine ed Elias stanno scrivendo.

CELINE - Evviva. È una notizia fantastica. Vai Travis!

ELIAS - Ben fatto, amico. Posso diventare come te da grande?

TRAVIS - Stai cercando di farmi sentire di nuovo vecchio?

ELIAS - Sei vecchio, amico!

CELINE - Posso venire con te a cercare un appartamento?

ELIAS - Dovresti studiare, Celine.

TRAVIS - In realtà mi farebbe piacere un po' di compagnia. Mia madre e Gabriella hanno un appuntamento dal parrucchiere e i miei amici sono tutti impegnati. Non so cosa sto cercando. Domani ho cinque appuntamenti tra le nove e le undici.

CELINE - Ci sto.

Elias risponde prontamente.

ELIAS - Ci sto.

Se loro ci vanno, non voglio essere l'unico escluso. Digito velocemente: **"Ci sto"**.

TRAVIS - Passo a prendervi verso le otto e quarantacinque.

Celine risponde con una faccina sorridente. Elias mette un pollice in su. Io mando uno di quei simboli con il segno di spunta verde solo per essere diverso, e mentre lo faccio mi sento come uno studente delle superiori.

Mi sdraio sul letto, sorrido al mio telefono e poi lo lancio accanto a me. Sarà bello vedere Celine, e una parte di me non vede l'ora di assistere alle stupide battute che volano nel gruppo ogni volta che siamo insieme. Ho visto Ellie avere la stessa dinamica con i suoi fratellastri diventati padri dei suoi figli e Gabriella con i suoi tre vicini diventati fidanzati. C'è qualcosa in tre uomini e una donna che sembra far emergere l'umorismo in tutti.

Travis è tranquillo, Celine è focosa e divertente, e anche se Elias sembra avere un grosso rancoroso quasi sempre, ha un senso dell'umorismo dark che mi diverte. Prima che Celine ci riunisse per giocare ai suoi giochi di vendetta, avevo un'opinione diversa di Elias. Continuo a non apprezzare il suo modo di essere tagliente ed egocentrico, ma sembra che voglia prendersi cura di Celine. La sua disponibilità a intervenire in suo favore, nonostante prima non fossero nemmeno molto amici, dice qualcosa di nuovo sul suo carattere che non posso ignorare.

Elias e Celine sono già nella macchina di Travis quando arrivano a prendermi. Salgo sul sedile posteriore con Elias, guardando Celine, che si gira per salutarmi tra i sedili.

«Non posso credere che siate arrivati in orario.» Celine ha ancora i capelli bagnati, raccolti in uno chignon sulla nuca. «Pensavo di avere il tempo di asciugarmi questi maledetti capelli.»

«La puntualità è importante.» Elias fa schioccare le nocche sulle ginocchia mentre allaccio la cintura di sicurezza.

«La puntualità è necessaria quando sei un vecchio come me.»

«Smettila di dirlo.» Celine appoggia la mano sul ginocchio di Travis e lo stringe. «Non sei poi così più vecchio di noi.»

«Mi sembra di sì.»

«Perché?», chiedo.

«Non lo so. Voi sembrate molto più rilassati di quanto mi senta io. È come se io fossi già nel resto della mia vita e voi vi steste ancora preparando.»

Elias apre il finestrino e sporge leggermente il suo braccio muscoloso. Il vento sferza l'auto mentre lui fissa fuori. «Io non sono rilassato.»

«Neanch'io», dico. «Cercare di immaginare come sarà il resto della mia vita è molto più stressante.»

«Non me ne parlare.» Celine si gira, con un'espressione cupa sul volto. «Se mai riuscirò a superare questo corso.»

«Ce la farai», dice Elias con tono così sicuro che mi fa aggrottare le sopracciglia.

«Solo perché tu sei un genio del cavolo non significa che lo sia anch'io.»

«Aspetta, chi è un genio?»

Celine fa un cenno con la testa in direzione di Elias. «Lui. Sta prendendo il massimo dei voti e io sto per essere bocciata. È deprimente.»

Elias stringe la mascella, ma non dice nulla.

«Sta cercando di aiutarmi, ma tutto ciò che per lui è facile, per me è come scalare l'Everest a pancia in giù.»

«Ce la farai.»

Travis fa cenno di accostare davanti a un condominio. Si trova in una zona dall'aspetto dignitoso e l'edificio sembra pulito dall'esterno. Un uomo, che presumo sia un agente immobiliare, è in piedi davanti alla porta d'ingresso.

Ci riuniamo tutti sul marciapiede e seguiamo Travis, che stringe la mano all'uomo calvo in giacca e camicia un po' troppo stretta.

«Signor Cross?» I suoi occhi scrutano il gruppo.

«Sì, sono io.»

«Bene, allora. Vi accompagno dentro.»

Si trova al primo piano, quindi non abbiamo bisogno di prendere le scale o l'ascensore. L'ingresso è ben tenuto ed elegante. L'agente immobiliare apre la porta d'ingresso e la tiene aperta per farci entrare tutti. Ci guarda con interesse. Immagino che tre uomini e una donna siano una combinazione insolita per cercare casa.

«Come potete vedere, ha un ampio soggiorno open space.»

Celine si dirige immediatamente alla finestra per guardare il panorama. Elias incrocia le braccia sul petto, valutando la disposizione. Io mi dirigo in cucina per controllare gli elettrodomestici e lo spazio negli armadietti. Mia madre ha recentemente ristrutturato la nostra cucina a casa e ha passato un sacco di tempo a esaminare tutte le cose importanti per quando avrò una casa mia. «Sembra che ci sia tutto il necessario. Gli elettrodomestici da incasso sono tutti di buone marche e gli armadietti sono relativamente nuovi.»

«Esatto.» L'agente immobiliare sembra soddisfatto della mia sintesi. «Il proprietario ha appena sostituito tutte le prese con delle nuove, comprese le porte USB.»

«È utile», dice Celine. «E la camera da letto?»

Travis si strofina la barba con la mano e, quando la abbassa, intravedo un accenno di sorriso. Celine è la prima a seguire l'agente immobiliare attraverso una porta che conduce a una grande camera da letto con un'enorme finestra, una cabina armadio e un bagno con doppia doccia e doppio lavabo. Il pavimento in legno scuro si estende per tutta la stanza, conferendole un aspetto armonioso e contemporaneo.

«È molto bella.» Celine apre la cabina armadio ed entra, guardandosi intorno per osservare tutto lo spazio. Il modo in cui esamina ogni cosa sembra più attento di quanto mi aspettassi, tenendo presente che non sarà lei a vivere qui.

«L'attuale proprietario è single, quindi ha solo un letto piccolo, ma questa stanza potrebbe ospitarne uno molto più grande.» L'agente immobiliare ci guarda come se aspettasse che confessassimo i nostri peccati.

Gli occhi di Travis incontrano i miei e il suo sorriso ritorna. «Il posto è solo per me, ma mi piace avere molto spazio per muovermi.»

«Ad essere sinceri, questo è il più bello tra tutti gli appartamenti che hai prenotato per vedere.»

«Sì. Beh, mi piace. Cosa ne pensi, Dornan?».

Sorpreso, faccio un passo avanti e infilo le mani nelle tasche. «Beh, non ho mai dovuto pensare di prendere un posto che non fosse all'università, ma penso che questo posto sia carino. Potrei viverci. Ha tutto ciò che serve.»

«Mi piace.» Celine si avvicina a Travis e gli appoggia una mano sulla spalla. «E potresti abituarti. Andrebbe sicuramente bene per una coppia... o anche di più.»

«C'è una coppia in fondo al corridoio con un bambino. Hanno trasformato l'armadio in una nursery aperta e hanno montato altri scaffali per i loro vestiti.» L'agente immobiliare lancia a Celine uno sguardo grato; lei sta aiutando con il suo entusiasmo.

«Un bambino in un ripostiglio. Mi sembra assurdo.»

«Non ti piace, Elias?»

«Penso che dovresti vedere anche gli altri.»

Travis incurva leggermente le spalle e io lancio a Elias uno sguardo severo. Giuro, a volte sembra deciso a rovinare la gioia degli altri. «Sì. Sarebbe bene avere un po' di prospettiva», concordo, per rendere la cosa meno scoraggiante.

«Gli appuntamenti sono lì, se li volete.»

Travis annuisce all'agente immobiliare, che gonfia il petto con un lungo respiro e poi si avvia verso la porta. Seguiamo tutti Travis fuori dall'edificio. Una volta fuori, lui alza lo sguardo, osservando tutto prima di andarcene. «Potete seguirmi al prossimo posto», dice l'agente immobiliare. «I tuoi amici vengono a tutte le visite?»

«Sì.» Travis preme il telecomando, la macchina si apre e saltiamo tutti sui nostri soliti posti.

Il resto delle visite non è all'altezza della prima. Immagino che l'agente immobiliare le abbia ordinate in questo modo per mostrare subito il meglio. Alla fine, Celine può elencare un milione di motivi per cui Travis dovrebbe prendere in considerazione solo l'appartamento numero uno.

«Ti ci vedo bene», dice lei.

«Mi vedo lì», concorda lui.

«Allora, qual è il piano adesso? Ho una fame da lupi», dico.

«Anch'io.» Elias allunga le braccia sopra la testa e, mentre la maglietta si solleva, scoprendo i suoi addominali, gli occhi di Celine vagano e si concentrano avidamente. Il modo in cui lo guarda è puramente sessuale e mi fa provare una fitta di gelosia. Mi ha guardato così l'altra sera, ma da allora non ho più visto lo stesso desiderio nei suoi occhi. Mi passo una

143

mano tra i capelli e fisso la strada, sperando che la distrazione attenui la fitta allo stomaco.

«Potete venire a casa mia. Ieri mia madre ha cucinato e abbiamo cibo a sufficienza per sfamare cinquemila persone.»

«Ottimo.» Celine guarda l'orologio. «Avevo un gruppo di studio, ma posso saltarlo.»

«Più tardi abbiamo gli allenamenti», mi ricorda Elias.

«Abbiamo tempo.» Alzo le spalle come se non mi importasse, ma in realtà mi importa. Trascorrere più tempo con Celine potrebbe aiutarmi a chiarire i miei dubbi, e non lascerei mai lei in compagnia di questi due arrapati, perdendomi ciò che potrebbe succedere tra loro.

Se qualcuno finirà con Celine, io sarò lì a condividere il momento.

Non sono mai stato a casa di Gabriella e Travis prima d'ora. È una bella casa in una bella strada, e la loro mamma la tiene pulitissima e accogliente, con tocchi tradizionali come fiori nei vasi e cuscini a sufficienza per affondare una piccola nave.

In cucina c'è un grande tavolo di legno che sembra essere stato teatro di generazioni di pasti fantastici.

Elias si guarda intorno come se non avesse mai visto l'interno di una casa prima d'ora. Celine aiuta Travis a svuotare il frigorifero dai vassoi e dal cibo.

«Come mai tua madre ha cucinato così tanto?»

Travis alza le spalle, passandomi un piatto. «Ama cucinare. Anche mia sorella. Sono stato viziato da cibo fantastico per tutta la vita.»

«Alcuni sono proprio fortunati.» Elias prende un piatto, senza dare peso al commento. A quanto pare, non sono l'unico a provare invidia, anche se l'oggetto della sua è piuttosto inaspettato.

«Lo so. Credo di essere destinato a sposare qualcuno che non sa nemmeno preparare un toast. Così saremo pari.»

«Io brucio i toast.» Celine si mette in bocca un pezzo di pollo dall'aspetto delizioso.

Elias prende una porzione abbondante di lasagne e la mette nel piatto con meno delicatezza di quanto dovrebbe. «Sembra che Celine possa essere il tuo destino.»

Celine lancia uno sguardo furtivo in direzione di Travis, ma lui rimane concentrato sul cibo. È uno sgarbo? Non ne sono sicura. Travis non è un uomo facile da capire. «E tu, Elias? Sai cucinare?»

«Me la cavo.» Mastica un boccone abbondante di lasagne e i suoi occhi si illuminano. «Anche mia madre brucia il pane tostato. Se volevo mettermi in forma per giocare a pallone, dovevo abituarmi a prepararmi da solo pollo, broccoli e riso.»

«Mangi davvero quella roba?» Celine arriccia il naso. «I broccoli hanno un odore...»

Elias alza la mano per fermarla. «Non voglio sentire quello che stai per dire. Adoro tutte le verdure verdi e non voglio che tu le renda disgustose.»

Lei scuote la testa, sorridendo. «Forse dovrei farti cucinare per me.»

«Oltre a darti ripetizioni e scoparti? Stai cominciando a sembrare un bel po' impegnativa.»

«Gesù, Elias.»

Lui rivolge la sua attenzione a me, concentrandosi come se non si fosse accorto che ero rimasta lì tutto il tempo. «Cosa? È vero.»

«Darti ripetizioni e cucinare mi sembrano un piccolo prezzo da pagare per scoparla!»

«Questo non è uno scambio di favori, e se lo fosse, dovrei essere ricompensato anche per il sesso, dato che Celine ha il doppio degli orgasmi rispetto a me ogni volta che scopiamo.»

«Ogni volta?» Quante volte ci sono state?

Le guance di Celine diventano rosso pomodoro e improvvisamente il pavimento diventa l'elemento più eccitante della stanza. Hanno scopato da soli? Escludere me e Travis mi sembra un tradimento, anche se non lo è. Non abbiamo stabilito alcuna regola al riguardo. Continuo a ripetermi che non dovrei avere alcuna aspettativa.

«Celine è arrapata.» Il modo in cui Elias mastica mentre porta il suo piatto alla fine del tavolo e si siede come un re a un banchetto mi irrita.

Lei si guarda intorno, osservando la stanza. «Sono eccitata. Che posso dire? E sono abituata a scopare molto. Eddie era la versione maschile di una ninfomane.»

«Quindi un uomo normale?»

Sbuffo alla battuta di Elias. Non ha torto. La maggior parte degli uomini scoperebbe ogni giorno se ne avesse la possibilità. Se non due o più volte. C'è un bisogno di sfogo che si accumula come un dolore tra le mie gambe e pulsa in qualche lobo non identificato del mio cervello. Ad esempio, in questo momento sto parlando e cercando di comportarmi normalmente, ma a un livello più profondo, tutto ciò a cui riesco a pensare è seppellirmi tra le gambe di Celine.

«Non tutti gli uomini sono così», dice lei, seduta accanto a Elias. Mi siedo di fronte a loro mentre Travis ci passa delle birre e una bibita per Celine.

«Gli uomini sono tutti così. Alcuni di noi semplicemente riescono a comportarsi meno da stronzi.» Apro la lattina di birra e bevo un sorso di benvenuto.

Celine apre una lattina di soda e ne beve un sorso. I suoi capelli ora sono asciutti e i suoi riccioli sono pazzi. «Sì. Eddie è stato bravo a essere il re degli stronzi.»

Travis prende un po' di insalata di patate da una grande ciotola marrone. Si guarda intorno per vedere se tutti si sono serviti abbastanza cibo, poi si concentra su Celine. «Hai finito con i tuoi giochetti?»

«Sì.» Appoggia la bibita sul tavolo, ma continua a tenere le dita avvolte intorno alla lattina ricoperta di condensa. «Non vale il mio tempo e i miei sforzi. Ho già abbastanza da fare senza trascinarmi dietro anche lui.»

«I fardelli di una relazione finita devono essere scrollati di dosso, altrimenti ti logorano», concorda Travis.

«Alla vita da single.» Elias alza il bicchiere di birra, aspettando che ci uniamo a lui nel brindisi.

Celine gli lancia uno sguardo carico di disapprovazione, o forse di delusione? Non ne sono sicuro. «Cosa c'è di così bello nell'essere single, Elias? Il sesso occasionale? Dormire da soli?»

Lui alza le spalle. «Nessun dramma. Nessun gioco.»

L'ultima osservazione sembra una frecciatina a Celine per ciò che ci ha riuniti tutti qui. «Nessuna gioia.»

«Voi ragazzi siete come una partita di ping pong olimpico.» Travis beve un sorso di birra e si lecca i residui dalle labbra. «La vita senza amore è vuota. E la persona giusta non giocherà con il tuo cuore. Lo proteggerà come se fosse qualcosa di prezioso.»

Celine guarda Elias. «Grazie, Travis, per la tua visione matura.»

«Sembra una ragazza.» Lo dice con tono sarcastico e sollevando le sopracciglia in modo provocatorio.

«Sembra qualcuno con un'anima.» Non intendo dire che le parole suonino dure, ma Elias gira lentamente la testa per guardarmi non appena le pronuncio.

«Io ho un'anima, amico.»

C'è un'ondata di inquietudine tra noi finché Travis sorride e scuote la testa. «Allora, avete pensato alla serata da Molly?»

«Sì.» Celine lo dice così velocemente che ci fa sobbalzare tutti.

«Assolutamente», ammetto.

Elias alza le spalle in modo evasivo, ma sono sicuro che stia solo mascherando i suoi veri sentimenti.

«Volete rifarlo?»

Celine si morde il labbro inferiore, i suoi begli occhi che vagano tra tutti noi. «Io ci sto, se ci state anche voi.»

«Tre contro uno? È necessario?»

Lei dà una pacca sul braccio di Elias. «Ahhh... mi vuoi tutta per te?»

Alzando di nuovo le spalle, si riempie la bocca con l'ultima forchettata di cibo rimasta nel piatto, evitando del tutto di rispondere alla domanda.

«A che ora torna tua madre?», chiedo a Travis. È un modo per capire se oggi potrebbe essere una possibilità senza chiedere direttamente a ciascuno di loro se sono disponibili. «Tardi. Non sono sicuro di Gab.»

«Beh, non è che sarà uno shock per lei se torna. Tre contro uno è la sua esperienza quotidiana.»

«Sì, pensare a mia sorella che si fa scopare da tre ragazzi non è il mio passatempo preferito.» Travis si alza per mettere via tutto il cibo che non abbiamo mangiato e Celine prende i piatti vuoti, li porta al lavandino e li sciacqua prima di metterli in lavastoviglie.

L'atmosfera è carica di aspettative, ma nessuno sembra volersi indirizzare al piano di sopra, almeno finché la cucina non sarà pulita come l'abbiamo trovata.

«Immagino che potremmo salire», chiede Travis.

E da bravi figli di puttana arrapati quali siamo, seguiamo Celine su per le scale che portano al paradiso.

16

CELINE

«Tutto ciò di cui avete bisogno è in questa borsa.» Marie ci porge una grande borsa di tela piena zeppa di tutto ciò di cui un bambino piccolo potrebbe aver bisogno.

Lonie è sul suo seggiolone e usa la forchetta per infilzare con cura i pezzi di frittata che le ha preparato mia sorella. Dopo averne mancato tre, lascia cadere la forchetta per la frustrazione e prende un pezzo di pane e burro, ficcandoselo in bocca. Mentre mastica, spalanca gli occhi e mi fissa.

Sorrido alla mia bellissima nipotina, desiderosa di pulirle il viso. Marie è un'ottima mamma, non fraintendetemi, ma è molto più rilassata di quanto sarei io. D'altra parte, Lonie sembra capace di fare molte cose che altri bambini piccoli sembrano avere difficoltà a fare. Forse l'approccio rilassato di Marie ha contribuito a questo.

«Penso di tornare verso le sei.»

«Le sei?»

Quando ho accettato di fare da babysitter, era perché pensavo di poter andare a vedere la partita di Elias e Dornan.

«È il primo momento in cui puoi tornare?»

«Sì. Perché? C'è qualche problema?»

«Devo andare a una partita. Posso portare Lonie?»

«Certo. Assicurati che faccia un bel pisolino dopo pranzo. Sono sicura che adorerà il tifo, l'entusiasmo e quei ragazzoni con i pantaloni attillati.» Mi fa l'occhiolino e sorride, poi finalmente si china per pulire il viso appiccicoso di Lonie.

«Marie!»

«Cosa c'è? È proprio come sua zia. Una terribile civetta.»

«Mi hai beccata!»

«Allora, Eddie gioca?»

Stringo i denti al solo nome di quel bastardo che sto cercando di cancellare dalla mia memoria. «Sì, ma non ho intenzione di guardarlo. Può anche cadere e morire in un fosso.»

«Chi guarderai?» Solleva Lonie dalla sedia e la mette in piedi. Lonie barcolla verso il suo angolo giochi e trova un libro di cartone da sfogliare o distruggere, a seconda del suo umore.

«Potrei avere o meno una relazione con un paio di membri della squadra.»

«Un paio?»

«Sto seminando la mia avena selvatica.»

«Gli uomini seminano, Celine. Le donne vengono arate.»

Sorrido, scuotendo la testa al pensiero di tutti i deliziosi ricordi ancora freschi di un pomeriggio legata al letto di Travis. Mi hanno fatto cose che giuro essere illegali in almeno alcuni stati.

«Non hai idea.»

«Loro sanno cosa stai combinando o hai preso esempio da Eddie?»

«Oh, loro sanno l'uno dell'altro... erano tutti presenti. E io non sono una traditrice.»

«Tutti?» Il modo in cui Marie resta a bocca aperta mi spinge a sollevarle il mento con un dito.

«Tre di loro. Mi sono creato il mio harem occasionale per triplicare il piacere.»

Lei scuote la testa, piegando le labbra in un sorriso. «Da quanto tempo sono sposata? Giuro che cose del genere non esistevano quando ero single.»

«Quando mai sei stata single?» sbuffo. «Eri una bambina. Poi hai incontrato Aiden. Poi ti sei sposata.»

«Sì. È così, più o meno. E lui è più che sufficiente per me. È solo che... cosa ci fai con tre uomini?» Alza immediatamente la mano con il palmo rivolto verso di me. «Lascia perdere. Non voglio saperlo. Mi creeresti solo immagini nella testa che non voglio portare con me per il resto della mia vita.»

Lonie chiama la mamma e Marie si avvicina per inginocchiarsi accanto alla figlia. Mentre indica un'anatra nel libro, si gira verso di me. «Due giocatori di football?»

«E il fratello di una mia amica.»

«È grande come un giocatore di football?»

«Quasi.» Un ricordo di Travis, Dornan ed Elias che mi fissano dall'estremità del letto di Travis mi balena nella mente. Nudi, eccitati e potenti, erano sufficienti a farmi svenire.

«Mio Dio.» Scuote la testa. «Non sono sicura che dovrei lasciare uscire mia figlia con sua zia sessualmente corrotta, ma ho davvero bisogno di una giornata tutta per me.»

«Va bene. Sarà tutto molto sano. Potrà sventolare una bandiera e mangiare snack salutari dalla tua mega-borsa-della-morte.»

«Va bene.» Si china per baciare la dolce testolina di Lonie. «Vado a prepararmi. Dovresti leggerle questo libro... per distrarla dal fatto che sto andando via.»

«Mi adora», la rassicuro. «Andrà tutto bene.»

Mentre mi accovaccio e leggo «L'anatra nuota nello stagno» a Lonie, prego in silenzio che entrambe riusciremo a superare la giornata indenni.

«Dici sul serio?», esclama Gabriella quando mi siedo accanto a lei. Lo stadio è gremito e il brusio di tante persone che parlano eccitate prima della partita fa sì che Lonie si guardi intorno con gli occhi spalancati.

«Sono serissima», dico, lasciando cadere l'enorme borsa di Marie sul pavimento e sedermi al mio posto, sistemando Lonie in modo che le sue gambe siano rivolte verso Gabriella. «Marie mi ha chiesto di badare a lei e io non volevo perdermi la partita.»

«È davvero bellissima.» Gab tocca la guancia di Lonie e poi i suoi riccioli rossi, che le incorniciano il viso dolce ed elfico come un'aureola. «Ti assomiglia tantissimo.»

«Mi assomigliava prima che mi tingessi i capelli.»

«Continuo a pensare che sei pazza ad averlo fatto. I tuoi capelli naturali sono bellissimi.»

«Mi sento bene così.» Mi tocco i riccioli castani, portandone uno davanti al viso per studiarne il colore. «Mi sento una persona diversa.»

«Mi piaceva la te originale.» Gab infila la mano nella borsa e tira fuori un peluche. «Chi è questo?», chiede a Lonie.

153

«Mimi.» Lonie afferra la creatura pelosa e la stringe possessivamente al petto.

«Adoro Mimi.» Gabriella si porta la mano al cuore e sospira. «Giuro che le mie ovaie hanno appena rilasciato un ovulo in segno di approvazione.»

«E cosa ne penserebbero i tuoi uomini?»

«Dalton è pronto. Blake e Kain non tanto.»

«E tu... Gesù... come mai non lo sapevo?»

«Neanch'io sono pronta. Non ancora. Cioè, riesco a immaginare i nostri adorabili bambini nella mia mente e vedo quanto saranno fantastici i loro papà, ma non riesco ancora a immaginarmi come mamma. Sto ancora riprendendomi dopo aver visto i capezzoli lacerati di Ellie una settimana dopo aver partorito Noah.»

Rabbrividisco al ricordo. Non erano un bello spettacolo.

«E non parliamo dei danni alla sua zona intima. Giuro, è stata fuori uso per settimane.»

Mi contorco, stringendo le gambe nell'immaginazione di un dolore condiviso. «Sì. Non sono assolutamente pronta per questo.»

«Ma stiamo passando un sacco di tempo a fare pratica, lo sai.» L'occhiolino esagerato e il sorriso di Gab fanno ridere Lonie.

«Sì, anche a me piace la parte delle prove.»

«Stai ancora perdendo tempo con Dornan, Elias e mio fratello?»

«Sì.»

Le mie parole si perdono tra le urla di incitamento mentre la squadra corre sul campo dietro la mascotte. Lonie, vedendo la persona in costume che salta con una bandiera, allunga le braccia come se volesse che venisse da lei. Gabriella applaude e urla, alzando il pugno destro in aria.

Sono limitata dal calore di Lonie sulle mie ginocchia, ma continuo comunque a gridare il mio sostegno.

Vedo prima Dornan dal suo numero, poi Elias. Un brivido mi percorre la schiena e si ferma tra le mie cosce alla vista della loro stazza e della loro potenza. I pantaloni attillati non lasciano nulla all'immaginazione, non che io abbia bisogno di guardare per ricordare cosa nascondono sotto tutto quello spandex.

Eddie è più indietro, saluta come se fosse l'unico motivo per cui tutti stanno tifando come matti. Stringo i denti di mia spontanea volontà mentre la banda suona e le cheerleader scatenano la folla in un delirio.

Elias e Dornan sono in prima fila, con i volti segnati dalla determinazione mentre scambiano cenni con i compagni di squadra. Cosa staranno provando? Eccitazione? Attesa? Paura? La squadra avversaria è enorme, ma Elias e Dornan non devono preoccuparsene.

Lonie, percependo l'attesa, si dimena sulle mie ginocchia, gli occhi spalancati pieni di meraviglia per tutta l'eccitazione che la circonda.

Il silenzio cala sullo stadio mentre viene suonato l'inno nazionale. La folla si alza in piedi e io mi alzo a fatica con Lonie, che è un peso notevole tra le mie braccia. Lei fissa il campo, ma il suo sguardo è ancora attratto dalla mascotte, che assomiglia in modo sorprendente al suo peluche.

La nostra squadra è pronta a giocare in attacco per prima, e il mio cuore batte forte quando il fischio dell'arbitro squarcia l'aria.

«Hanno buone possibilità», dice Gab mentre ci sediamo di nuovo.

Dico una preghiera silenziosa, sapendo che, se perdono, Dornan ed Elias saranno di pessimo umore per giorni.

La partita è emozionante. Ogni squadra va in vantaggio, ma viene rapidamente raggiunta. Con il punteggio in parità e la tensione palpabile nell'aria, i riflettori si accendono su Josh, il quarterback, che prende il comando della partita. Lo stadio riecheggia del boato della folla, che trattiene il fiato in attesa. Lui osserva il campo con uno sguardo d'acciaio, il peso del momento evidente nella determinazione del suo sguardo.

Quando la palla viene lanciata, Josh arretra, schivando abilmente i difensori con un'elegante danza di passi. Trattengo il respiro, la suspense cresce ogni secondo che passa. Ai margini, Elias, sempre attento ai movimenti di Josh, corre lungo il campo alla velocità della luce, creando un varco nella difesa avversaria. Con uno sguardo rapido, Josh incrocia gli occhi di Elias, segnalando una giocata. Josh lancia una potente spirale, la palla sfreccia nell'aria con precisione. Elias salta in aria, sfiorando la palla con la punta delle dita. La folla esplode in un boato quando Elias assicura la ricezione, atterrando con grazia nell'area di meta.

«Touchdown», urla Gab, in piedi, saltando su e giù, mentre il momento di trionfo scatena una frenesia di festeggiamenti nello stadio. Vorrei urlare anch'io, ma probabilmente le orecchie di Lonie sono già sopraffatte dalle urla che ci circondano.

Nel mezzo dei festeggiamenti e dei cinque, l'orgoglio mi invade il petto. Lonie applaude mentre Dornan mette un braccio intorno alle spalle di Elias e preme i loro caschi l'uno contro l'altro.

«Ah, guarda. Sta nascendo una nuova bromance.» Gab sorride. «Dev'essere la tua figa dell'unità.»

«Sì. È quella cosa che può portare la pace nel mondo.»

Lonie mi afferra una ciocca di capelli e me la tira, facendomi gridare. Penso che tutta questa eccitazione stia diventando troppo per lei, e che sia stanca. Sono distrutta dal tempo che ho passato a prendermi cura di lei. Prendo mentalmente nota di offrirmi di aiutare Ellie più spesso. Avevo dimenticato che la mia amica ha questo livello di responsabilità 24 ore su 24, e che sta anche studiando.

«Andiamo via?», mi chiede Gab mentre le squadre lasciano il campo.

«Sì. Elias e Dornan vogliono che li aspetti.»

«Va bene. Lascia che ti aiuti con la borsa.»

Ci incamminiamo e Lonie insiste per camminare con la sua manina stretta nella mia e il suo peluche nell'altra. Ovunque andiamo, la gente si ferma per dirmi quanto è adorabile. Prendiamo delle bibite e dei gelati per Lonie per tenerla tranquilla, e mando un messaggio a Dornan per sapere dove sono. Ci mettono più di un'ora per fare la doccia, cambiarsi e occuparsi di tutte le aspettative post-partita. Mi chiede di incontrarli fuori e mi manda un'indicazione, e con l'aiuto di Gabriella riesco in qualche modo a passare con Lonie e la borsa gigante attraverso uno stadio più tranquillo.

«Ehi.» Il sorriso di Dornan è così caloroso da sciogliere il cioccolato mentre mangia con gli occhi il mio outfit composto da shorts di jeans tagliati, una maglietta della squadra annodata sul davanti e le mie Converse nuove e super carine. «Chi è questa ragazza stupenda?»

«Sai chi sono», sbuffo, poi sollevo Lonie per salutarlo mentre lui ride. «Questa è la principessa Lonie, mia nipote.»

«Tutti nella tua famiglia hanno i capelli rossi?», chiede Elias, apparendo dietro Dornan.

«Non tutti, ma molti di noi.»

«Tu non più», sottolinea lui.

Per la prima volta da quando mi sono tinta i capelli di castano, provo un pizzico di rimpianto. Avere somiglianze familiari mi ha sempre fatto sentire saldamente radicata. Ora potrei essere scambiata per la tata di Lonie invece che per sua zia.

«Le ho portato questo.» Elias si china e porge a Lonie un orsacchiotto morbido che indossa la maglia della squadra. Lonie mi guarda rapidamente, cercando il permesso di prendere il regalo. Quando annuisco, mi porge Mimi, poi usa le sue manine con le fossette per afferrare l'orsacchiotto. «Credo che le piaccia.»

Elias osserva Lonie che dà tre baci vigorosi all'orsacchiotto, sui quali rimangono alcune tracce di gelato.

«L'hai davvero guardata tutto il giorno?»

«Sì.» Gli do una pacca sulla spalla con Mimi, offesa dal fatto che abbia così poca fiducia in me.

«Ehi, Dornan.» Un uomo sulla quarantina, con i capelli biondi come quelli di Dornan, si avvicina con passo pesante.

«Papà.»

Faccio un doppio sguardo mentre Dornan e suo padre si abbracciano, dandosi entusiasticamente delle pacche sulla schiena. Passa a suo figlio una borsa piena di sacchetti di patatine, caramelle e altri snack. «Per te e la squadra.» Il suo sorriso è uguale a quello di Dornan, tranne che i suoi denti anteriori sono leggermente storti.

«Grazie, papà.» Dornan apre la borsa e fischia vedendone il contenuto. «È fantastico.»

«Hai giocato bene.»

«Dici?»

«Hai vinto, no?»

«Elias ha segnato il touchdown vincente.»

L'attenzione del padre di Dornan si sposta su Elias. «È stata una grande giocata, figliolo. La tua famiglia deve essere molto orgogliosa di te.»

Elias, che dovrebbe gonfiare il petto d'orgoglio, sembra invece pronto a spaccare l'acciaio con i denti. La mascella virile gli pulsa ai lati e gli occhi scuri lampeggiano. «Ti va di andarcene?» Indica con la testa l'uscita.

Dornan aggrotta le sopracciglia per lo sgarbo nei confronti del commento gentile di suo padre, ma io intervengo per rispondere rapidamente a Elias prima che possa dire qualcosa. «Devo portare Lonie a casa. Sua madre dovrebbe essere già tornata.»

«Vado a prendere la pizza, vuoi venire?»

«La pizza mi andrebbe bene. Da Luizos?» Dornan appoggia una mano sulla spalla di suo padre e lo allontana da noi, lasciando Elias a guardarlo con aria seccata.

«Cavolo, Elias. Stava solo cercando di essere gentile. Che ti prende?» sibilo.

Lui fissa un punto dietro le mie spalle. «Vuoi la pizza o no?»

Dovrei dire di no. Non mi piace il modo in cui parla, ma poi Eddie passa davanti a noi, fissandomi con occhi spaventosi e selvaggi che mi spingono a girarmi in modo che Lonie non sia sulla sua strada. «La pizza sarebbe fantastica.» La mia voce è artificialmente alta ed Elias sembra confuso finché non vede Eddie che si allontana.

«Altri giochetti, Celine?»

Lonie lascia cadere l'orso e Gab, che fino a quel momento era rimasta in silenzio, si china per raccoglierlo e lo porge di nuovo a Lonie. «Io me ne vado, ok?»

«Sì, certo. Saluta i tuoi uomini da parte mia.»

Raddrizzandosi, si china per baciarmi sulla guancia e mi sussurra all'orecchio: «Non accontentarti di un altro campanello d'allarme, Celine», come pensiero d'addio.

Elias è un uomo pericoloso? A volte si comporta così, ma poi mi ricordo di tutto l'impegno e la cura che mette nell'allenarmi e delle dolci attenzioni che mi riserva dopo che abbiamo fatto sesso. Quando ha pensato che avessi bisogno di aiuto per vendicarmi di Eddie, non ci ha pensato due volte prima di offrirsi volontario. Questo non corrisponde in alcun modo al tradizionale archetipo tossico.

La guardo andare via, ma l'attenzione di Elias non si distoglie mai da me.

«Ci vediamo da Luizos, allora. Tra trenta minuti.»

«Ci vediamo lì.»

Elias si allontana mentre io mi metto la borsa a tracolla e prego che Lonie cammini.

«Ci vediamo da Luizos?»

Dornan distoglie l'attenzione da suo padre e saluta con la mano. «Ci vediamo lì.»

***

Marie è a casa e Lonie dorme nel seggiolino dell'auto. Aiuto mia sorella a sollevare Lonie e porto la borsa in casa. «Come è andata la giornata?»

Lei annuisce con un'espressione di serenità che non aveva questa mattina. I miracoli di una giornata alla spa. «La partita?»

«Hanno vinto.»

«Fantastico.»

«Esco a festeggiare con una pizza», dico.

«Seguita da sesso di gruppo celebrativo?»

«Cosa?» Aiden infila la testa nella porta del soggiorno che dà sul corridoio.

160

«Niente.» Marie lo allontana con un gesto della mano, poi si porta le dita alle labbra. «Merda. Scusa.»

«Non fa niente.» Bacio la dolce fronte di Lonie, ma lei si rannicchia sul collo della mamma, non più interessata a me ora che la sua migliore amica è tornata.

Saluto tutti e guido fino alla pizzeria suggerita da Dornan, dove trovo Dornan, Elias e Travis che mi aspettano a un tavolo. Devono aver fame perché il tavolo è già dominato da tre pizze grandi come pneumatici, dalle quali mancano già alcuni pezzi.

«Ehi, Celine. Mangia.»

Mi siedo accanto a Travis e non perdo tempo. Il primo morso è una fetta di paradiso e salame piccante. «Oh mio Dio», gemo con la bocca piena. «È come il miglior sesso che ci sia.»

«Mi piace la pizza, ma non potrei mai paragonarla al sesso.» Travis scuote la testa. «Soprattutto non al tipo di sesso che abbiamo fatto noi.»

«Ahh...» Appoggio la mano sul suo braccio, lusingata, anche se è un complimento strano.

«Eddie non era contento.» Elias si pulisce la bocca con un tovagliolo e lo getta sul tavolo.

«Non me ne frega un cazzo di Eddie.»

Alza le sopracciglia incredulo. «Davvero? Allora cosa ci facciamo ancora tutti qui?»

«Si chiama uscire per una birra. Sai, socializzare con gli amici.»

«Amici?»

Elias non dice "voi non siete miei amici", ma il suo commento suona proprio così. Non mi faccio provocare, però, perché la verità è che lui non sarebbe qui se non volesse esserci. Gli piace stare qui tanto quanto a noi.

«Sei stato bravo oggi, Elias. Quell'azione è stata pazzesca.»

Mi studia e vedo un lampo di incertezza nella sua espressione. Si aspettava che gli rispondessi male, invece gli ho fatto un complimento. Sta cercando di capire se è sincero. Ho la sensazione che non sia abituato alle affermazioni positive.

«Ho fatto quello che avrebbe fatto qualsiasi altro giocatore.»

«Ha ragione.» Dornan lascia cadere la crosta masticata a metà e prende un'altra fetta farcita. «Gli allenamenti che hai fatto con il coach hanno dato i loro frutti.»

«Vorrei aver potuto guardarla», dice Travis. «Sembra sia stata una partita fantastica.»

«Lo è stata davvero», gli rispondo. «Lo è stata davvero.»

Per il resto della serata mangiamo e chiacchieriamo, ed Elias passa dall'essere un orso scontroso a condividere le nostre risate. Travis ci racconta storie divertenti sui suoi anni al college e altre ancora più divertenti sulle sue buffonate con i migliori amici del suo vicino, i fidanzati di Gabriella, e sulla loro missione di prendere in giro Gabriella senza pietà.

Dornan condivide molti racconti imbarazzanti del liceo, quando era un ragazzo magro e nerd che doveva lottare per far crescere il pomo d'Adamo. Non riesco a immaginarlo, ma tant'è.

Mostro loro una delle mie foto del liceo e loro ridono a crepapelle per i miei capelli arancioni crespi e pazzi e i miei strani jeans ricamati con un cuore.

Elias ride e scherza, ma è solo quando torno a casa e mi metto a letto che mi rendo conto che non ci ha mai detto nulla di sé.

17

ELIAS

Sono le sette di sera e sono sdraiato sul letto in boxer, intento a guardare gli highlights delle partite, quando squilla il telefono. Sullo schermo lampeggia il nome di Celine.

«Come va?»

Lei sbuffa. «È questo il tuo modo di salutare?»

«Mi chiami per rompermi le scatole o vuoi qualcosa?»

«Carino.» Il suono di disapprovazione che accompagna le sue parole mi fa sorridere. «Ho bisogno del tuo aiuto.»

«Sta diventando un'abitudine, Celine. Hai dimenticato che non sono il tuo ragazzo?»

«Ugh. Elias. Sul serio. Non sei il tipo da fidanzato. Ma sei il mio amico di letto e, per quanto ne so, ti piacciono i nostri giochetti; quindi, forse dovresti ascoltare invece di fare lo spiritoso.»

«Amico di letto?»

«Amico con benefici? Amico di letto? Come lo chiameresti?»

«Figa», dico, sapendo che la farà arrabbiare. Mi piace Celine quando è irritata. Inoltre, il suo sarcasmo sulle mie capacità di fidanzato mi fa arrabbiare.

«Vaffanculo.»

«Sono quasi nudo, Celine. Se è quello che vuoi, sai dove trovarmi.»

Il suo ringhio frustrato mi diverte così tanto che porto il pugno alla bocca e lo mordo. Dopo alcuni secondi di pausa e alcuni respiri profondi udibili, cambia tattica.

«Per favore, Elias, puoi aiutarmi con la mia lezione? Domani ho il compito in classe.»

«Vieni, ma ti avverto. Non mi metterò niente addosso.» Accarezzo il mio cazzo che si è mosso e irrigidito alle parole «figa» e «nuda». Si eccita così facilmente.

«Non posso. Sono di nuovo a casa di mia sorella a fare da babysitter. La mamma di Aiden è in ospedale, quindi sono andati entrambi a trovarla.»

«Mi dispiace», dico, aggrottando la fronte. «Ma mi stai davvero chiamando per chiedermi di venire ad aiutarti?»

«Te lo sto chiedendo sul serio. Anzi, non te lo sto chiedendo, ti sto implorando. Non so cosa diavolo sto facendo. Mi cacceranno via e non potrò più fare sesso occasionale.»

La disperazione nella sua voce è reale e, anche se mi piace fingere di essere uno stronzo, quando un amico ha bisogno non riesco mai a dire di no.

Gemendo, faccio scivolare le gambe dal bordo del letto e prendo i pantaloni della tuta che avevo lasciato per terra. «Mandami l'indirizzo.»

«Sei un angelo», esclama. «Te l'ha mai detto nessuno?»

«No.»

Riattacco e cerco una maglietta pulita. Ho davvero bisogno di fare il bucato. Forse potrei farlo a casa della sorella di Celine? Prenderei due piccioni con una fava. Rispondo al suo messaggio, chiedendole se posso usare la lavatrice e l'asciugatrice. Lei risponde: **«Porta i tuoi vestiti puzzolenti e ti farò il bucato come ricompensa.»** Io ribatto: **«La figa è la ricompensa. Il bucato me lo faccio da solo.»**

Tiro fuori tutti i miei vestiti scuri dal cesto della biancheria, li infilo nella borsa da palestra e mi trascino verso la macchina. L'aria è fresca, il che mi risveglia dalla sonnolenza serale. Getto la borsa nel bagagliaio, salgo in macchina e digito l'indirizzo su Google Maps.

La casa della sorella di Celine si trova a quindici minuti di distanza, in un bel quartiere di piccole case familiari. L'auto di Celine è nel vialetto, ma io parcheggio sulla strada fuori. Un ampio portico fiancheggia la porta d'ingresso, con alcuni graziosi vasi di fiori e arbusti. Sua nipote, Lonie, ha una casetta di plastica e un triciclo in un angolo.

Quando scendo dal marciapiede con la borsa in spalla, Celine è in piedi sulla porta aperta. Ha i capelli raccolti in una coda alta con alcune ciocche che le incorniciano il viso. Ha una penna infilata tra i capelli e una profonda ruga a V tra le sopracciglia. Aspetto che mi ringrazi per essere venuto, ma lei non lo fa. Invece, quando mi avvicino, mi dà un bacio leggero sull'angolo della bocca e mi porge le mani per prendere la borsa.

La seguo dentro, godendomi la vista del suo sedere nei pantaloni della tuta color cammello. Ha i piedi nudi e le unghie dipinte di un arancione chiaro, che mi ricorda il suo colore di capelli originale.

165

La casa è piena di calore. Ci sono foto di famiglia praticamente su ogni parete e superficie, disegni di bambini attaccati sul frigorifero e giocattoli davanti alla TV. Celine ha i suoi libri sparsi sul bancone della cucina, ma li ignora ed entra in una piccola stanza laterale. «Li metterò prima in lavatrice. Speriamo che ci sia un programma di lavaggio veloce, così potremo asciugarli prima che tu te ne vada.»

«A tua sorella non dispiacerà?»

«Marie mi è grata perché lascio tutto ogni volta che ha bisogno di me.»

Sussulto quando Celine tira fuori i miei vestiti da allenamento dalla borsa e li infila nel cestello. Il coach ci fa lavorare sodo e di solito i miei vestiti sono bagnati quando finisco. Bagnati e puzzolenti. «Tua madre non fa queste cose per te?» mi chiede.

Non rispondo perché stasera non ho intenzione di dire nulla a Celine sulla mia famiglia. «È una bella casa. Tua sorella vive qui da molto tempo?»

Celine si gira per guardarmi, poi si alza per chiudere lo sportello della lavatrice. «Da un paio d'anni. Si sono trasferiti qui quando era incinta di Lonie. Volevano un giardino dove lei potesse giocare.»

Il suo seno sta bene nella sua maglietta bianca con scollo a V. Mette in risalto la sua scollatura color crema, cosparsa di graziose lentiggini.

«Ha senso.»

Torno in cucina e mi siedo su uno sgabello accanto a quello che Celine ha lasciato libero per aprire la porta.

«Allora, dimmi di cosa ha bisogno.»

Lei si siede e inizia a spiegarmi i punti che le sembrano poco chiari. Non trovo nulla di difficile, quindi faccio del mio meglio per esaminare ogni punto passo dopo passo. Lei prende appunti con una grafia scarabocchiata che faccio fatica a leggere. Forse è questo il suo problema. Non riesce a leggere la sua stessa scrittura.

Dopo trenta minuti, vedo i suoi occhi illuminarsi. «Oh mio Dio, ho capito.»

Alzo una spalla e poi allungo le braccia sopra la testa, piegandomi in modo che la colonna vertebrale si fletta e la schiena scricchioli. Il mio corpo è indolenzito dall'allenamento, ma il dolore ai testicoli è tutta un'altra cosa. Va bene. *Sei pronta a scopare adesso?*

Il suo sguardo socchiuso si restringe ulteriormente quando sbuffo. Faccio saltare i miei pettorali, prima uno, poi l'altro, sapendo che è una mossa idiota che la farà incazzare.

E infatti la fa arrabbiare.

«Puoi calmarti? Mia nipote sta dormendo al piano di sopra.»

«È nella culla?»

«Sì.» La confusione le offusca lo sguardo.

«Quindi non può scendere.»

«Elias. Non ti scoperò sul divano di mia sorella.»

«È ovvio che non sei una babysitter esperta, Celine. È la procedura standard per tutte le babysitter che ho avuto finora.»

«Ti sei scopato le tue babysitter?» L'orrore che prova le fa spalancare la bocca.

«Non quelle vecchie. Cazzo, sarebbe disgustoso. Quelle sexy, certo.»

«Quanti anni avevi?»

«Non lo so... dodici... tredici. Non abbastanza grande per stare a casa da solo.»

Si porta la mano alla bocca. «Ti sei scopato la tua babysitter quando avevi dodici anni? Avevi già superato la pubertà?»

Alzo le spalle. Non ricordo quando ho iniziato a essere in grado di scopare. La prima volta è stato un incidente. La nostra vicina, Justine, è venuta da noi quando mia madre è dovuta andare in ospedale nel cuore della notte. Aveva quindici anni e siamo rimasti insieme sul divano. Abbiamo acceso la TV e c'era un film che doveva essere stato classificato come non adatto alla nostra età. In qualche modo, ci abbiamo provato e io ho finito per infilarle il mio cazzo tra le gambe.

Ricordo di essermi sentito come in un sogno. Dopo, lei si è sistemata i vestiti e ci siamo seduti uno accanto all'altra come se nulla fosse successo.

La sua famiglia si trasferì quell'autunno e, ora, mi chiedo come facesse a essere così tranquilla riguardo a quello che avevamo fatto. Probabilmente a casa sua stava succedendo qualcosa di brutto. Ripensandoci, i segnali sembrano chiari, ma all'epoca ero bloccato nella mia testa e sommerso dai miei problemi. Non dico nulla di tutto questo a Celine.

«Lei era eccitata. Io ero eccitato. Il resto è storia.»

Nell'altra stanza, la lavatrice emette il segnale acustico di fine ciclo e Celine scivola giù dallo sgabello. «Non ti ho offerto da bere», dice. «Serviti pure mentre sposto la roba nell'asciugatrice.» Indica il frigorifero, quindi mi dirigo lì. È pieno di frutta e verdura, frullati salutari e contenitori di vetro con cibo cucinato in casa. Cerco una bibita, ma ci sono solo marche costose di acqua frizzante o succhi di frutta. Opto per un succo. Lo sto versando in un bicchiere quando la porta d'ingresso si apre ed entra in cucina una donna che è la copia esatta di Celine quando aveva i capelli rossi.

«Oh, ciao!»

«Ehi.» Abbasso il cartone del succo. «Sono Elias, un amico di Celine. Lei è nella lavanderia.»

«Davvero?» Le sue sopracciglia si inarcano per la sorpresa. Immagino che Celine non sia solitamente una dea domestica quando fa da babysitter per sua sorella. «Io sono Marie. E lui è Aiden.»

Un omone dai capelli castani e dalla barba rossiccia si avvicina pesantemente dietro Marie, osservando la sua casa e l'intruso con occhi sospettosi.

«Ciao.» Faccio un passo avanti per stringergli la mano in modo virile, assicurandomi di stringere forte affinché non pensi che io sia un fifone. «Celine aveva bisogno di aiuto con il suo lavoro.»

Indico il nostro materiale di studio con un gesto della mano. Marie sbuffa. «Certo che ne aveva bisogno.»

Alzo un sopracciglio e infilo le mani nelle tasche, chiedendomi cosa sappia e cosa stia supponendo. Forse Celine le ha raccontato tutto quello che sta succedendo tra noi. Forse le ha rivelato tutta la sordida faccenda del quartetto. O forse Marie sta solo supponendo che io sia qui per scoparmi la babysitter, come in tutti i film per adolescenti.

«Marie. Sei tornata prima del previsto.» Celine esce dalla lavanderia al rumore dell'asciugatrice che inizia a girare.

«Cosa stai asciugando?» chiede Marie con espressione interrogativa.

«Il bucato di Elias. È il pagamento per averci prestato il suo genio.»

Aiden ha un'espressione divertita. «È così che lo chiamano adesso?»

Gli occhi di Marie si spostano sul mio pacco che si staglia contro i pantaloni della tuta grigi. È così simile a Celine che non riesco a smettere di guardarla.

«Lascialo stare.» Celine mi trascina per un braccio e mi spinge delicatamente sul sedile. «Mi sta davvero aiutando. Anzi, potrebbe essere l'unica cosa che mi separa da una vita da studente universitaria che ha abbandonato gli studi.»

«Porta da bere a quest'uomo.» Aiden mi dà una pacca sulla schiena e prende da un armadietto una bottiglia di whisky che sembra di ottima qualità. «Marie è in fase salutista, quindi niente birra, ma questo è roba da occasioni speciali.» La solleva in alto come se dovessimo tutti adorarne la grandezza. Non ho molta voglia di whisky, ma il ragazzo è appena stato a trovare sua madre malata in ospedale, quindi se ha bisogno di bere, berrò con lui.

Versa quello che sembra un doppio e me lo porge. «Salute, amico», dico, sollevando il bicchiere e bevendo un sorso. Capisco subito che è roba buona. È caldo e ha un sapore di quercia in bocca che scivola come lava giù per la gola.

«Non farlo ubriacare», dice Celine. «Come potrà aiutarmi con il mio lavoro se è ubriaco?»

«Posso fare molte cose quando sono ubriaco.»

Aiden e Marie ridacchiano e Celine scuote la testa. «Sai una cosa? Penso di stare bene così. Ho avuto un'illuminazione prima di tirare fuori i tuoi boxer dalla lavatrice.»

Chiude i libri e li impila in una pila. Abbasso il bicchiere, chiedendomi se mi stia suggerendo di andarmene. «Come sta tua madre, Aiden?»

Marie risponde per suo marito. «Ha decisamente superato il momento difficile. Aveva un po' di colore sulle guance.»

«Ottimo.» Celine annuisce, poi mi fissa con i suoi begli occhi. «Ti va di stare un po' insieme mentre si asciuga la tua biancheria intima?»

«Non è solo biancheria intima.» Sento le guance diventare calde. È stupido sentirsi in imbarazzo perché i miei effetti personali stanno girando nell'asciugatrice di questo tizio. Non è che mi abbia beccato a scoparmi sua moglie.

«Certo.»

«Preparo qualcosa da mangiare.» Marie apre l'anta di un enorme armadio e inizia a tirare fuori sacchetti di patatine e popcorn salutari. Li versa in ciotole e poi taglia mele, fragole e prugne, mettendole accanto.

Celine porta il vassoio nella zona salotto e lo appoggia su un tavolino basso. La seguo, senza sapere bene dove sedermi. Si lascia cadere sul divano e prende il telecomando. «Puoi sederti.» Indicando lo spazio accanto a lei, sorride alla mia incertezza. Mi siedo, affondando nei morbidi cuscini. Cavolo, questo divano è comodissimo.

Aiden e Marie portano dei bicchieri e una brocca di quello che sembra tè freddo fresco nel salotto e si lasciano cadere sul divano accanto al nostro. Celine trova uno speciale di cabaret e afferra una manciata di popcorn, gettandola in bocca.

Non so come sia successo, ma mi sono ritrovato in una scena di vita domestica con una ragazza con cui non sto nemmeno uscendo.

«Questo è fottutamente divertente», dice Aiden. «L'hai visto, Elias?»

«No, amico.»

«Guardalo. Le sue battute sono fuori dal comune.»

Il comico è divertente da morire, e mi ritrovo a sgranocchiare mele dolci e patatine piccanti alle lenticchie, ridendo insieme a Celine e alla sua famiglia. È una situazione piuttosto accogliente e rilassata, e mi dimentico perché sono qui. Non mi accorgo dei bip dell'asciugatrice che sta finendo il ciclo, e nemmeno Celine. Ridiamo così tanto che mi fa male la pancia, e le guance lentigginose di Celine sono rosa.

Alla fine, le urla di Lonie nel baby monitor mi spingono a guardare l'ora sul mio telefono. Sono le undici di sera ed è già passato da un pezzo il tempo in cui avrei dovuto stare a casa di due sconosciuti in un giorno feriale.

«Devo andare», dico mentre Marie sale di corsa le scale.

«Sì, anch'io.» Celine si alza insieme a me, così piccola rispetto a me quando siamo vicini. Il rosso dei suoi capelli sta ricrescendo alla radice e le mie dita fremono dal desiderio di toccarlo. È la stessa ragazza, ma diversa da quando li ha coperti con il castano.

«Devo prendere le mie cose.»

Mi porta nella lavanderia e ci dividiamo rapidamente il compito di piegare i vestiti. Tutto profuma di fresco e sono sollevato di avere qualcosa di pulito da indossare per le lezioni di domani.

«Mi sono divertita.» Mette il mio ultimo paio di boxer nella mia borsa.

«Anch'io.» Mi metto la borsa in spalla e la osservo esitare su cosa dire dopo. Ho sulla punta della lingua qualcosa di volgare da dire, tipo «sarebbe stato più divertente se fossimo stati nudi», ma sorprendentemente tengo la bocca chiusa.

Anche Celine fa lo stesso. I suoi occhi si spostano da me alla porta e io colgo il suggerimento. In cucina, Aiden sta lavando i bicchieri sporchi e li mette nella lavastoviglie. Celine raccoglie i suoi libri e li infila in una borsa nera. Bacia Aiden sulla guancia e gli dice di salutare Marie da parte sua.

«Grazie, amico», dico.

Aiden si asciuga le mani con un panno e mi stringe di nuovo la mano. «È stato un piacere conoscerti, Elias.»

Non è molto più grande di me, ma il divario tra noi è enorme.

Travis probabilmente si sentirebbe perfettamente a suo agio con la famiglia di Celine. E molto probabilmente anche Dornan.

«Sì, anche per me.»

All'ingresso, tengo la porta aperta per Celine e la seguo fino alla sua auto. «Grazie per avermi aiutato», mi dice. In punta di piedi, mi dà un bacio sull'angolo della bocca, come se non fosse sicura di quale sia la nostra situazione. Le accarezzo il lato del viso e la attiro a me in un bacio profondo e appassionato che desideravo da ore. Lei emette un dolce gridolino di sorpresa, ma appoggia le mani sul mio petto e si lascia andare.

Non so che cazzo sto facendo.

È una situazione complicata. Celine sta cercando di riprendersi. Dornan e Travis sono in agguato dietro ogni angolo. Mi sta usando per il mio cazzo e il mio cervello. Tutto qui.

Non mi adatto a questo mondo di famiglie felici.

Niente di questa cosa tra noi funziona, ma ho ancora questo desiderio che reprimo, lasciandola con la bocca bagnata e desiderosa nel vialetto di sua sorella mentre getto la mia borsa nel bagagliaio e mi allontano nella notte.

18

DORNAN

«Cazzo. La caviglia mi fa male come...» Le parole di Nathaniel sono sostituite da una smorfia mentre si tira giù il calzino sulla caviglia e ispeziona il livido che sta sbocciando in tutto il suo splendore.

«Cazzo, chi ti ha fatto questo?» chiede Elias.

«Chi lo sa. Oggi c'era troppa confusione là fuori.»

«Mettici del ghiaccio», gli dico. «Quel tipo di livido può sembrare minore all'inizio, ma poi può causare l'immobilizzazione dell'intera articolazione.»

«Sì. Vado da Freya.»

È la nostra fisioterapista. Saprà esattamente cosa fare.

«È stata una grande giocata», mi dice Elias, mentre si asciuga il pene con un asciugamano. Questa è una cosa che non mi mancherà quando la mia carriera nel football sarà finita. Ne ho viste abbastanza di quelle cose negli anni da diventare cieco.

«Grazie. È stato bello.»

Lui annuisce, lasciando cadere l'asciugamano sulla panchina e cercando le mutande nella borsa. È passata più

174

di una settimana dal pomeriggio a casa di Travis. Più di una settimana da quando Elias ha tirato fuori il cazzo davanti a me l'ultima volta, anche se allora non ci ho fatto caso. Ero troppo occupato a concentrarmi sul corpo nudo di Celine per preoccuparmi di altro. Ma il sesso era stato eccitante. Ancora più eccitante perché vedere Celine venire più e più volte sotto le mani, le bocche e i cazzi di altri uomini mi ha quasi fatto impazzire.

Elias sarà anche arrogante, ma sa come scopare.

«Celine stava guardando», dico a Elias.

Lui finge di non essere interessato, ma l'angolo della sua bocca si contrae e capisco che non è vero. «C'erano molte persone che guardavano.»

«Giusto.»

Infilo il piede nella scarpa da ginnastica, stringo bene i lacci e li annodo, poi ripeto l'operazione con l'altro piede. Questo spogliatoio puzza come un sospensorio marinato immerso nel formaggio blu. Il povero deodorante per ambienti ha rinunciato a provarci.

«Vado a cercarla. Vieni?»

Elias alza le spalle, ma afferra la sua maglietta bianca e se la infila sopra la testa, cercando le sue scarpe da ginnastica.

Lo aspetto, anche se non ha detto di sì. Intorno a noi, la squadra chiacchiera delle ragazze con cui intendono festeggiare la vittoria. Eddie è in mezzo, che blatera di un'altra ragazza con cui sta scopando. Quel tipo è talmente stronzo che non sopporto nemmeno di sentire la sua voce. Tutto quello che esce dalla sua bocca serve solo a gonfiare il suo ego o a sminuire qualcun altro.

Elias gli lancia un'occhiata di traverso così cattiva che Eddie dovrebbe cadere morto sul colpo.

«Fottuto stronzo», mormora sottovoce.

«Lo è davvero.»

Mi alzo e prendo la mia borsa. Elias afferra la sua e usciamo dallo spogliatoio.

«Eccoli lì. I cagnolini di Celine.» Eddie ride fragorosamente della sua battuta, e si sente una leggera risata tra gli uomini che lo circondano, che si spegne quando Elias e io giriamo lentamente la testa per guardarlo con disgusto.

«Hai detto qualcosa?», chiede Elias.

«Sì, ho detto che siete le puttane di Celine.»

Mi aspetto quasi che Elias lasci cadere la borsa e dia un pugno in faccia a Eddie, ma invece si limita a ridere. È una risata fragorosa, di cuore, che blocca Eddie sui suoi passi. La sua espressione passa da compiaciuta a incazzata. «Vuoi davvero andare avanti con queste stronzate, Eddie? Ma dai, sul serio. Sei così geloso che la tua ex stia provando il tipo di cazzo che tu non potresti mai darle, che hai bisogno di fare commenti stupidi nello spogliatoio? Amico, fatti una vita, cazzo.»

Si gira verso di me, scuotendo la testa, poi lascia Eddie con i suoi amici.

***

Fuori dallo spogliatoio, respiro a pieni polmoni l'aria fresca. «Hai gestito bene la situazione.»

Elias scuote la testa e alza gli occhi al cielo. «Quel tipo è proprio patetico, cazzo. Chi può prendere sul serio quello che dice?»

«Non riesco ancora a credere che Celine sia stata con lui per così tanto tempo.»

«L'ha logorata, ma lei ha imparato la lezione.»

Come se la nostra conversazione l'avesse evocata, Celine appare con Gabriella, Kain, Ellie e Colby. «È stato fantastico», esclama, correndo tra le mie braccia e stringendomi forte. La avvolgo in un grande abbraccio, respirando il suo dolce profumo. Ma prima che io abbia la possibilità di assaporare davvero il contatto del suo corpo contro il mio, lei mi lascia andare per concentrare la sua attenzione su Elias. L'abbraccio che gli dà è uguale a quello che ha dato a me, ma lui non la ricambia. Lo fisso perché non riesco a capire cosa gli stia succedendo. Sta cercando di farla sentire una merda? Se è così, non è migliore di Eddie, cazzo.

«La tua azione.» Kain mi dà una pacca sulla spalla con la sua grande mano, strappandomi dai miei pensieri e annuendo con apprezzamento.

«Mi fa venire voglia di giocare di nuovo», ammette Colby.

«È stata una bella sensazione», ammetto, massaggiandomi la nuca con una mano. «Insomma, chi non vorrebbe portare alla vittoria?»

«ELIAS!»

Il nome viene urlato da una voce roca, che alla fine si trascina leggermente, indugiando sulla s. Ci voltiamo tutti e vediamo un uomo con il volto di Elias, ma con almeno vent'anni di usura in più. In jeans, camicia a quadri e stivali consumati, ha un aspetto trasandato che mi fa fare un doppio sguardo. È la combinazione dei suoi abiti logori e del suo viso arrossato che mi fa esitare.

Mio zio è un alcolizzato e quest'uomo ha lo stesso aspetto rubicondo e trasandato.

Elias mormora qualcosa sottovoce e si volta, come se stesse pensando di allontanarsi nella direzione opposta. Ma non lo fa. Invece, fissa quel viso con un'espressione vuota. «Cosa ci fai qui?»

«Sono venuto a vederti giocare», risponde l'uomo. È il padre di Elias? Non potrebbe essere nessun altro, vero? Si assomigliano tantissimo.

«Non dovevi disturbarti.»

Il volto dell'uomo si rabbuia, poi in meno di tre secondi lampeggia di rabbia. «Con chi cazzo credi di parlare?». Le parole escono accompagnate da tre schizzi di saliva che cadono sul pavimento.

Elias sussulta. È quasi impercettibile. Riesce a mantenere la calma, ma io colgo quel movimento con la coda dell'occhio e mi si stringe lo stomaco. Cazzo. È suo padre.

«Vattene a casa.» È un modo per liquidarlo, ma c'è una nota di freddezza nel tono di Elias che si propaga nel gruppo. Celine fa un passo verso di lui, e anch'io. È un istinto di sostegno, soprattutto nei confronti di qualcuno che sembra averlo ferito in passato. Elias è più grosso di suo padre, ma non è sempre stato così.

«Ti vergogni di me? Sto dando spettacolo?» Allunga le braccia e si guarda intorno come se sfidasse qualcuno a dirgli qualcosa. Colby allontana Ellie e Kain fa lo stesso con Gabriella. L'attesa di un imminente scontro si fa palpabile nell'aria che ci circonda. Sono pronto a intervenire per impedirlo.

«Dornan!» Mio padre sceglie proprio questo momento per apparire con una grande borsa piena di dolciumi e generi alimentari, sorridendo da un orecchio all'altro. Non sono mai stato così consapevole di quanto mio padre sia un uomo buono come in questo momento, di fronte al padre di Elias.

«Papà.»

Non riesco a muovermi perché sono l'unico abbastanza vicino da potermi mettere tra questi due uomini che si fissano con evidente astio.

«Quell'azione... l'ho registrata. La guarderò ancora e ancora.»

«Grazie, papà.»

Il padre di Elias si gira lentamente, fissando lo sguardo su mio padre, ignaro di tutto. Finalmente deve rendersi conto dell'atmosfera che si è creata, e gli occhi di mio padre passano da un volto all'altro, cercando di capire cosa c'è che non va.

«Devi andartene», dice Elias di nuovo a suo padre, con tono gelido.

«Questo è un paese libero, cazzo.» Suo padre barcolla all'indietro e allarga le braccia per ritrovare l'equilibrio. Restiamo tutti a guardare, incapaci di distogliere lo sguardo dallo scontro che si sta consumando al rallentatore davanti a noi.

Prima che il padre di Elias abbia la possibilità di dire altro, mio padre allunga il braccio. «Dai, ho degli snack per voi ragazzi. Dovete essere affamati.»

Elias non distoglie lo sguardo da suo padre nemmeno per un minuto, ma mentre il resto del gruppo si affolla intorno a mio padre per accettare i sacchetti di patatine e dolciumi, che lo vogliano o no, l'atmosfera si distende. Il braccio e la spalla di Celine sono proprio davanti a Elias, il viso inclinato verso il suo corpo. Sta cercando di proteggerlo, e quando Elias se ne rende conto, lo sguardo sul suo viso è sufficiente a toccare anche il cuore più nero.

Suo padre è il primo a rompere il silenzio. Si allontana come se nulla fosse, barcollando e vacillando sui suoi piedi.

Elias sembra rimpicciolirsi mentre lo fa, tutta la tensione che si scioglie dal suo corpo. «Va tutto bene», dice Celine, voltandosi per toccargli il braccio.

Lui chiude gli occhi, isolandosi dal mondo per qualche secondo. «Non va mai bene.»

«Almeno è venuto a vederti giocare. Mio padre non si preoccupa nemmeno più di chiamarmi.»

«Vorrei che non si prendesse la briga di farlo.»

Prendo un sacchetto di patatine e lo offro a Elias. Lui lo prende, guardando mio padre con sospetto o forse con invidia. Non lo biasimerei per nessuno dei due sentimenti.

«Andiamo a prendere una birra», dico, guardandolo direttamente. «Penso che ce la meritiamo.»

Elias annuisce, Celine esulta e Gabriella dice a Kain di chiamare i suoi fratelli.

***

Quando arriviamo al bar, siamo un gruppo numeroso e tutti chiacchierano. Travis è arrivato con Dalton e Blake. Sono venuti anche Seb e Micky, lasciando Noah con la mamma di Ellie e loro padre. È una festa chiassosa, ma Elias è ancora silenzioso. Gli compro una birra e gliela passo. La beve tutta d'un fiato, sbattendola sul bancone con tanta forza da attirare l'attenzione di chi ci sta intorno.

«Non dargli retta», gli dico.

Mi fissa con occhi freddi come il ghiaccio. «Dice l'uomo con il padre più fantastico del mondo.»

Cosa ne so io di quello che ha passato Elias? Niente, ecco cosa. Ma gli do una pacca sulla spalla ed evito di farmi coinvolgere in discussioni inutili. «Non possiamo scegliere la nostra famiglia, Elias. Forse tuo padre ti ha deluso, ma hai degli amici. Stai per laurearti con il massimo dei voti. Puoi lasciarti il passato alle spalle, se è quello che vuoi.»

Potrebbe anche avere Celine. Sono sicuro che, se glielo chiedesse, lei uscirebbe con lui.

Potrei desiderarla, ma non ho bisogno di lei come Elias.

Potrei rinunciare a lei?

Non ne sono sicuro.

«Il passato ci segue come un cane rognoso.» Fa cenno al barista di portargli un'altra birra.

«Celine ti desidera, lo sai.»

I suoi occhi incrociano i miei, più vuoti che mai.

«Celine non sa cosa vuole.»

Forse non stiamo più giocando, ma in qualche modo la situazione tra noi sembra ancora più intricata rispetto all'inizio.

19

ELIAS

La mia testa batte a tempo con il ritmo. Non volevo venire in questo stupido bar, ma sapevo che Dornan avrebbe fatto un gran casino se avessi rifiutato. È in missione per salvarmi. Pensa di sapere com'è stata la mia vita e ora, dato che lui ha un padre fantastico che lo ama e io no, vuole sistemarmi.

Butto giù uno shot di tequila, senza nemmeno preoccuparmi di succhiare il lime. Il sapore aspro e amaro mi scuote, e il bruciore alla gola mi brucia come la bile.

Ancora non capisco perché mio padre abbia scelto proprio stasera per venire a vedere la mia partita. Sono anni che non viene a vedere niente di quello che faccio. Anzi, non ricordo nemmeno l'ultima volta che ha mostrato interesse per me. Forse ha bisogno di soldi. Forse è di questo che voleva parlarmi? Non che io ne abbia da dargli. E anche se ne avessi, non glieli darei.

Invece, il padre di Dornan, con la sua generosità e gentilezza, ha messo in evidenza quanto mio padre sia uno stronzo.

Il modo in cui tutti lo guardavano mi ha fatto venire la nausea. Avere una famiglia di merda è già abbastanza brutto. Ma che la gente scopra che ho una famiglia di merda è il massimo dell'umiliazione.

Celine e Travis stanno ballando. Beh, Celine sta ballando e Travis sta guardando. Dornan sta parlando con Ellie, come al solito. Gli altri sono qui da qualche parte, ma nessuno di loro si preoccupa abbastanza di me da notare se me ne vado. Ora è la mia occasione per andarmene da qui e leccarmi le ferite in privato.

Sono instabile sulle gambe e il peso della mia borsa non aiuta. Faccio un cenno al buttafuori mentre esco e vengo colpito in faccia dall'aria fresca, che mi aiuta in qualche modo a schiarirmi le idee.

Non ho la macchina con me e i soldi per il taxi mi lascerebbero al verde. Ci metterò trenta minuti a tornare a casa a piedi da qui, ma sarà un tempo sufficiente per smaltire la sbornia. Potrei anche comprarmi un hamburger lungo la strada.

Quando raggiungo il mio dormitorio, ho le gambe morte e la testa che mi sembra stia per esplodere. Nemmeno l'hamburger unto è riuscito ad assorbire tutti gli shot che ho bevuto senza volerlo. Cerco a tentoni la chiave nella serratura e lascio cadere la borsa a terra con un tonfo.

Dovrei lavarmi i denti e il viso. Magari bere un po' d'acqua e prendere qualche pillola. Prevedo già un forte mal di testa.

Alla fine, riesco a bere l'acqua, a prendere l'Advil e a lavarmi i denti in modo approssimativo prima di crollare sul letto. Sto per scivolare nel nero abisso del mondo dei sogni alcolici quando squilla il mio telefono. Apro un occhio e rispondo quando vedo che è Celine. «Apri. Sono fuori.»

«Cosa?»

«Apri la porta.»

Riattacca e io sbatto le palpebre, non sapendo se la chiamata sia davvero avvenuta o se l'ho immaginata.

Gemo mentre rotolo giù dal letto e mi massaggio lo stomaco mentre mi dirigo verso la porta. Ad ogni passo, la testa mi martella. Apro la porta d'ingresso e aspetto, ascoltando i passi di Celine, aggrappandomi alla parte superiore dello stipite della porta per mantenere l'equilibrio. Diversi passi rimbombano sulle scale. Si sentono delle voci e Celine ride. Quando finalmente la vedo, è affiancata da Dornan e Travis. Ma che cazzo?

«Stavo dormendo», gemo.

«Hai lasciato il bar senza salutare.»

«Non sei la mia ragazza», borbotto.

Celine mi osserva con le mani sui fianchi. Per fortuna indosso i miei boxer neri, ma per il resto sono nudo. «È buona educazione avvisare quando te ne vai, Elias. Eravamo preoccupati per te.»

«Ah sì? Beh, non dovete preoccuparvi per me. Sto bene.»

«Non stai bene», dice Travis. Si passa una mano sul mento ispido. Celine fa un passo avanti.

«Volevamo solo assicurarci che fossi tornato sano e salvo.»

«Volevate assicurarvi che non facessi qualcosa per farmi del male perché mio padre è un inutile stronzo.»

Lei sussulta alla parola con la S in un modo che non capisco.

«Non ci è passato nemmeno per la mente», dice Dornan. «Eravamo solo preoccupati che fossi ubriaco e che potessi finire nei guai mentre tornavi a casa.»

«Beh, come potete vedere sto bene... sono tutta intero.»

Barcollo mentre cerco di alzarmi senza sostegno, e Celine è lì in un lampo, appoggiando la mano al centro del mio petto. Guardo la sua espressione feroce. La mia ubriachezza rende confusa tutta questa scena. Perché sono qui? Cosa sta facendo Celine? Il rallentatore dei miei pensieri mi fa sbattere le palpebre confuso.

«Dai, ragazzone. Ti porto dentro.» Afferrandomi per un braccio, Celine mi fa camminare all'indietro. Le sue mani sulla mia pelle mi fanno diventare duro, anche se, in teoria, dovrei avere un calo di alcol. Lei nota la mia erezione e ridacchia piano. «Ma sei serio adesso?»

Mi fa sdraiare sul letto e cerca di sollevarmi le gambe per farmi distendere. Sono troppo pesanti e alla fine l'abbraccio e la tiro finché non si ritrova distesa sopra di me. La sua risata sorpresa mi calma l'anima. La sua mano sulla mia faccia ispida è delicata. Il modo in cui mi scosta i capelli dalla fronte è così rilassante che chiudo gli occhi e assaporo ogni dolce carezza.

I passi nella stanza mi ricordano che non siamo soli. È strano perché non me ne frega niente. La presenza di Dornan e Travis non mi sembra un'invasione del mio spazio o della mia privacy. C'è una sensazione di comfort nel fatto che siamo tutti insieme.

Prendo la mano di Celine e la avvolgo attorno al mio cazzo, ridendo quando lei strilla. «Cosa c'è? Voi ragazzi venite nella mia stanza nel cuore della notte e non facciamo sesso?»

«Sei ubriaco», dice Dornan.

«Anche tu. Ma vuoi scopare, vero?»

La mia mano vaga sul fianco di Celine, trovando pelle morbida e un seno caldo. Non indossa il reggiseno. Sono così eccitato, cazzo.

«Elias.» La sua voce ammonitrice è affannosa, ma la sua obiezione si spegne quando avvolgo le mie labbra attorno al suo dolce capezzolo e lo succhio. Il corpo di Celine si rilassa sotto di me mentre si abbandona alle mie mani vaganti.

«Celine.» Pronuncio il suo nome con lo stesso tono femminile, e Dornan e Travis ridono.

Mi basta una spinta per spingere i boxer abbastanza giù lungo le gambe da poter liberare i piedi. Ci vuole un po' più di tempo perché le mie mani maldestre riescano a spogliare Celine. Mentre tutto questo accade, Travis si toglie la camicia e gli stivali, lasciando i jeans scuri sbottonati in vita. Dornan si toglie la maggior parte dei vestiti, lasciando solo i boxer grigi. Perché si dia tanto da fare, non ne ho idea. Non è che stiano facendo nulla per coprire la sua erezione mostruosa.

Cavolo.

So più cose sui cazzi di questi ragazzi di quanto qualsiasi uomo eterosessuale dovrebbe sapere.

Mentre Celine finge di opporsi alla mia frenetica rimozione dei vestiti, Travis mi chiede se ho qualcosa con cui legarla. Nel mio armadio ho esattamente una cravatta nera che uso per le occasioni formali e le funzioni di squadra. Se dovessi andare a un funerale, la userei anche per quello. Da qualche parte ho dei calzini piuttosto lunghi. Oh, e alcune cinture.

«Cinture», borbotto, indicandole con un cenno della mano.

Celine scuote la testa. «Troppo forte. Non voglio rovinarmi i polsi.»

«Ho solo una cravatta e non voglio che si rovini.»

Travis alza le spalle. «Siamo abbastanza per tenerla ferma.»

«Potresti usare le sue mutandine per legarle i polsi», suggerisce Dornan.

Le ho in mano, appallottolate. «Sono bagnate. Anzi, fradice.»

«E non me ne vergogno affatto!». Lei ride. «Insomma, guardatevi. Siete il sogno di ogni donna. È un miracolo che non sia disidratata.»

«Gesù», mormoro mentre lei si dimena sotto di me. Vorrei tanto penetrarla, ma è il turno di Travis. Non che l'ordine abbia importanza, ma non voglio essere accusato di essere un amante egoista.

Prendo le mutandine di Celine, che sono di pizzo rosa e quasi invisibili. Sono perfette per legarle ai polsi delicati e costringerla a tenere le mani sopra la testa, mettendo in mostra le sue belle tette.

«Travis, tocca a te, amico.»

Sorpreso, si toglie i jeans e sale sul letto. Mi sposto in modo da sedermi con la schiena contro il muro, tenendo ferme le mani di Celine.

Travis socchiude gli occhi blu mentre valuta il suo corpo, pensando a cosa vuole farle. Ho la sensazione che, se fossero soli, la stuzzicherebbe per ore prima di lasciarla venire. È strano perché, nell'oscurità di una camera da letto, viene fuori un uomo molto diverso.

Celine trema e i suoi occhi incontrano i miei.

Finge di essere coraggiosa, ma dentro di sé è proprio come me. Ha paura di essersi spinta troppo oltre e di non essere in grado di mantenere le promesse e le aspettative.

Ha paura di non valere lo sforzo.

È per questo che è rimasta con Eddie per così tanto tempo.

Le passo la mano sul torace, sfiorandole il capezzolo mentre Travis le allarga le gambe. Dornan si siede dall'altra parte di Celine, così siamo come due fermalibri. Imita la mia mano e i suoi movimenti sulla sua pelle, guardando Travis che le piega le gambe e le allarga, aprendole completamente la figa.

Travis lecca solo la punta del dito e lo fa scorrere sul suo clitoride senza esercitare quasi alcuna pressione. Il corpo di Celine reagisce come se lui l'avesse frustata con forza.

Il sorriso di Travis è tanto malizioso quanto compiaciuto. Appoggia lo stesso dito sulla sua entrata, non proprio dentro ma con una pressione appena sufficiente a suggerire la penetrazione. Lei inizia a dimenarsi, ma lui la tiene ferma con una mano appoggiata sulla pancia.

«Dimmi cosa vuoi», le dice.

«Voglio quello che vuoi tu.»

Giuro che un brivido lo attraversa.

Nei trenta minuti successivi, Travis stuzzica Celine fino al delirio. Il suo corpo si contorce e la sua pelle si ricopre di sudore mentre lei si sforza di raggiungere il piacere, senza mai riuscirci. Lei lo supplica di farla venire, ma lui non glielo permette. Prima le tengo le mani sopra la testa, poi Dornan prende il mio posto. A turno ci godiamo il calore della sua bocca e le vibrazioni dei suoi gemiti.

E quando lei grida così forte da svegliare i vicini, Travis finalmente avvolge il suo cazzo e la scopa.

Lei viene al suo primo colpo, inarcandosi, poi rilassandosi, con il viso contorto e poi sereno. Sembra un angelo con i capelli sparsi sui miei cuscini. Le accarezzo il ponte del naso e le lentiggini mentre Travis la penetra ripetutamente, con un'espressione quasi dolorosa sul volto. Quando ruggisce il suo orgasmo, si guadagna un pugno sul muro da parte del mio goffo e nerd vicino di casa, che non mi guarda mai negli occhi e non inizierà certo ora.

Dopo, Travis tocca il viso di Celine, baciandola teneramente su ogni angolo della bocca prima di succhiarle delicatamente il labbro inferiore. Lei geme, ancora stordita dal suo stile perverso di tortura.

La mia testa continua a martellare, ma non ho alcuna intenzione di perdere l'occasione di entrare di nuovo dentro Celine. Le libero rapidamente le mani e la tiro sulle mie ginocchia.

«Stai bene?»

Lei appoggia le mani sul mio petto, flettendo le dita contro la mia pelle. Le sue palpebre sbattono come se cercasse di ritrovare la concentrazione, e i suoi fianchi si muovono, facendo scivolare la sua fessura su e giù lungo la parte inferiore rigida del mio pene, ricoprendolo con la sua eccitazione.

Chiudo gli occhi e reclino la testa all'indietro, concentrandomi sulla sensazione. Ho le vertigini. Tante vertigini.

Il letto si sposta e Dornan si è spostato dietro Celine, stringendole i seni in modo che i suoi capezzoli spuntino tra le sue dita enormi. Nel frattempo, ha perso i boxer.

Mi lancia un preservativo e si copre con un lembo di carta stagnola e un efficiente rotolo di lattice. Le mie mani sembrano pale, e alla fine è Celine a prepararmi.

«Chi è il prossimo?» Lei lancia uno sguardo alle sue spalle verso Dornan.

«Ci vuoi entrambi contemporaneamente?»

I suoi occhi si spalancano, fissando tra le sue gambe dove il mio cazzo è grande, duro e in attesa. «Allo stesso tempo? Come l'ultima volta?»

Allungo una mano tra le sue gambe, spingendo dentro un solo dito spesso. «Entrambi, qui.»

Il suo piccolo buco si stringe. Non so se per paura o per anticipazione. «Come?»

Le tocco il viso, scostandole i capelli umidi dalla fronte. «Prima spingo io, poi Dornan farà il resto.» Le afferro i fianchi, sollevandola in modo che rimanga sospesa sopra la punta del mio cazzo. Ora che Travis l'ha aperta, è facile entrare, e lei scivola su di me con un sussulto a bocca aperta. La tiro sul mio petto e le spingo le ginocchia, allargandole le gambe. Tengo il suo viso vicino al mio, baciandole la bocca mentre Dornan si mette in posizione. Le sue labbra sono morbide e calde, e lei mi lascia scivolare la lingua dentro, colpo dopo colpo.

Mi gira la testa.

Il pene di Dornan preme contro la parte inferiore del mio, spingendo per entrare nel calore stretto e umido di Celine, mentre le mie mani le accarezzano la schiena, sapendo che ha bisogno di rilassarsi e che io posso aiutarla.

Travis guarda con il suo pene in mano, già di nuovo duro.

«Ecco, piccola», mormora Dornan. «Lasciami entrare. Lasciami entrare in questa dolce figa. Ti farò sentire così bene.»

Lei geme contro le mie labbra mentre Dornan le afferra una natica con una mano, usando il pollice per aprire ancora un po' la sua figa.

«Oh... oh...» ansima, con il respiro caldo che mi sfiora la mascella. Chiudo gli occhi per l'intensità di una penetrazione così stretta e la strana sensazione del cazzo di Dornan che sfrega contro il mio.

Ho avuto la mia buona dose di donne e le ho scopate in posizioni di cui il Sutra sarebbe orgoglioso, ma questo è molto più di quanto abbia mai fatto prima.

«Ci sono dentro», ringhia praticamente Dornan. Vorrei rispondergli con una battuta sarcastica, ma le parole muoiono prima di arrivare alla mia lingua.

Celine geme mentre Travis le fa rotolare il capezzolo tra le dita, facendole stringere la figa.

«Mi muovo», avverte Dornan e prova la prima spinta, tirandosi indietro e poi spingendo dentro. Stringo Celine forte contro il mio petto, temendo che possa muoversi e che tutta questa folle posizione a sandwich in cui ci troviamo vada a rotoli.

«Non posso», dice lei. «Oh, cazzo. Oh... non fermarti, cazzo.» È un miscuglio confuso di frasi diverse che mi fa sorridere.

« Deciditi, ragazza.»

Mi pizzica il capezzolo, cosa che all'inizio mi sconvolge, ma in realtà mi fa piacere. «Prova tu a infilarti dentro due cazzi enormi, poi ne riparliamo. Oh... Oh...» Alza gli occhi al cielo mentre Dornan schiaccia il suo bacino contro il mio. Il suo clitoride deve sfregarsi contro di me ad ogni spinta.

«È vicina», ansimo, mentre la stretta della figa di Celine mi toglie il respiro, poi si contrae e si contrae mentre lei mi affonda le unghie nel braccio.

Non ho nemmeno un secondo per rilassarmi nel suo piacere.

«Ci sono quasi, cazzo», ansima Dornan.

«Non... smettere, cazzo.» Sembro Celine quando Travis le passa la lingua sulla figa, ma non mi importa perché il mio cazzo sembra sul punto di esplodere e so che il mio orgasmo imminente sarà da record.

«Cazzo...» ruggisce Dornan.

Celine si gira per vedere cosa ha ottenuto il suo corpo; Dornan, che la sovrasta come Thor, con il viso contorto dal piacere-dolore come se stesse per distruggere una legione.

Chiudo gli occhi mentre il mio piacere aumenta. Perdo il controllo, spingendo dentro Celine mentre Dornan si ritira. La faccio rotolare finché non mi ritrovo sopra di lei, schiacciando la mia bocca sulla sua mentre tutto ciò che si è accumulato dentro di me esplode in ondate successive.

«Cazzo... Celine... cazzo...»

Altri colpi contro il muro ci fanno guardare tutti nella stessa direzione. Rido perché questa situazione è fottutamente folle. Ho due uomini nudi nella mia stanza del dormitorio e una donna che probabilmente non sarà in grado di camminare per una settimana.

Celine mi cerca con lo sguardo. «Elias.»

La testa mi gira per l'alcol e la speranza.

Fino a stasera abbiamo giocato a stupidi giochi, ma questa volta è diverso.

Sono venuti per vedere se stavo bene, mi sussurra la mia mente. Non erano tenuti a farlo.

Dimostra un livello di attenzione che va oltre quello che dovrebbero comportare i giochi, ma per me è difficile crederci. Sperare in qualcosa di più mi sembra impossibile. Ai miei genitori non frega niente di me. Perché dovrebbe fregare qualcosa a queste tre persone?

«Elias?» La voce di Travis interrompe i miei pensieri frenetici. «Stai bene, amico? Sei pallido.»

Mi tocco la fronte mentre le vertigini sembrano peggiorare. Anche Celine mi tocca la fronte. «Non sembra avere la febbre. Probabilmente è solo l'alcol. Stai bene?»

L'attenzione di tre persone è tutta su di me e non mi piace. È come avere un microscopio puntato nella mia direzione. Cazzo.

Attiro Celine verso di me in un bacio appassionato, spinto tanto dalla paura quanto dal desiderio.

Il sesso è l'unico posto sicuro per me quando queste tre persone mi stanno intorno.

Il sesso è un luogo dove posso nascondermi dai miei fantasmi e dalle mie speranze, ma per quanto tempo ancora?

20

TRAVIS

Dopo esserci assicurati che Elias stia bene, costringendolo a bere due bicchieri d'acqua e a mangiare due fette di pane, Dornan decide di tornare a casa a piedi per prendere una boccata d'aria fresca, mentre io accompagno Celine al suo dormitorio.

La saluto e sbadiglio a metà strada, e lei insiste perché io dorma da lei invece di guidare fino a casa. È dolce che sia preoccupata per la mia sicurezza, e ancora più dolce che voglia che mi rannicchi nel suo letto e mi addormenti.

Rimango sveglio con lei tra le braccia, chiedendomi che diavolo sto facendo, visto che l'ultima volta che mi sono cacciato in una *relazione* ho commesso così tanti errori. Le tocco il viso, meravigliandomi del rosso delle sue ciglia che proiettano graziosi archi d'ombra sugli zigomi. Quando dorme, le sue labbra sono imbronciate.

Questa notte è stata bella per molti motivi.

Sentire la preoccupazione di Celine e Dornan quando ho fatto notare che Elias se n'era andato ha dissipato alcune delle mie preoccupazioni su questa situazione complicata. Il sesso è epico, non solo quando siamo solo io e Celine, ma anche quando sono coinvolti gli altri. Ridiamo molto insieme, come facevo con i miei migliori amici.

Sono ancora amico di Dalton, Kain e Blake, ma da quando si sono innamorati di mia sorella, hanno meno tempo per me. Sono felice per loro, ma è un cambiamento.

Se fossi un uomo sensibile, mi allontanerei da questa confusione a quattro.

Cosa può esserci di buono nell'innamorarsi di una donna che chiaramente prova qualcosa per altri uomini? Potrebbero essere disposti a condividerla mentre noi giochiamo, ma quanto tempo passerà prima che la vogliano per sé? E che tipo di amicizia potrei sviluppare con due uomini che hanno condiviso una donna con me? Sarebbe la storia più strana al mondo sull'origine di un'amicizia.

Le tubature nei dormitori emettono strani rumori metallici e gorgoglianti. Qualcuno, da qualche parte nell'edificio, sta facendo la doccia o tirando lo sciacquone. I miei piedi penzolano dal letto di Celine e mi sento come Papà Orso nel letto di Orsetto, un impostore in una vita che non mi appartiene.

Dovrei aver superato questa fase.

Dovrei avere la mia vita sotto controllo, ma ovviamente non è così.

Permettere a me stesso di farmi coinvolgere in questa situazione è un altro segno che i confini che cerco di stabilire non sono abbastanza solidi.

Rischio di scavare un'altra fossa di infelicità per me stesso.

Resisto alla tentazione di svegliare Celine e di sprofondare di nuovo nel suo dolce corpo. In qualche modo, mi sono abituato al fatto che Elias e Dornan debbano essere presenti per questo. Alla fine, mi addormento.

Al mattino, Celine mi sveglia con un dolce bacio sulle labbra e si affretta a uscire da sotto il piumone per andare in bagno. La doccia si accende e Celine canticchia mentre mi giro nel letto e respiro il suo profumo. Quando esce, è fresca di doccia, con le guance rosa e ciocche umide che le ricadono sul viso.

Si veste davanti a me, indossando un reggiseno sportivo e leggings attillati. Devo aspettare qualche minuto, pensando al mio ex capo, che aveva i baffi e un forte odore di sudore, prima di poter alzarmi dal letto senza l'erezione mattutina.

Non faccio la doccia perché non ho vestiti puliti con me, ma mi sciacquo la bocca con il collutorio e mi strofino rapidamente il viso con uno dei prodotti per il viso di Celine.

I miei capelli sono spettinati, ma le mani bagnate e le dita a pettine fanno il loro dovere.

Quando esco dal bagno, devo solo infilarmi i jeans e la maglietta. Celine mi guarda mentre mi vesto con quello che si può solo descrivere come un sorriso malizioso sul viso.

«Davvero», dice. «Il tuo corpo è semplicemente...» fa un gesto con la mano ed emette un suono con la bocca, «...da baciare.»

Alzo un sopracciglio e mi passo la mano sulla barba. Ha bisogno di una spuntatina, ma me ne occuperò più tardi.

«È tutto tuo, piccola.»

«Davvero.»

Celine attraversa lentamente la stanza e fa scorrere le dita lungo il centro del mio petto, aprendo sempre più gli occhi ad ogni addominale che passa. «Pazzesco», mormora.

Le afferro il polso e porto la sua mano alle mie labbra, baciandole delicatamente le nocche; poi le tiro fuori il reggiseno sportivo, dando un'occhiata alla sua scollatura perfetta. «Questo sì che è pazzesco.»

Lei ride e mi allontana con un gesto della mano. «Continua così e oggi non arriveremo da nessuna parte.»

«Sembra un piano fantastico.» Le tiro di nuovo il top, questa volta infilandole un dito tra le tette. Lei strilla e fa un balzo indietro, ma non prima che io le afferri il polso e le giri le braccia dietro la schiena, tenendole con una mano alla base della colonna vertebrale. Mi chino su di lei, avvicinando la bocca al suo orecchio. «Se voglio toccarti, Celine, lo farò.»

«Sì», sussurra. I suoi capezzoli si irrigidiscono, premendo contro il tessuto del reggiseno sportivo, e lei stringe le cosce. Non dovrei eccitarci entrambi in questo modo, ma non riesco a resistere. Lei fa emergere la mia malizia in modo perfetto.

Lasciando cadere le sue mani, sistemo la mia erezione.

Celine è arrossita e agitata, proprio come piace a me.

«Devo andare», le dico.

«Posso venire con te? Ho detto a Gab che stamattina potevamo andare in palestra insieme.»

Questo spiega il suo abbigliamento. «Certo.»

Mamma ha un giorno libero. Dovrebbe sembrare strano arrivare a casa con una ragazza, ma Celine è diversa. In un certo senso, fa già parte della famiglia.

Guidiamo con i finestrini abbassati. Il vento scompiglia i capelli di Celine, che sorride nella brezza come un cane felice che sporge la testa dal finestrino. Trova la musica che le piace sul mio telefono e la ascoltiamo a tutto volume, cantando a squarciagola senza preoccuparci di chi possa sentirci quando ci fermiamo al semaforo.

Rido e sento un'ondata di felicità invadermi, sconosciuta e brillante. Prima della Germania, questo era il mio stato d'animo costante. Uscivo con Kain, Blake e Dalton e, in qualche modo, riuscivamo sempre a trovare un modo per trasformare anche le situazioni più noiose in qualcosa di esilarante.

Mi sentivo a mio agio con me stesso e con ciò che mi circondava.

I preparativi per andare in Germania erano stati contrastanti. L'opportunità di lavoro era troppo buona per rifiutarla, ma ero pieno di rimpianti all'idea di lasciare la mia famiglia e i miei amici. Mi dicevo che non sarebbe stato per molto. Solo un anno, forse due. Abbastanza tempo per fare esperienza. Abbastanza tempo per capire chi sono quando non sono circondato da tutto ciò che mi è familiare.

È stato molto più breve di così e tornare indietro mi è sembrato un fallimento.

Non ho avuto la possibilità di ambientarmi nella mia nuova vita né di intraprendere il percorso di scoperta di me stesso che speravo. Sono caduto nella trappola di una nuova relazione e ho lasciato che tutti i miei obiettivi andassero in fumo. E quando tutto è andato storto, sono tornata con la coda tra le gambe.

Ma Celine, Elias e Dornan hanno riportato un po' di gioia nella mia vita. Mi sento di nuovo radicato, per quanto possa sembrare strano. E felice.

Ci fermiamo davanti a casa mia e guardo il posto che è stato la mia casa di famiglia da prima che io possa ricordare. La familiarità di percorrere il vialetto e infilare la chiave nella serratura è come un balsamo. Celine mi segue saltellando con le sue scarpe da ginnastica. Nell'ingresso, si guarda intorno, i suoi occhi seguono le foto di famiglia con un nuovo interesse. «Eri un bambino così carino.» Indica una foto di Gab e me quando avevo circa nove anni e Gab circa quattro. Con la nostra abbronzatura estiva e i capelli biondo platino, sembriamo due cherubini.

«Anche da adulti siamo carini.» Sorrido e faccio l'occhiolino, e Celine sorride prima che i suoi occhi si spostino su un punto dietro di me e il suo viso si incupisca leggermente.

«Travis?»

Mi volto alla voce di mia madre, notando una stranezza nel modo in cui ha pronunciato il mio nome. «Mamma, conosci Celine.»

«Certo. Gabriella è di sopra.» Lancia un'occhiata alla sala. «Travis, c'è qualcuno che vuole vederti.»

Se fosse stato qualcuno che mia madre conosceva, non avrebbe detto così. Avrebbe detto che Blake era lì. Quindi doveva essere qualcuno che non conosceva, e io non avevo idea di chi potesse essere.

Celine è ancora in piedi accanto a me, ed è come se anche lei percepisse che c'è qualcosa che non va.

«Chi, mamma?»

«Lina dalla Germania?»

Lo dice come se fosse una domanda, e il mio cuore sembra battere forte in un unico, strano impulso e cadere a terra. Tutta l'oscurità che ho provato quando sono salita sull'aereo da Berlino e che sono riuscito a spingere nei meandri della mia mente mi travolge.

La mano di Celine si posa sul mio braccio e mi volto verso di lei come se fosse la mia salvezza in una zona di guerra. «Stai bene?», mi chiede.

La mia testa si muove da un lato all'altro di sua spontanea volontà e Celine, cogliendo il mio improvviso cambiamento di umore, non fa ancora alcun movimento per salire le scale. Invece, lascia che le sue dita scivolino nelle mie.

Lo sguardo di mamma si posa sul punto in cui ora siamo unite e le sue labbra si aprono come se volesse dire qualcosa, ma siamo tutti intrappolate in un vortice di silenzio che turbina intorno a noi quando le cose rimangono non dette.

«Preparo il caffè», dice alla fine la mamma. «E ho dei muffin ai mirtilli. Ne vuoi uno, Celine?»

«Certo.»

I miei piedi non mi spingono avanti, anche se so che devo seguire la mamma e affrontare la donna da cui sono fuggito attraversando l'oceano.

«Vengo con te», sussurra Celine. Senza mai lasciarmi la mano. È la sua presenza che mi spinge ad andare avanti.

Nel salotto, Lina è rilassata sul divano di casa mia come se fosse la cosa più normale del mondo. Ha le braccia appoggiate allo schienale, le gambe incrociate e le scarpe a punta che rimbalzano mentre dondola le gambe. È sempre stata una persona impaziente, quindi scoprire che non ero a casa quando è arrivata deve averla fatta arrabbiare. I suoi occhi si illuminano quando mi vede, ma la sua espressione si fa più cupa quando vede Celine e segue il mio braccio fino a notare che abbiamo le mani intrecciate.

«Che ci fai qui?» Non merita convenevoli. Non merita di sentirsi a suo agio a casa mia, dopo avermi reso la vita così difficile a casa sua.

«Sono qui per vedere te, Travis.»

Celine si avvicina a me fino a premere la spalla contro il mio braccio. Mi stringe la mano quel tanto che basta per farmi sentire la sua rassicurazione. «Perché?»

«Non è questo il benvenuto che mi aspettavo dopo aver volato così lontano per vederti.»

«Non avresti dovuto disturbarti.» Mi volto verso mia madre che sta mescolando il caffè con tanta forza che sembra voglia fare un buco nella tazza.

Lina appoggia la mano sulla pancia e sorride in un modo che non coinvolge i suoi occhi. *Sorriso* è una parola troppo gentile per descriverlo. *Sogghigno* riflette più accuratamente la situazione. La fisso mentre il mio cervello va in tilt. Perché cazzo è a casa mia? Come cazzo mi ha trovato?

«Ho una buona notizia», esclama, sollevando lo sguardo dalla mano di Celine nella mia al mio viso. «Sono incinta.»

Le parole mi penetrano nel cranio, ma per alcuni secondi non riesco a registrarle veramente. Celine sussulta come se fosse stata schiaffeggiata, ma non molla la mia mano. È come se volesse dire loro che resterà con me a prescindere da tutto. Solo che non può restare con me in questa situazione.

«Incinta?» La parola mi esce dalla gola come se fossi strangolato. Fisso Lina con un'espressione che può essere descritta solo come inorridita.

«Sì.» La sua mano accarezza di nuovo la pancia. «Neanch'io riuscivo a crederci, ma i test di gravidanza lo confermano, è vero.»

Vorrei urlare che ho sempre usato il preservativo, ma non servirebbe a nulla, vero? I preservativi possono fallire. Sulla confezione c'è scritto che sono efficaci solo al novantotto per cento.

«Non è mio», abbaio. Non può essere mio. Non ci credo.

Mamma sceglie proprio quel momento per tornare con un vassoio di caffè e muffin ai mirtilli. Si impappina con il vassoio, che cade sul tavolo, rovesciando parte del liquido. «Oh... guarda cosa ho fatto.» Torna di corsa in cucina, mentre io e Lina restiamo lì a guardarci in un bizzarro braccio di ferro.

«Certo che è tuo», dice.

«Mi hai tradito. Deve essere suo.»

«Ha fatto una vasectomia e abbiamo usato i preservativi, quindi no. Non può essere suo.» Lei scrolla le spalle come se il tradimento non fosse nulla e descrive la funzione sessuale di un altro uomo come se fosse una cosa normale.

Il mio cuore batte all'impazzata. Da-dum, da-dum, da-dum, da-dum. Ho lo stomaco sottosopra e devo ingoiare la bile che minaccia di risalire. Non può essere vero. Me ne sono andato. Ho visto com'era questa donna e me ne sono andato, e ora sta cercando di riportarmi indietro.

Mi sento le gambe molli. L'unica cosa che mi tiene in piedi, che mi permette di funzionare, è la presenza di Celine. Non voglio che mi veda debole. Non voglio che mi veda perdere la calma o, peggio, che veda quanto questa situazione mi stia distruggendo.

«Voglio un test di paternità», dico.

Lina irrigidisce la schiena e si liscia i lunghi capelli castani. Passa la lingua sui denti, spingendo in fuori le labbra arrossate. La mamma torna con un panno e il viso pallido come la morte. Al piano di sopra, Gabriella ride forte, in un altro mondo, dove le persone non sono intrappolate dalle loro ex fidanzate psicopatiche in una vita di infelicità.

Perché è così che andrà a finire. Se il bambino è mio, la mia vita è rovinata. Lei lo userà per affondarmi le unghie nella carne in modo permanente. Controllerà il bambino per controllare me. Dovrò vivere in Germania perché non lascerò mai che un figlio mio venga cresciuto solo da una donna come questa. Mio padre ha scelto un'altra donna invece della sua famiglia ed è morto prima di confessare il suo segreto. Non permetterò mai che un figlio mio viva quello che ho vissuto io. Sapranno che li amo e che sono disposto a sacrificare la mia vita per loro.

«Certo.» Lo dice come se fosse sicura che non ne verrà fuori nulla. Lo dice come se sapesse per certo che sono io il padre.

Voglio sedermi. Ho bisogno che se ne vada, così posso riordinare le idee.

Mamma mi gira intorno come se non sapesse cosa fare. Questa donna è un'ospite e mamma è ospitale fino all'eccesso, ma è ovvio che questa donna non è mia amica. Mamma sa che non starei in piedi dall'altra parte della stanza rigido come un asse di legno se questa donna fosse qualcuno a cui tengo.

La mano di Celine è calda nella mia, e la sua vicinanza mi fa desiderare di tornare indietro nel tempo, ai momenti in cui cantavamo in macchina, ridevamo e scherzavamo, quando la felicità sembrava una cosa possibile. Potrei rimanere in quel momento per sempre, se sapessi che quello che è successo dopo è stato questo.

Un cappio intorno al collo.

Temendo che il mio primo figlio possa venire al mondo con una madre capace di rovinargli la vita come ha rovinato la mia.

«Ma il test dovrà aspettare fino alla nascita perché ci sono dei rischi.» Il suo tono è calmo e sicuro.

«Quando sarà?»

«Cinque mesi.» Lina si alza e si avvicina, e mi viene in mente la tarantola che ho accudito durante le vacanze estive. Aveva un modo di camminare che mi dava i brividi.

Mi tocca il braccio e guarda Celine dall'alto in basso, come se sperasse che scomparisse semplicemente desiderandolo. «So che è difficile da capire, ma è una cosa positiva, no? Una volta eravamo felici. Possiamo essere felici di nuovo. Ho commesso degli errori, lo so. Ma con un bambino non rifarò gli stessi errori.» Il suo sorriso, tutto denti e labbra sottili, potrebbe ridurmi in polvere.

L'audacia con cui mi fa questo discorso mentre tengo la mano di un'altra donna non sfugge a Celine. Le sue dita stringono le mie e sento che è pronta a scatenarsi. Le stringo delicatamente la mano, esortandola a mantenere la calma.

«Non succederà.» Mi sposto sui piedi, il mio istinto di lotta o fuga mi dice di scappare il più lontano possibile da questa donna tossica. Lei si tocca di nuovo la pancia e il panico che provo al pensiero che potrebbe esserci mio figlio dentro di lei mi fa scorrere un rivolo di sudore lungo la schiena.

I suoi occhi si stringono in quelle stesse fessure che ricordo così bene da quando l'ho affrontata riguardo alle voci. Non c'era vergogna. Nessuna scusa per essere andata a letto con un altro uomo. C'era solo rabbia perché l'avevo scoperto e furia perché avevo osato chiederle spiegazioni.

«Posso tornare in Germania e non avrai più mie notizie.» Inclina la testa di lato, sorridendo di nuovo come se non avesse appena minacciato di prendere un bambino che potrebbe essere mio e scomparire. «Oppure puoi tornare in Germania con me e avrai la possibilità di passare del tempo con tuo figlio quando nascerà. Queste sono le opzioni, Travis. Non ce ne sono altre.»

«Aspetta un attimo», dice mia madre, allungando la mano verso Lina. «Non pensi che sia un po' radicale? Travis ha una vita qui, e se non è sicuro che il bambino sia suo, non dovresti essere disposta a prenderti un po' di tempo e lavorare sulla situazione? Non capisco perché la stai trattando come una situazione bianca o nera.»

Lina lancia a mia madre uno sguardo fulminante. «Travis dovrebbe capire che questa situazione è molto difficile per me. Ho bisogno di prepararmi per questo bambino. La preparazione può avvenire con lui o senza di lui. Se sarà senza di lui, allora io e il bambino non avremo bisogno di lui.»

«Un bambino ha sempre bisogno di un padre.»

«Un padre non deve necessariamente essere genetico.»

Il viso di mia madre arrossisce all'idea che io possa essere sostituito così facilmente nella vita di mio figlio. Celine sta ancora trattenendo la lingua, ma non so come faccia. Forse è consapevole di aver oltrepassato il limite. Consapevole che si tratta di una questione familiare e che la posta in gioco è alta.

Dei passi pesanti risuonano sulle scale e Gabriella appare sulla soglia, vestita con un completo da ginnastica viola e con i capelli intrecciati in due lunghe trecce bionde. «Mi sembrava di aver sentito delle voci.» Guarda tutti noi, aspettando una risposta, ma nessuno dice una parola.

«Verrò in Germania se il test di paternità dimostrerà che il bambino è mio.»

Lina scuote la testa. Alza due dita. «Hai due opzioni, Travis. Non devi decidere adesso. Domani riparto. Vieni con me o no. La scelta è tua.»

Si rivolge a mia madre. «Mi dispiace che ci siamo conosciute in circostanze così difficili.»

Mamma fa una smorfia, arrossendo. «Mi sembra che tu stia rendendo le circostanze più difficili di quanto dovrebbero essere.»

Con un'alzata di spalle indifferente che non tradisce alcun rimorso, Lina supera Gab, attraversa il corridoio ed esce dalla porta principale, sbattendola dietro di sé per dare enfasi.

Solo quando la serratura scatta al suo posto mi accascio sulla sedia dietro di me. Mi stringo il petto. Non riesco a respirare, cazzo.

«Gesù.» Celine si inginocchia davanti a me e mi prende il viso tra le mani. «Quella donna è terribile.» Chiudo gli occhi, inspirando lentamente contando fino a quattro ed espirando alla stessa velocità finché non riprendo il controllo di me stesso.

«Cosa devo fare?», chiedo, anche se non mi aspetto che Celine abbia una risposta. Anche ascoltare un consiglio in questo momento non mi aiuterebbe. Ho solo bisogno di tempo per rilassarmi e affrontare ciò che mi è appena esploso in faccia.

Gab entra nella stanza e si siede accanto a me. Celine abbassa le mani, con un'espressione di sconfitta sul volto. Gab mi mette un braccio intorno alle spalle e mi abbraccia forte. «Trav. È incinta?»

«Così dice lei.»

Mamma si accascia sul divano di fronte, nascondendo il viso tra le mani. Sembra che stia per piangere e non potrei sopportarlo, sapendo che la causa è l'impatto delle mie decisioni.

«Non so cosa fare», ammetto. «Non so cosa credere.»

«Non avrebbe fatto tutta questa strada in aereo se non fosse incinta. Se ti convince a tornare con lei, dovrà mostrare i segni della gravidanza entro quattro settimane, altrimenti sarà piuttosto ovvio che sta mentendo.» Incrocio lo sguardo di mamma e lei scuote la testa. «Credi a quello che ha detto, che non ti permetterà di avere alcun contatto se non vai immediatamente?»

«Sì.»

Lei impallidisce, torcendo le mani in grembo. «Quindi, o vai adesso, o dovrai combattere contro un sistema legale straniero per ottenere un test di paternità e poter vedere il bambino tra cinque mesi.»

«Oppure il bambino non è suo e lui non dovrà fare nulla.» Gab si appoggia a me e appoggia la fronte contro la mia tempia.

«Non può pianificare una cosa del genere.» La mamma si raddrizza. «Non può correre questo rischio. Deve pianificare come se il bambino fosse suo.»

«Perché?», chiede Celine a voce alta.

«Perché, se c'è anche solo una minima possibilità che il bambino che lei porta in grembo sia di Travis, lui deve mettersi nella posizione migliore con i tribunali. Se rimane qui, i tribunali non lo vedranno di buon occhio. Sarà considerato uno straniero che non era disposto a fare sacrifici per un bambino che è cittadino tedesco. Lei userà il rifiuto di Travis nei confronti del bambino contro di lui.»

«Cazzo», mormora Gab, lasciandomi andare.

Celine si rimette in piedi, sconvolta quanto me, perché mamma ha ragione.

Mamma si copre il viso con le mani per qualche secondo, poi si raddrizza di nuovo. «Quella non è una donna che sarà una madre amorevole per un bambino, specialmente se prova risentimento o odio verso il padre. Travis, devi considerare i prossimi mesi come un possibile investimento nella sicurezza di tuo figlio. Se non è tuo figlio, puoi andartene.»

«Ma lui non può tornare in Germania», si lamenta Gab. «Ha appena trovato un nuovo lavoro... ha appena firmato per un nuovo appartamento.»

«Niente di tutto ciò è paragonabile alla sua responsabilità nei confronti di un bambino.»

La nausea mi sale, riempiendomi la bocca di saliva, che ingoio. Porto le mani sopra la testa ed espiro un lungo respiro affannoso. Gli occhi di Celine sono pieni di lacrime trattenute. Appoggia la mano sul mio ginocchio e io la afferro, stringendola così forte che mi aspetto che si lamenti, ma non lo fa.

«Devo andare», dico alla fine. «Lei non cambierà idea. Tu non sai com'è fatta. Se non vado adesso, e se è mio figlio, lo farà soffrire per essere parte di me.»

«Non può farlo», supplica Celine, ma capisco che non crede alle sue stesse parole. Anche se ha conosciuto Lina solo per pochi minuti, lo sa. Anche mamma lo sa. Non so come ho fatto a non accorgermene prima. Sono un idiota che è stato accecato dal suo sorriso brillante e dalla sua bellezza austera. Volevo credere che una ragazza come quella potesse amarmi. Ora mi sembra patetico.

«Tu e Gab dovreste andare in palestra. Ho bisogno di tempo per riflettere.» La mano di Celine scivola dal mio ginocchio e la perdita di contatto con lei mi fa male.

«Voglio restare.»

Allungo la mano per prendere la sua. «Dovresti andare. Devo parlare con mamma.»

«Prendete un muffin a testa», suggerisce mamma con un filo di voce.

Celine incrocia lo sguardo di Gab e annuisce. «Torneremo dopo», dice.

Tocco la guancia di Celine, con il cuore spezzato dal doverla allontanare. «Mi dispiace.»

Lei mi copre la guancia con la mano. «Non hai nulla di cui scusarti, Travis. Hai commesso un errore. Ora devi affrontarlo. Siamo tutti qui per sostenerti, qualunque cosa tu decida.»

Vorrei che mi dicesse che mi aspetterà. Vorrei che mi dicesse che la felicità che provavo quando ero con lei non è qualcosa che sto per perdere per tornare a una vita che mi riempie di infelicità e terrore. Ma niente di tutto questo è giusto. Celine è uscita da una situazione difficile tutta sua. Non ha bisogno di essere trascinata nel mio dramma.

La mamma si alza e offre a Celine e Gab i loro muffin, e loro lo prendono come un segnale per andarsene. Quando se ne sono andate, mi alzo, con l'intenzione di nascondermi nella mia stanza per cercare di accettare tutti i cambiamenti che stanno per avvenire nella mia vita, ma la mamma non me lo permette. Invece, mi stringe in un lungo abbraccio e mi dice che andrà tutto bene.

Vorrei poterle credere.

21

CELINE

Dopo la palestra, torno a casa di Gabriella, sperando di vedere Travis. Ci sono così tante cose che vorrei dirgli e che non ho potuto dirgli davanti agli altri. Voglio sentire cosa ha nel cuore e aiutarlo a trovare una via d'uscita da questa terribile situazione. Ma quando torniamo, la mamma di Gabriella sta piangendo al telefono e ci dice tra i singhiozzi che Travis è uscito. Gab chiama Dalton, ma lui non ha notizie di Travis. Lo stesso vale per Kain e Blake. Sono tutti molto preoccupati quando sentono cosa sta succedendo, ma la preoccupazione non servirà a trovare Travis né a risolvere i suoi problemi.

«Dove pensi che sia andato?» Gab scuote la testa e alza le spalle, il che non è di alcun aiuto. Vorrei urlare e trovare quella donna per cavarle gli occhi. Chi cazzo si crede di essere, per minacciare Travis in quel modo? Ha bisogno di essere rimessa al suo posto.

Merda.

La prospettiva che Travis parta domani per tornare in Germania mi fa così male al cuore che devo premere la mano sul petto per contenere il dolore.

Gab mi riaccompagna al dormitorio, faccio una doccia e cerco di recuperare un compito che devo consegnare, ma non riesco a concentrarmi. Per la prima volta da quando Travis, Elias e Dornan hanno accettato di partecipare ai miei stupidi giochi di vendetta, mi sento sola.

Non mi ero resa conto di quanto fosse importante per me averli tutti nella mia vita.

Non mi ero resa conto che lasciarli andare mi avrebbe fatto più male che scoprire che Eddie mi aveva preso in giro.

Mando un breve messaggio a Dornan ed Elias, chiedendo loro se sono liberi. Entrambi rispondono che hanno gli allenamenti, ma che possono vedermi dopo. Non dico loro di Travis. Aspetterò di farlo di persona. Invece, accetto di incontrarli vicino agli spogliatoi. Il tempo scorre così lentamente che vorrei urlare.

Vestita con un maglione nero, leggings neri e stivali neri pesanti, esco a grandi passi nel pomeriggio. Il vento mi scompiglia i capelli, ma non mi preoccupo di sistemarli. Niente di superficiale ha importanza. Mi sento già come se fossi in lutto per ciò che Travis e io avevamo iniziato a significare l'uno per l'altra e per tutti i giorni, le settimane e i mesi che avremmo potuto condividere. Sono in lutto per l'uomo che Travis stava diventando e sono desolata nel vederlo tornare alla persona chiusa che era quando è tornato dalla Germania. È come assistere a una farfalla che ripiega le ali e si rannicchia di nuovo nel suo bozzolo.

Elias è il primo a uscire dallo spogliatoio, seguito da Dornan. I loro sorrisi sono ampi e accoglienti, ma devono vedere la mia espressione cupa.

«Che c'è?» Elias si ferma davanti a me e lascia cadere la borsa a terra. Mi lascio andare al suo abbraccio, singhiozzando mentre tutta la preoccupazione repressa trabocca nel momento in cui mi avvicino a lui.

«Travis se ne va.»

«Cosa?» La voce di Dornan è un boato confuso, e mi solleva il mento, costringendomi a guardarlo. «Perché?»

«La sua ex ragazza dice di essere incinta di suo figlio. Gli ha detto che deve tornare in Germania adesso, altrimenti non potrà mai vedere suo figlio.»

Elias si irrigidisce contro di me. «Ma che cazzo?»

«Lei è orribile. Una persona terribile e tossica. E lui ci sta pensando. Ci sta davvero pensando.»

«Crede che sia suo figlio?» Dornan mi sistema una ciocca di capelli spettinati dietro l'orecchio. Si china per ascoltare la mia risposta rauca.

«Non lo sa. Dice che ha sempre usato il preservativo, ma non è affidabile al cento per cento. Lei lo ha tradito, ma dice che l'altro ragazzo ha fatto una vasectomia e ha usato il preservativo; quindi, è quasi impossibile che sia suo.»

«Sembra davvero sospetto.»

Lascio andare Elias e faccio del mio meglio per asciugarmi gli occhi senza rovinarmi il trucco. Mi sento un groviglio di emozioni confuse. Tutto ciò che desidero mi sta sfuggendo dalle mani come sabbia. «Sì, ma la madre di Travis gli ha detto che deve andare, nel caso fosse suo figlio. Pensa che, se non lo fa, avrà difficoltà a ottenere il diritto di vedere il bambino.»

Dornan si massaggia la nuca con la mano grande e si stira all'indietro. «Potrebbe avere ragione, ma è una situazione incasinata. Si è appena sistemato qui.»

«Lo so. E quella è una persona davvero cattiva. Mi ha dato i brividi.»

Elias scuote la testa e, lungo i fianchi, stringe i pugni. Qui non c'è nessuna lotta. Non una vera, almeno, ma lui è pronto a combattere per conto di Travis.

«Non dovrebbe andare. Sembra il tentativo disperato di una pazza.»

«Non può correre questo rischio.» Dornan sembra sinceramente addolorato. «Sua madre ha ragione. Quando si tratta di bambini, tutto il resto passa in secondo piano. Se lei è davvero così cattiva come dici, lui non può rischiare di lasciare suo figlio sotto la custodia esclusiva di una donna malvagia come quella.»

«Non voglio perderlo», ammetto con la voce più flebile, debole e patetica possibile.

Questa volta Dornan mi abbraccia e io singhiozzo contro la sua camicia calda e profumata.

Una risata fragorosa si diffonde dallo spogliatoio dietro di noi e la voce di Eddie risuona: «Eccola lì. La studentessa universitaria che si diverte a farsi scopare dalla squadra.»

Mi allontano da Dornan, ma non voglio guardare nella direzione di Eddie. È il tipo di perdente patetico che penserebbe che io sia ancora sconvolta per lui, e non ho intenzione di rivelargli nulla su Travis per fargli capire che non è vero.

«Chiudi quella cazzo di bocca, Eddie.» La minaccia nella voce di Elias dovrebbe raggelare il cuore di qualsiasi uomo, ma Eddie non è una persona normale. All'improvviso mi è chiaro quanto mi ricordi Lina. Hanno la stessa aria di superiorità e la stessa aspettativa di controllo. Hanno persino lo stesso tipo di sorrisetto compiaciuto che mi fa rizzare i capelli sulla testa come una sorta di primitivo segnale di pericolo.

«Cosa? Non sto dicendo la verità?» Un paio dei suoi amici ridono, ma restano indietro in modo che, se Elias e Dornan perdono le staffe, non siano loro a finire nel mirino.

Elias fa un passo minaccioso in avanti così bruscamente che Eddie indietreggia di scatto. Quando si rende conto di essersi comportato come un codardo spaventato, gonfia il petto. «Te l'avevo detto che non ne vale la pena. Vedrai quanto è inutile.»

È una strana minaccia, come se anticipasse qualcosa che accadrà in futuro. Dornan fa due passi avanti alla stessa velocità di Elias, ed Eddie indietreggia di nuovo. Questa volta si allontana, cercando di mostrarsi spavaldo.

«Ignora tutto quello che ha detto quell'idiota.» Elias lo fissa con uno sguardo minaccioso che oscura i suoi occhi già in ombra.

«Tutto», ribadisce Dornan.

Nella mia tasca, il mio telefono inizia a squillare e a vibrare. Lo tiro fuori e vedo il nome di Ellie lampeggiare sullo schermo. Quando rispondo, lei dice il mio nome con voce terrorizzata. «Celine. L'hai visto?»

«Visto cosa?»

«Il video?»

Il mio cuore batte forte nel petto mentre riecheggia la minaccia di Eddie. *Vedrai quanto è inutile.*

«Quale video?» Mi allontano da Elias e Dornan, incapace di guardarli negli occhi.

«Qualcuno mi ha mandato un link, non dirò chi perché non voglio comprometterlo, ma c'è un video di te su un sito porno gratuito.»

«Un cosa?»

«Un video in cui fai sesso.»

«Io?» Non capisco come possa esserci un video di me che faccio sesso. Non ho mai permesso a nessuno di filmarmi o fotografarmi. Non sono un'idiota. Non appena viene creata un'immagine digitale o un video, c'è il rischio che finisca di dominio pubblico.

«Sì. Tu. Sei sicuramente tu.»

«L'hai guardato?» L'idea che una delle mie migliori amiche abbia visto un video di me che faccio sesso mi sembra una violazione enorme.

«Ho dovuto, tesoro. Non potevo chiamarti e spaventarti sulla base delle parole di un'altra persona.»

«E sono io?»

«Sei tu. Ti mando il link adesso. Si intitola 'Studentessa universitaria si diverte a farsi scopare dalla squadra'.»

Le parole di Eddie mi martellano nella mente come un tamburo di sventura. Il mio telefono emette un segnale acustico per segnalare un messaggio e io clicco sul link. Il volume del mio telefono è impostato al massimo, quindi quando il video viene riprodotto, i gemiti e gli schiaffi sulla carne sono così forti da attirare l'attenzione di alcuni passanti, oltre che di Elias e Dornan.

Mi copro la bocca con la mano quando vedo chiaramente me stessa che vengo scopata da dietro. Sono nuda, quindi i miei seni sono visibili. Il mio viso è rilassato e la mia bocca è aperta. L'uomo che mi sta scopando da dietro non è visibile al di sopra dell'ombelico. È come se chi ha impostato la videocamera si fosse volutamente escluso dall'inquadratura. Dornan mi strappa il telefono dalle mani e regola il volume. Lo mostra a Elias, mentre io mi volto, mortificata da ciò che stanno vedendo.

215

«Avevi i capelli rossi», dice Elias. «Deve essere stato Eddie a pubblicare il video.»

«Tu mi hai scopata quando avevo i capelli rossi», gli ricordo, anche se non so bene perché. Deve essere stato Eddie, no? O potrebbe essere stato qualcun altro, che l'ha visto e ha voluto gongolare? All'improvviso, tutti i miei precedenti partner sessuali diventano potenziali colpevoli.

«Io non ti ho scopata così. Questo tizio non ha uno stile, ti martella come un trapano pneumatico.» Scuote la testa disgustato. «Guarda lo sfondo, Celine. Guarda tutto quello che riesci a vedere. Il tuo viso... qualsiasi cosa che possa dirti quando è stato.»

«Mi sento male.» Il colpo è così violento che barcollo e vomito accanto a un bidone della spazzatura. Il vomito mi schizza sugli stivali e devo aggrapparmi al bidone per stabilizzarmi.

«Cazzo.» Dornan mi afferra per la vita mentre vomito di nuovo. «Dovremmo portarla a casa.» Deve rivolgersi a Elias.

«Vado a cercare quel figlio di puttana e gli scortico il cazzo.»

«Non adesso, non lo farai. Se il cazzo di matita di Eddie verrà spellato, voglio esserci. Dobbiamo prenderci cura della nostra ragazza.»

Anche se piegata in due e in difficoltà, le parole «la nostra ragazza» mi scivolano addosso come la morbidezza di una piuma. Mi pulisco la bocca con il dorso della mano, raddrizzo la schiena ed espiro. «Dobbiamo trovare Travis», ricordo loro. «Non può aspettare.»

Dornan ed Elias si scambiano un altro sguardo, ricordandomi Colby, Seb e Micky, che sembrano avere un senso triplo che permette loro di comunicare solo con le espressioni facciali. Dornan ed Elias non sono imparentati, però. Fino a poco tempo fa, non pensavo nemmeno che si piacessero. Ora sembrano lavorare in squadra. «Tu portala a casa», conferma Elias. «Io vado a cercare Travis.»

«Voglio venire con te», dico, ma Elias scuote la testa. «Vai a casa e occupati del video. Ti chiamo non appena ho notizie.»

22

ELIAS

Celine vuole che trovi Travis, ma ogni fibra del mio essere desidera dare la caccia a Eddie e strappargli le viscere dal culo. È lui in quel video. Ci scommetterei gli ultimi cento dollari che ho sul conto in banca. Non gli piacevano i giochi di vendetta di Celine e ha reagito violentemente. Non sopportava di vederla con tre uomini perbene che volevano trattarla come la regina che è.

Doveva trovare un modo per umiliarla, anche se era lui il colpevole che aveva causato la fine della loro relazione.

Gli uomini come lui mi fanno schifo. Uomini deboli e meschini che non riescono ad accettare che la loro donna vada avanti. Fottuti idioti meschini.

Ma Celine ha ragione. Travis deve venire prima di tutto. È una persona che merita la mia attenzione. Un uomo che si trova in una situazione difficile in cui non vorrei mai trovarmi. Un uomo perbene che sta pensando di lasciarsi alle spalle la sua vita nella remota possibilità che la sua ex ragazza, una stronza traditrice, possa essere incinta di suo figlio.

Salgo in macchina e mi dirigo verso la casa della madre di Travis. Il traffico è terribile e, con il passare dei minuti, la tensione mi martella sempre più forte nella testa. Sono affamato dopo l'allenamento intenso e ho un disperato bisogno di un pasto ricco di proteine, altrimenti i miei muscoli mi urleranno contro per averli trascurati.

Mentre mi fermo davanti alla casa, il profumo della cucina casalinga mi entra dal finestrino, facendo brontolare il mio stomaco. Qualcuno sta cucinando qualcosa di buono. Se l'ultimo pasto che ho mangiato da Travis è indicativo, probabilmente è sua madre.

Mi sembra strano avvicinarmi alla porta d'ingresso di Travis. Non siamo amici nel vero senso della parola, solo uomini che si sono avvicinati perché entrambi apprezzano la stessa donna. Ma nelle ultime due settimane ha dimostrato di essere un brav'uomo, e questo è davvero raro.

Busso alla porta, guardando le mie scarpe da ginnastica malconce e i pantaloni da jogging neri sbiaditi e logori. Non sono proprio vestito per fare visita a qualcuno. Una donna con i capelli biondi corti e splendidi occhi blu apre la porta e mi fissa con curiosità. Assomiglia tantissimo a Gabriella, è incredibile.

«Ciao, sono Elias. Sono qui per vedere Travis. È qui?»

«Sì.» Sembra diffidente, e la capisco. Oggi ne ha passate tante e lei non mi conosce affatto. «Travis.» Grida il suo nome e mi fa entrare.

Travis appare in cima alle scale, con un'aria cupo. «Ehi, amico.»

Inclino la testa in segno di saluto. «Hai un minuto?»

Lui annuisce e mi fa cenno di salire. Mi tolgo le scarpe, ricordandomi delle buone maniere anche se non sono stato educato in questo senso. Il mio calzino ha un buco sulla punta, che la mamma di Travis nota con i suoi occhi da aquila. Non dice nulla, ma percepisco la sua pietà o forse la sua domanda. Perché sua madre non si prende cura di lui?

Ecco perché non frequento le famiglie degli altri.

Il corridoio è tappezzato di foto di Gabriella, Travis e della loro mamma nel corso degli anni. Evito di guardarle troppo da vicino, non voglio vedere quei sorrisi felici perché mi ricordano quanto siano poche le foto che ho della mia infanzia, e ancora meno quelle in cui non faccio una smorfia.

Travis è in piedi nel corridoio in cima alle scale, con le spalle curve in avanti e la testa più bassa del solito. Si trascina nella sua stanza e si lascia cadere sul suo grande letto, appoggiandosi alla testiera di legno scuro. C'è una sedia nell'angolo su cui mi siedo perché stare in piedi renderebbe tutta la situazione più opprimente.

«Che succede, Travis?» Guardo la valigia aperta accanto a lui sul letto. Anche la sua attenzione si sposta lì.

«Devo andare», dice.

«Celine mi ha detto che era quello che pensavi.»

«Se non vado e si tratta di mio figlio...» Si interrompe e rabbrividisce.

«È così pazza?»

Lui annuisce e io faccio schioccare le nocche, prima di una mano e poi dell'altra. Sono cresciuta con un pazzo, solo che era mio padre. Anche mia madre è un po' instabile, soprattutto a causa del comportamento di mio padre.

«Quante probabilità ci sono che sia tuo?»

Abbassa le palpebre e le tiene chiuse per qualche secondo prima di riaprirle. Frustrato, si passa le dita tra i capelli. «Abbiamo scopato per tre mesi. Ho usato il preservativo tutte le volte.»

«Si sono rotti o strappati?»

Lui scuote la testa.

«Hai lasciato i preservativi nel bagno di casa sua?»

Travis sbatte rapidamente le palpebre. «No. Li avvolgo sempre e li butto nel water. Me l'ha insegnato mia madre quando ero adolescente.»

«Mamma intelligente.»

Lui annuisce.

«Quindi, quasi nessuna possibilità.»

«C'è sempre una possibilità.»

Espiro in modo teso, sapendo che dice la verità. Nessun rapporto sessuale è privo di rischi. È per questo che i ragazzi devono scegliere con attenzione le loro partner, anche se hanno intenzione di condividere solo una notte. Le mie azioni con Celine sono state rischiose, ma non rimpiango nulla.

Vorrei avere le parole giuste per aiutare Travis. È bloccato in una situazione senza via d'uscita. Una situazione in cui non vorrei mai trovarmi.

«Quando puoi fare il test di paternità?»

«Lei dice solo dopo la nascita, a causa dei rischi per la gravidanza.»

«Quindi quando lo saprai?»

«Tra cinque mesi.»

«Cavolo. È un sacco di tempo da aspettare in un paese straniero. Hai almeno i soldi? E il visto?»

«I soldi sono pochi. Ho appena versato un grosso acconto per l'appartamento e devo trovare i soldi per l'affitto mentre sono via. Il visto è ancora valido.»

«Allora, dove alloggerai?»

«Lei mi ha detto che posso stare da lei.»

«Porca miseria. Non ti trasferirai da lei?»

«Che scelta ho?»

Ha ragione. Il ragazzo non ha alternative. Lascerà la sua vita, la sua famiglia, i suoi amici e tutto ciò che ha costruito dal suo ritorno, tutto per una possibilità dell'uno per cento che tra cinque mesi possa esserci un bambino suo. È una situazione incasinata. «Senti, qualunque cosa succeda, noi siamo dalla tua parte, ok?» Mi passo una mano tra i capelli e mi concentro sul punto in cui il muro incontra il soffitto. Cazzo. Non sono bravo in questo genere di cose. Per niente bravo.

Concentrandomi di nuovo su Travis, voglio dire qualcosa che possa aiutarlo. Ne ha bisogno. «So che la situazione tra noi non è stata proprio normale, ma ora siamo amici, giusto?» L'etichetta suona stupida, ma non so in che altro modo descriverla.

Lui annuisce, un sorriso appena accennato che gli solleva un solo angolo della bocca, prima così severa. «Amici.»

«Allora chiamaci. Soprattutto Celine. È davvero triste per questa cosa. Le mancherai.»

Lui annuisce, ma il modo in cui spalanca gli occhi mi fa capire che non lo sapeva.

«Chiamerò quando potrò.»

«Va bene, amico.»

Entrambi ridiamo imbarazzati mentre mi alzo.

Decido di non dire a Travis del video perché ha già abbastanza problemi. Se lo scoprisse, forse penserebbe di dover restare. Si sentirebbe combattuto, e lui non ne ha bisogno. Io e Dornan siamo più che in grado di gestire la situazione con Eddie e di sostenere Celine in tutto questo. È quello che abbiamo fatto fin dall'inizio.

Mi sposto sui piedi e mi avvicino alla porta, ma Travis mi chiama per nome. «Elias. Prendi queste.» Mi porge un mazzo di chiavi. «Qualcuno potrebbe anche usare questo posto.»

Annuisco solennemente, come se mi avesse affidato il suo castello invece che un appartamento semivuoto in cui non ha mai avuto la possibilità di trasferirsi.

Forse potremo sistemarlo in vista del suo ritorno. Farlo sembrare vissuto. Credo che tornerà. L'alternativa non sarebbe giusta, e Travis merita una bella vita.

«Ci vediamo tra cinque mesi.» Allungo la mano per stringergli la sua. Ci stringiamo forte, e lui mi stringe la mano libera con la sua.

«Forse.»

Quando arrivo in fondo alle scale, la mamma di Travis esce con passo leggero. «La cena è pronta. Ti fermi, Elias?»

«Non dovrei», rispondo, anche se ho tanta fame che mi sembra di digerire il mio stesso stomaco. Puntuale, il mio stomaco brontola come un orso arrabbiato in una caverna echeggiante.

Lei guarda di nuovo il mio calzino. «Dovresti assolutamente farlo.»

Si allontana in fretta, senza lasciarmi spazio per obiettare. Travis ride sottovoce, come se fosse una situazione normale a casa sua. Mi dà una pacca sulla spalla e io lo seguo in cucina, con gli occhi sgranati davanti al tavolo traboccante di cibo. Sembra un banchetto medievale. «Mangi così tutti i giorni?»

«Certo.»

Il ragazzo è così indifferente. Non ha idea di quanto sia fortunato ad avere le cose normali con cui ogni bambino dovrebbe crescere. Travis mi indica dove sedermi e prende posto di fronte a me. Sua madre ci fa cenno di servirci, quindi inizio a mettere piccole porzioni nel mio piatto. Lei sbuffa e prende il mio posto, raddoppiando la porzione di tutto. «Sei grande», dice. «Devi mangiare.»

«Mamma!» Travis scuote la testa. «Non puoi andare in giro a dire alla gente che è grande.»

«Perché no?» Ci guarda entrambi, perplessa. «Essere grandi è un bene per un uomo.»

Accetto il piatto, cercando di trattenere un sorriso mentre dentro di me mi sento vuoto. Travis ha una vita fantastica qui. Ha così tante cose belle che sta per lasciarsi alle spalle.

«E tu mangia.» Fa un cenno al figlio. «Ne ho preparato un po' di più da portarti via.»

«Non posso portare cibo in aeroporto.»

Sospira e si lascia cadere su una sedia prima di servirsi. La stanchezza per la situazione le solca la fronte. «Elias, ne porterai un po' con te?»

Il mio istinto mi dice di dire di no, ma il suo bisogno di prendersi cura di Travis attraverso di me è evidente. «Certo. Sarebbe fantastico.»

Mangiamo e tutto è delizioso. Darleen mi offre il bis e poi prova con il tris, ma sono quasi sul punto di scoppiare. La conversazione è leggera e, invece di sentirmi come una ruota di scorta, capisco che sono grati di avermi con loro per distrarli da ciò che sta per accadere. A metà pasto, Gabriella arriva con Kain, Dalton e Blake. È ovvio che li ha aggiornati sulla situazione, perché tutti gli uomini hanno un'espressione preoccupata. «Trav, amico. Vuoi davvero andare?» Dalton appoggia una mano sulla spalla dell'amico.

«Devo farlo.»

«Siediti e mangia», dice Darleen, spingendo un piatto verso Blake. Lui lo accetta con gratitudine.

«Papà arriverà tra un minuto. Si sta lavando le mani.»

È un pasto d'addio organizzato in fretta e furia per un uomo che non vuole dire addio.

Quando ho finito quello che è rimasto nel mio piatto, mi scuso per andarmene, non volendo invadere ulteriormente la loro privacy. Darleen, con gli occhi lucidi, mi porge tre grandi contenitori pieni di cibo. Dire addio è come tracciare una linea su un'esperienza che non cercavo e che non avrei mai pensato di volere.

Alla porta, non so cosa dire, quindi do una pacca sulla spalla di Travis con la mia grande mano e gli dico di non dimenticarsi di noi.

Mentre mi allontano in auto, non riesco a scrollarmi di dosso la sensazione che questo sia il primo passo verso il crollo di tutto ciò che di buono c'è nella mia vita.

23

CELINE

Elias chiama per dire che è fuori dal mio palazzo, ore dopo
essere uscito per cercare Travis. Quando bussa alla porta,
chiedo a Dornan di aprire. Sono esausta e distrutta. Le
lacrime che ho versato mi hanno lasciato il viso macchiato
e gli occhi così gonfi che riesco a malapena a vedere.

Dornan ed Elias hanno una conversazione veloce e
sommessa che non riesco a sentire bene. Quando Elias entra
nella stanza, viene dritto verso di me, si accovaccia accanto
al mio letto per essere più vicino al mio livello e allunga la
mano per toccarmi il viso. «Celine. Non piangere.»

Mi raggomitolo per voltargli le spalle, non voglio che
veda il mio viso in questo stato.

«Hai trovato Travis?», chiedo.

«Sì. Era a casa.»

«E...»

«Se ne va.»

«Non sei riuscito a convincerlo a restare?»

La mano di Elias mi accarezza il braccio con un gesto rassicurante. «No. È troppo spaventato, anche se secondo me la possibilità che sia suo figlio è quasi nulla.»

Il nodo che ho in gola brucia come la superficie del sole.

Dornan si siede ai piedi del mio letto, appoggiando la mano sul mio piede, ed Elias mi accarezza il braccio. «Che fine ha fatto il video?»

«L'abbiamo guardato di nuovo», dice Dornan. «È sicuramente Eddie, e deve essere stato lui a pubblicarlo.»

«Quel fottuto stronzo... Gli strapperò le palle e gliele farò mangiare.»

«La penso come te.» La voce di Dornan è simile al ringhio di Elias. «Ma non servirà a Celine.»

«Ma mi farà sentire meglio.»

«Dobbiamo agire nel modo giusto. Dobbiamo coinvolgere la polizia. Dobbiamo contattare il sito web che ospita questo video per far sapere loro che lei non ha dato il permesso di condividerlo. Celine deve dirlo ai suoi genitori.»

«Non voglio farlo.» La prospettiva di dirlo a mia madre e mio padre mi riempie di terrore. La mamma si arrabbierà perché mi sono cacciata in questa situazione e perché questo distoglierà l'attenzione dalla sua infelicità per il divorzio. Papà probabilmente non avrà tempo per occuparsene e non vorrà farlo. Si interessa a malapena alla mia vita. Non vorrà occuparsi di qualcosa di così imbarazzante e mortificante.

«E Marie?»

Mi giro verso Elias, passandomi una mano sul viso. «Ha già abbastanza problemi con Lonie e la mamma di Aiden.»

«È tua sorella... Vorrà sapere cosa stai passando.»

Potrei parlare con Marie, anche solo per avere la sua opinione su cosa dovrei fare. Una parte di me teme che denunciare la cosa alla polizia non farebbe altro che peggiorare la situazione tra me ed Eddie. Chissà quanti altri video potrebbe avermi girato a mia insaputa.

Inoltre, non riesco ad affrontare l'idea che Marie guardi il video.

«Dovrò occuparmene da sola», dico con fermezza, sperando che entrambi capiscano che discutere per qualcosa di diverso è inutile.

«Non sarai sola in questa situazione.» Dornan è risoluto e guarda Elias per assicurarsi che sia d'accordo.

«Saremo con te fino alla fine.»

Le lacrime mi bruciano la gola e mi rigano il viso. Mi nascondo tra le mani mentre le spalle mi tremano per i singhiozzi soffocati. Elias mi prende il mento tra le mani e mi solleva il viso. «Non è da te, Celine. Tu sei una combattente. Non stare al gioco di Eddie. Non lasciarlo vincere. Devi affrontare questa situazione a testa alta e sapere che noi saremo qui a sostenerti mentre lo fai.»

Sbatto le palpebre, sorpresa dalla sua ferocia e dal modo in cui le sue parole asciugano le mie lacrime. Ha ragione. Questo non è da me. Allora, ho scopato con qualcuno, e lui è stato così stronzo da metterlo su Internet. Non sono la prima, e sicuramente non sarò l'ultima. Eddie non vincerà. Ha fatto qualcosa di illegale e la pagherà, ma solo se sarò abbastanza forte da denunciarlo.

«Andrò alla polizia», dico, con la determinazione che rafforza ogni parola. «Fanculo Eddie. Pensa di potermi umiliare. Vediamo quanto gli piacerà essere portato via in manette.»

«Brava ragazza.» Dornan sorride, orgoglioso della mia determinazione.

Elias si alza dalla posizione accovacciata, distendendo le gambe con sollievo. «Vuoi andare adesso?»

Scuoto la testa. «Domani», rispondo. «Dopo le lezioni.»

Faccio scivolare i piedi oltre il bordo del materasso e mi alzo per cercare un fazzoletto e soffiarmi il naso. Mi tolgo il maglione, sentendomi accaldata e disgustata. Dornan trova il suo telefono. «Mando un messaggio a Ellie per dirle cosa hai deciso.»

«Certo.»

Mentre inizia a scrivere, squilla il telefono di Elias. È la prima volta che sento il suo telefono suonare in tutto il tempo che abbiamo trascorso insieme. Lo tira fuori dalla tasca e lo guarda, ma non risponde. Quando smette di squillare, lo rimette in tasca. Poi ricomincia a squillare. «Non rispondi?»

Lui alza le spalle e lo lascia squillare di nuovo.

Getto il fazzoletto nella spazzatura e bevo un lungo sorso d'acqua dal bicchiere sul comodino.

Il telefono di Elias squilla per la terza volta. «Forse dovresti rispondere», dico.

Lui alza le spalle, prende il telefono e fissa lo schermo. Non riesco a capire se riconosce il numero o meno. Scorre lo schermo. «Pronto?»

Una voce femminile gli parla rapidamente all'orecchio a un volume che non riesco a decifrare. Osservo il cambiamento di colore del viso di Elias e il suo sguardo che si indurisce. Dornan e io ci scambiamo uno sguardo preoccupato. «Quale ospedale?», chiede.

La persona al telefono continua a parlare.

«Va bene. Vado subito.»

Quando allontana il telefono dall'orecchio, lo fissa per alcuni secondi prima di infilarlo in tasca. I suoi occhi sono fissi sul pavimento, senza incontrare il mio sguardo né quello di Dornan.

«Va tutto bene?» chiede Dornan.

Elias si gira verso la porta come se avesse intenzione di scappare. Stringe i pugni lungo i fianchi, una reazione strana per qualcuno che si è ammalato e ha bisogno di andare in ospedale.

«Chi c'è in ospedale?» chiedo.

Le guance di Elias iniziano ad arrossarsi e sembra sul punto di infuriarsi.

«Elias.» Faccio un passo avanti, ma lui si allontana.

«Mia madre.» La sua voce suona stranamente spenta.

«Veniamo con te.» Senza aspettare il suo consenso, prendo il telefono e una felpa con cappuccio, raccogliendo i capelli spettinati in una coda veloce. Dornan infila le scarpe da ginnastica, ma Elias continua a non guardarci. Non ci dice cosa le è successo. Ma, cosa più importante, non ci dice che non possiamo andare con lui.

I miei problemi svaniscono alla vista della sofferenza di Elias. È un uomo così grande e forte, con tanta resilienza, ma vedo come i suoi occhi si muovono freneticamente per la stanza e capisco che è in preda al panico.

«Guido io.» Dornan fa tintinnare le chiavi nella mano, il che sembra scuotere Elias dal suo strano torpore. «Andiamo.»

Vorrei toccare Elias, prendergli la mano o appoggiargli una mano sulla spalla. Qualsiasi cosa per fargli capire che sono lì e che mi preoccupo per lui, ma sembra essersi chiuso in se stesso, quindi lo lascio stare. Si siede davanti con Dornan mentre andiamo all'ospedale più vicino. Marie ha partorito lì, quindi conosco bene i parcheggi rispetto alla posizione dell'ingresso principale.

Quando arriviamo, dice alla receptionist il nome di sua madre e lei ci indirizza al reparto di terapia intensiva. Elias si avvia a grandi passi e Dornan e io lo seguiamo a breve distanza, lasciandogli lo spazio di cui sembra aver bisogno. Dornan mi prende la mano e camminiamo come una coppia attraverso corridoi sterili uno dopo l'altro.

All'unità di terapia intensiva, Elias entra, ma noi dobbiamo restare fuori. Non ci saluta nemmeno prima di scomparire dietro la porta per affrontare qualunque cosa abbia portato sua madre in condizioni di salute così gravi. Quando è fuori portata d'orecchio, mi volto verso Dornan e vedo che ha un'espressione preoccupata. «Cosa pensi che sia successo?»

«Non lo so». Scuote la testa. «Ma la sua reazione non è normale. Chi si infuria quando sua madre è malata?»

«O se l'è cercata lei e lui è frustrato, oppure qualcuno ha fatto qualcosa e lui è arrabbiato.»

«Pensi che sia stato suo padre a fare questo a sua madre?»

La domanda rimane sospesa tra noi in modo scomodo. Abbiamo entrambi visto suo padre e quanto fosse squilibrato. Elias era chiaramente a disagio con lui intorno. Elias non parla mai della sua famiglia. Non so nemmeno se ha fratelli o sorelle. Non sapevo nemmeno che sua madre fosse ancora nella sua vita.

Penso a quanto evito di parlare della mia famiglia. Non sono sempre stata così. Quando i miei genitori erano sposati, parlavo spesso di loro o della mia vita familiare. Da quando hanno divorziato, non nomino più nessuno nelle conversazioni. Dornan parla molto della sua famiglia. Si capisce che sono brave persone e che lui le ama. Suo padre è sempre presente e si assicura di viziare Dornan ogni volta che può. Sono felice per lui, ma l'assenza dei miei genitori mi rende più invidiosa di quanto vorrei. Immagino che Elias e io abbiamo più cose in comune di quanto pensassi.

Ci appoggiamo al muro nel corridoio, lasciando che il silenzio ci avvolga. Sono contenta che Dornan sia con me e che siamo entrambi qui per sostenere Elias. Immaginarlo qui da solo mi fa male al cuore, anche se resta da vedere quanto ci permetterà di sostenerlo.

«Non lo so. Non voglio giudicare dopo aver incontrato qualcuno una sola volta, ma...»

Dornan annuisce. «Ho un brutto presentimento, Celine. Un brutto presentimento su quell'uomo.»

«Voglio solo entrare e aiutarlo», sussurro, fissando la porta che tiene Elias lontano da me.

«È un peccato che non possiamo entrare per dargli sostegno.»

Annuisco in segno di assenso mentre un'ondata di ansia mi stringe lo stomaco. «Pensi che tornerà fuori?»

Un medico passa di corsa, con in mano un bicchiere di caffè da asporto. Le sue scarpe scricchiolano sul pavimento a ogni passo.

«Uscirà. Sa che lo stiamo aspettando.»

Il mio telefono vibra nella tasca. È un messaggio di Ellie che mi chiede se sto bene e se posso parlare. Le rispondo che sto bene ma che al momento sono occupata. Non le racconto la situazione di Elias perché è una questione privata. Se vorrà raccontare agli altri cosa è successo, sarà una sua decisione.

Chiamo Marie, sapendo che devo dirle del video adesso, prima che le arrivi in altro modo. Troppe persone guardano porno al giorno d'oggi. È diventato mainstream. Per quanto ne so, Aiden potrebbe andare sul sito dove è di tendenza. Lo direbbe a Marie se vedesse il video? Probabilmente no.

Ugh. L'idea che mio cognato mi guardi mentre faccio sesso non fa che aumentare la mia ansia.

Mentre il telefono squilla e aspetto che Marie risponda, comincio a sudare.

«Celine.» La sua voce è allegra, felice di sentirmi. Questo rende ancora più difficile la notizia che devo darle.

«Ciao, Marie. Scusa se ti disturbo a quest'ora tarda.»

«Non preoccuparti. Aiden sta dormendo e io sto guardando quella serie scadente di cui ti ho parlato.»

«Ti riempi il tempo libero dopo il lavoro?»

«Più o meno. Capirai quando avrai un Lonie tutto tuo.»

«Lonie è originale al cento per cento.»

Marie ride. «Adoro il rapporto che avete voi due», dice. «Sei una zia fantastica per lei.»

Ho un nodo alla gola e mi brucia, ma mi affretto a parlare. «Non credo che la penserai così quando sentirai quello che ho da dirti.»

«Cosa? Di cosa si tratta?» Sento che mette in pausa la TV in sottofondo.

«Eddie ha diffuso un video di noi che facciamo sesso. Non sapevo che avesse fatto la registrazione. È su un sito porno gratuito.»

«Ha fatto cosa?»

«Lo so. È il peggior tentativo di vendetta possibile.»

«Vendetta per cosa? È lui che ti ha tradita.»

«Lo so.» Sospiro, incrociando lo sguardo di Dornan. Mi accarezza delicatamente il viso e poi si allontana, guardando il suo telefono. Non oso pensare a che tipo di messaggi possa ricevere su di me. La posizione del video deve circolare nell'università come un incendio.

«Allora, che cazzo di problema ha?»

«Non gli piacevano i giochi che facevo con Dornan, Elias e Travis. Immagino si sia sentito umiliato.»

«Che ego fragile, uomo dal pisello piccolo.»

Non sono abituato a sentire mia sorella parlare in quel modo, quindi scoppio in una risata sorpresa. «È più o meno così.»

«Devi andare alla polizia. Ci sono leggi contro questo genere di stronzate.»

«Lo farò. Ci andrò.»

«Verrò con te», dice, poi, ripensandoci, chiede con tono più basso: «Lo dirai a mamma e papà?»

«Grazie, ma no.»

«Capisco perché non vorresti farlo, ma forse dovresti. So che ultimamente si sono comportati male. Insomma, non si sono mai preoccupati di chiamarmi per sapere come stava Lonie. Quando vedo la mamma, tutto quello che vuole fare è denigrare papà. E papà è diventato un uomo invisibile.»

«Pensavo fossi solo io», ammetto. Marie era sempre stata la loro preferita, o almeno così credevo.

«Sicuramente non solo tu. Ma sono comunque i nostri genitori. Sono egocentrici, ma una cosa così importante potrebbe tirarli fuori dalla loro depressione.»

«Tu sei più ottimista di me.»

«Devo chiedere dove si trova il video?»

«Non voglio che tu lo guardi», squittisco.

Lei emette un suono di disgusto. «Credi che voglia vederti scopare? Gesù, Celine. Voglio solo fare qualche ricerca.»

«Ti mando il sito via messaggio. Non dirlo ad Aiden.»

«Non lo farò, ma lui potrebbe esserci d'aiuto. Ha degli amici negli studi legali. Potremmo aver bisogno di qualche consiglio gratuito.» È sempre stata lei la più pragmatica tra noi due.

«Ok. Forse. Domani voglio andare alla polizia.»

«Posso venire con te. Lonie sarà all'asilo domattina.»

«Ok, perfetto. Grazie.»

«Sembri tranquilla al riguardo. Se fossi al tuo posto, sarei fuori di me.»

«Ho dato di matto, ma sono successe alcune cose che mi hanno aiutato a mettere tutto in prospettiva. Ti chiamo domani mattina, ok?»

Marie accetta e ci salutiamo proprio mentre Elias appare alla porta della terapia intensiva. Il suo viso è come una maschera congelata; è bianco come un lenzuolo, ma ha la mascella serrata come se fosse furioso. Prima che possa parlare, mi avvicino e lo abbraccio. Ci vogliono alcuni secondi, ma alla fine affonda il viso nel mio collo. Dornan infila il telefono in tasca e si avvicina anche lui. «Come sta? Cosa hanno detto?», chiede.

«È messa davvero male.» La voce di Elias sembra stranamente soffocata. «È caduta dall'alto delle scale fino in fondo. Ha il viso sfigurato. Si è rotta le dita, il braccio e la clavicola. Ha una caviglia frantumata. Dicono che il suo cervello sia gonfio a causa dell'impatto della caduta, quindi l'hanno messa in coma farmacologico.»

«Gesù.» Dornan scuote la testa.

Elias si raddrizza e si allontana, passandosi entrambe le mani tra i capelli e voltandosi verso il muro. La sua ampia schiena si solleva, i muscoli si tendono sotto la camicia. «Questa volta ha esagerato.»

Dornan si mette tra noi come se temesse che Elias potesse perdere il controllo. Io però non sono preoccupata.

Elias non mi farebbe mai del male. Lo so. E anche Dornan dovrebbe saperlo.

«Chi? Chi è stato?»

«Quel fottuto stronzo di mio padre.»

Gli occhi spalancati di Dornan incontrano i miei. Avevamo ipotizzato, ma sentirlo confermare è scioccante. «C'è stato un testimone?»

Elias si gira verso di noi. «Non c'è bisogno di testimoni. È violento da quando ero bambino.»

«Dici sul serio?» Mi pento di quelle parole non appena escono dalla mia bocca, perché chi cazzo scherzerebbe su una cosa del genere. «Mi dispiace tanto, Elias», aggiungo prima che lui possa rispondere.

«Sarà lui a dispiacersi.»

Elias inizia a camminare a grandi passi lungo il corridoio verso l'uscita e Dornan lo segue rapidamente. Devo correre per stare al passo con le loro lunghe falcate. Raggiungo Elias e gli afferro il braccio. «Non puoi fargli niente, Elias. Non ho intenzione di perdere anche te.»

Si gira di scatto, gli occhi ridotti a due fessure dalla rabbia, ma quando vede le lacrime che mi riempiono gli occhi, sembra ammorbidirsi. «Ti prego.» Lo supplicherò e lo implorerò... farò tutto il necessario per fargli capire. «Possiamo andare insieme alla polizia. Io parlerò di Eddie. Tu parlerai di tuo padre. Puoi tenermi la mano e io terrò la tua. Dornan verrà a sostenerci. Non devi affrontare tutto questo da solo.»

Lui sbatte le palpebre e si volta di nuovo, come se le mie parole lo spingessero a fuggire. Gli tocco il braccio, vedendo quanto sia difficile per lui accettare gentilezza e affetto.

Il sesso, quello lo sa gestire.

Le battute stupide e tenere le persone a distanza gli vanno bene.

Ma accettare le cure di un'altra persona sembra una cosa estranea per lui.

Mi spezza il cuore.

Tutto acquista senso. Il suo aspetto duro e la sua preferenza per stare ai margini dei gruppi di amici. Tutto questo è dovuto a ciò che ha vissuto quando era troppo giovane.

Un lampo dell'innocente ragazzo che era un tempo mi spezza il cuore.

«Dai.» Gli prendo la mano. «Andiamo.»

Quando mi permette di guidarlo, riesco a malapena a respirare per il sollievo.

24

DORNAN

Tutto sta andando in pezzi.

La madre di Elias è in coma. Celine è sconvolta dalla diffusione di un video di cui non conosceva nemmeno l'esistenza, e Travis è stato trascinato fuori dal Paese da una ex tossica. Sono l'unico che al momento non sta affrontando una crisi, ma di conseguenza mi sento frustrato e impotente.

Affronto una lezione noiosa, sapendo che Celine ed Elias sono alla stazione di polizia per denunciare insieme i loro rispettivi problemi. Celine ha deciso che per ora è meglio non coinvolgere Marie.

È difficile concentrarsi perché il mio cervello vuole anticipare ogni possibile esito. Sono solo grato di non aver ancora visto Eddie. La rabbia che provo verso quel pezzo di merda è diversa da qualsiasi sentimento abbia mai provato prima. Vedere Celine con lui nel video mi ha distrutto, non perché sono geloso, ma perché lui non ha mai meritato di toccarle un capello, figuriamoci godere del suo corpo.

Mando un messaggio a Travis per fargli sapere cosa sta succedendo. A metà lezione, il professor Letterman mi fa una domanda e non ho idea di cosa stia parlando. Ho davvero bisogno di concentrarmi sul mio lavoro, ma con tutti questi drammi che circolano, è difficile interessarsi a cose che tra un anno non avranno più importanza.

Quando finalmente riesco a uscire all'aria aperta, continuo il messaggio a Travis, poi decido di chiamarlo mentre torno nella mia stanza. Risponde al secondo squillo.

«Dornan. Come stai, amico?»

«Tu come stai, che è più importante?»

Fa un lungo respiro, che mi arriva nelle orecchie come un sibilo statico. «Fottuto, Dornan. Sono fottuto.»

«Che succede?»

«Lina è un vero incubo. Vomita continuamente e poi si infuria perché questo bambino le sta rovinando la vita... e poi incolpa me di averle rovinato la vita perché, ovviamente, l'ho messa incinta di proposito.»

«Cazzo, Trav, è davvero dura.»

«Non me ne parlare. Ieri sera ho incontrato alcuni amici della mia vecchia azienda solo per uscire di casa.»

«Lei non lavora ancora lì?»

«Sì. Andrea, che lavora per lei, ha cercato di convincermi a tornare negli Stati Uniti.»

«Come mai?»

«Ha detto di aver sentito Lina dire a qualcuno che il padre del bambino non vuole avere niente a che fare con lei.»

«Quando è successo?»

«Il giorno prima che venisse a dirmi della gravidanza.»

«Cazzo.» Scuoto la testa, evitando per un pelo una ragazza che tiene in mano una pila di libri e corre nella direzione opposta. «Quindi non puoi essere stato tu?»

«Immagino che lei possa aver detto che non volevo avere niente a che fare con lei.»

«L'ha detto in quel modo, o l'ha detto come se lui sapesse del bambino?»

Si ferma a riflettere. «Ha detto che pensava che lui sapesse del bambino.»

«Travis. Che cazzo ci fai ancora lì? Ti sta usando. È stata scaricata dal padre del bambino e ora ti sta usando come sostituto. Torna indietro e basta.»

«Non posso», dice, abbassando la voce.

«Come si chiama il ragazzo con cui ti ha tradito?»

«Perché?»

«Puoi provare a cercarlo. Così saprai con certezza. Se Lina glielo ha detto prima, lui deve essere il padre e tu sarai libero di tornare a casa.»

«Forse.» Sembra sconfitto. «Come sta Celine?»

Travis non sa nulla di Eddie e del video. Finora glielo abbiamo tenuto nascosto, ma forse è giunto il momento di dirglielo. L'angoscia di Celine potrebbe essere sufficiente a far pendere la bilancia.

«È stata meglio, Trav.» Gli spiego cosa è successo e lui si infuria con Eddie. «Ieri eravamo in ospedale con Elias... sua madre è malata... e credo che questo le abbia distolto l'attenzione da ciò che ha fatto Eddie.»

«È malata?»

«È qualcosa di più grave, ma è una questione che riguarda Elias.»

Travis emette un grugnito di comprensione. «Mi sento malissimo a stare qui mentre succedono tutte queste cose.»

240

«Non preoccuparti. Celine vuole solo che tu torni. Lo vogliamo tutti.»

Travis rimane in silenzio per alcuni secondi, che sembrano molto più lunghi mentre il rumore della linea internazionale riempie il silenzio. Il vento mi sferza, tirando il cappuccio della mia felpa e facendo frusciare gli alberi che ondeggiano in archi ondulati.

«Cercherò di trovarlo», dice Travis alla fine. «È l'unico modo per sentirmi tranquillo nel partire.» Si schiarisce la gola. «Beh, continuerò a pensare al bambino. Insomma, che sia mio o meno, Lina è davvero incasinata. Quel bambino merita di meglio.»

«È vero», concordo, «ma non è qualcosa su cui puoi fare qualcosa, se non forse suggerire al vero padre di prendersi sul serio le sue responsabilità.»

«Sì. Buona idea.»

«Fammi sapere come va.»

«E tu mi farai sapere come stanno Celine ed Elias?»

«Lo farò.»

Riattacchiamo proprio mentre Ellie appare dalla porta dell'edificio davanti al quale sto passando. «Dornan.» Sembra senza fiato.

La abbraccio come faccio sempre, provando un profondo senso di sollievo per la sua presenza. Siamo amici da così tanto tempo che ormai è parte di me.

«Come sta Celine? Non ha risposto a nessuna delle mie chiamate.»

«È con Elias a denunciare Eddie. Mi chiamerà quando avrà finito.»

Ellie si scosta i capelli dal viso. Ha le guance rosa per la corsa e qualcosa di bianco sulla spalla della giacca di cui probabilmente non si accorge: lo sporco di un bambino!

«Grazie al cielo. Temevo che potesse rifiutarsi. So che le piace occuparsi delle sue cose da sola.»

«Sì, beh, non c'è modo di gestire la situazione senza ricorrere alla legge o alla violenza. Non avevo intenzione di lasciarle fare qualcosa che potesse compromettere il suo futuro.»

«È tutto il giorno che spero di incontrare quel lurido bastardo per dirgli quello che penso.»

«Gesù», rido, «se lo fai, dovresti assolutamente chiamarlo così.»

«Lo farò.» Ellie sorride e rovista nella borsa, tirando fuori una bottiglia d'acqua. Beve quello che è rimasto in tre grandi sorsi.

«Ehi... rallenta.»

Lei sorride mentre rimette a posto la bottiglia vuota. «Trovo ancora strano stare da sola e non avere Noah che ha bisogno di me ogni secondo. Sono abituata a fare tutto velocemente prima che lui abbia la possibilità di richiedere di nuovo la mia attenzione.»

«È ora di rallentare. Devo venire a trovare quel piccoletto.»

«Non è più così piccolo», sorride, tirando fuori il telefono per mostrarmi l'ultima foto del bambino.

«Allora, ho appena parlato con Travis. Penso che ci sia la possibilità che torni. Spero davvero che lo faccia.»

«Davvero?» Alza un sopracciglio e mi guarda con i suoi occhi scuri che mi fanno sempre sentire come se dovessi dirle tutto. È il suo superpotere.

«Sì.»

«Questo significa che c'è qualcosa di serio tra voi? Insomma, quando Celine ha avuto l'idea dei giochi di vendetta, pensavo che fosse destinata a finire in un disastro.»

«La tua relazione è iniziata con *sette minuti in paradiso*. Era un gioco.»

«È vero. Quindi per voi è il paradiso?»

Alzo gli occhi al cielo e vedo morbide nuvole bianche che passano sopra la mia testa. È difficile sapere cosa dire quando non ho ancora elaborato l'idea. «È bello», ammetto. «Meglio di quanto immaginassi, e non solo perché ho una cotta per Celine.»

«Hai sempre avuto una cotta per Celine», mi corregge. Non ne abbiamo mai parlato, ma il suo intuito femminile l'ha capito comunque.

Alzo le spalle e continuo: «È avere amici che provano qualcosa per la stessa donna, sapere che siamo un gruppo contro il mondo, non solo una coppia. C'è qualcosa di davvero confortante in questo.»

«E lo hai con Elias?»

«Sì, e con Travis.»

«Travis lo capisco. È alla mano, ma Elias è un tipo irascibile.»

«Non è vero. Anch'io la pensavo così, ma ora... è un bravo ragazzo. Una persona solida. È perfetto per Celine ed è leale con tutti noi in un modo che non pensavo potesse essere.»

«Ho sempre pensato che Elias fosse un lupo solitario.»

«Credo che lui abbia sempre pensato a se stesso in questo modo. È buffo come le circostanze possano stravolgere tutto e cambiare le cose.»

«E gli altri? Pensi che la pensino allo stesso modo?»

«Non lo so», ammetto. «Forse per loro sembra troppo folle.»

«Beh, conoscono noi e conoscono Gab. Dall'esterno sembra così folle?»

«Sorprendentemente no.»

«Allora forse c'è una possibilità?»

Sposta i piedi, immaginando un momento in cui potrei chiamare Celine la mia ragazza e mantenere Travis ed Elias nelle nostre vite.

«Forse», dico. «Se l'universo ci concede un momento di tregua tra un dramma e l'altro, ma per ora continua a lanciarci sfide.»

Incrocia le dita e le tiene alte. «Di' a Celine che le ho detto di chiamarmi quando può e vieni presto. I ragazzi sarebbero felici di vederti.»

Ci abbracciamo di nuovo e guardo la mia amica scomparire tra la folla. Lei ha trovato il suo posto nel mondo. Io sto ancora cercando il mio.

Ci sono vicino? Solo il tempo lo dirà, immagino.

O forse è ora di mettere tutto in gioco.

25

CELINE

Mentre usciamo dalla stazione di polizia, infilo la mano in quella di Elias. Per un attimo sembra sussultare, come se l'idea di tenersi per mano non si adattasse alla sua personalità super indipendente, ma poi si rilassa e mi stringe delicatamente le dita mentre ci riporta alla macchina.

È stata una mattinata quasi completamente sprecata. La polizia è stata comprensiva nei confronti della nostra situazione, ma senza prove concrete non può fare molto. La madre di Elias potrebbe essere caduta dalle scale mentre era sola in casa. Chiunque avrebbe potuto essere la persona dietro di me nel video. Non ci hanno detto quali saranno i loro prossimi passi, solo che ci ricontatteranno. Non sono riuscita a capire se sia una promessa vera o un modo per farci andare via.

«Mi dispiace», dico, quando Elias mi apre la portiera dell'auto. Lui fa un movimento brusco con la testa, sorpreso.

«Non hai spinto mia madre giù dalle scale.»

Gli do un pugno leggero sulla spalla, allontanandolo da me. «Lo so che non l'ho fatto. Mi dispiace che non correranno ad arrestare tuo padre.»

«Glielo dirà quando si sveglierà», dice lui. «Questa volta non accetterò un no come risposta. Lo giuro su Dio. Lei denuncerà quel bastardo, altrimenti non li rivedrò mai più. E allora dovranno incriminarlo.»

«Pensi che lo farà?»

«Avrebbe potuto morire.»

«Lo so, ma pensi che lo farà?»

Rimane pensieroso per un attimo, poi scuote la testa. «No. Non credo che lo farà.»

«Puoi solo provarci», dico. «I genitori non sempre sono all'altezza delle aspettative. A volte falliscono miseramente.»

Salgo in macchina, Elias chiude la portiera e fa il giro per mettersi alla guida. Quando è seduto e allaccia la cintura, mi chiede con voce tranquilla: «Anche i tuoi genitori sono incasinati?»

«Una volta non lo erano.» Fisso il parabrezza, non volendo incrociare il suo sguardo. «Ma, dopo che si sono separati, è come se avessero divorziato anche da Marie e me. Ora, tutto quello che sentiamo da loro è quanto sia cattivo l'altro e quanto siano infelici. Se mai riceviamo una telefonata.»

Mi stringe il ginocchio, poi mette in moto l'auto. «Il papà di Dornan è un santo, cazzo. Viene sempre a trovarci con degli snack, e non solo per Dornan. È più gentile con me del mio fottuto donatore di sperma.»

«Anche la mamma di Gab è una santa. Giuro, quella donna vorrebbe sfamare il mondo intero. È così premurosa e affettuosa. Mi odio per essere gelosa.»

«Non odiarti. Un uomo affamato brama ciò che c'è nel piatto di un uomo ricco. È naturale.»

Mi giro a guardarlo. «È molto filosofico.»

Lui sorride con un sorriso sbilenco. «Continuo a dirti che non sono solo un bel viso.»

Rido e gioco con i fili sciolti sul buco dei miei jeans. «Ma sei così bello.»

È davvero bellissimo. L'ho sempre pensato, anche quando si comportava da stronzo presuntuoso. In qualche modo, ora che lo conosco, è diventato ancora più attraente. Tutte le cose che lo rendono goffo e supponente, leale e gentile, e tutto il resto, lo fanno brillare ai miei occhi. Penso lo stesso di Dornan. È un uomo così buono, non solo con me perché gli piaccio, ma anche con Elias e Travis e gli altri suoi amici e familiari.

E Travis. Beh, ha attraversato mezzo mondo nella remota possibilità di avere un bambino che potrebbe aver bisogno di protezione tra cinque mesi. Chi lo farebbe?

Elias ride di cuore al mio complimento; è un suono così bello che mi viene da piangere. In tutti gli anni in cui ho conosciuto Elias, ha riso raramente.

Mi prende la mano. «Anche tu sei carina, Celine. Ovviamente non carina come me...»

Lotto contro la sua presa, fingendo di essere offesa. «Basta così. Niente più sesso per te.»

Mi fissa con uno sguardo finto rabbioso. «Non scherzare su queste cose.»

Stringo le labbra, ricordando quanto ci siamo divertiti. «Non sarà lo stesso senza Travis.»

Mentre pronuncio queste parole, temo che Elias si offenda. Non intendo dire che non sia abbastanza uomo per me. Certo che lo è. Mi fa impazzire ogni volta. Intendo solo dire che la maggior parte del tempo che abbiamo trascorso insieme è stato in quattro, e mi sono abituata ad essere circondata da loro. Mi sono abituata al loro modo di lavorare insieme, ridere e scherzare, interagire tra loro. Mi mancherà.

Elias non risponde né con rabbia né con comprensione. Si concentra solo sulla strada per riportarmi al mio dormitorio, perso nei suoi pensieri.

Il mio telefono squilla dal fondo della borsa e lo cerco, sorpresa quando vedo il nome di papà sullo schermo. Mi sta chiamando sul serio, dopo tutto questo tempo.

Forse ha scoperto del video.

Il pensiero mi fa venire un nodo allo stomaco. «Papà.» Non lo saluto nemmeno. Sono così fuori allenamento nel parlare con lui.

Lo sguardo di Elias si sposta su di me prima di concentrarsi nuovamente sulla strada.

«Celine. Stasera sarò in città. Pensavo che potremmo cenare insieme.» Stasera ho promesso di andare con Elias all'ospedale. Capisco che l'idea di andarci da solo lo spaventa, e c'è la possibilità che suo padre sia lì. Se vedesse quell'uomo, non riuscirebbe a trattenere la sua rabbia, e non sono disposta a correre questo rischio.

«Mi dispiace, papà», dico. «Ho altri impegni.»

Elias mi sussurra «vai», ma io lo ignoro. «Cosa vuol dire che hai altri impegni?» La voce di papà è arrabbiata e strana. «Sono in città per un giorno solo e non puoi cancellare i tuoi impegni per passare qualche ora con me?»

«Non posso. Mi dispiace.»

«Sai una cosa, Celine? Hai usato la mia carta di credito come se giocassi a crack. So che stai andando male a scuola.

Sto pensando di ritirare il mio finanziamento per il prossimo semestre perché lo considero un cattivo investimento.»

«Un cattivo investimento?»

Elias sente la conversazione e si gira di nuovo per lanciare al mio telefono uno sguardo di disgusto. «È ovvio che ti stai concentrando su altre cose e non sul tuo lavoro. Perché dovrei fare di tutto per aiutarti a sprecare altro tempo?»

«Sai una cosa, papà? Fai quello che vuoi. Lo fai sempre.» Riattacco e ripongo il telefono nella borsa.

«Gesù, Celine.»

«Non è niente. Non preoccuparti.»

«Dovresti andare. Richiamalo e diglielo.»

«Non se ne parla. Verrò in ospedale con te. Questa è la mia priorità. La visita a sorpresa di mio padre, che mi ha praticamente ignorata per anni, non lo è.»

Rimane in silenzio per un po', ma riesco quasi a sentire il suo cervello che lavora. Si sta chiedendo come posso rifiutarmi di vedere mio padre e rischiare il mio sostegno finanziario per lui. Non si rende conto che so che lui farebbe lo stesso per me, se la situazione fosse invertita.

Elias è più importante di mio padre per me, e non è qualcosa di cui mi vergogno o di cui mi dispiace. Le persone fanno quello che vogliono, e mio padre ha dimostrato di non interessarsi a essere un padre per me. Elias dimostra continuamente di essere una brava persona che tiene a me.

Vale qualsiasi sacrificio.

Quando arriviamo, si china per baciarmi dolcemente sulle labbra. «Non posso credere che tu l'abbia fatto», dice.

«Tu avresti fatto lo stesso, vero?»

Siamo così vicini che posso sentire il suo respiro sulle mie labbra e vedere la piccola cicatrice che ha sul sopracciglio. Appoggia la mano sulla mia guancia con tanta tenerezza che un nodo di emozioni mi stringe la gola. «Non preoccuparti per Eddie», mi dice. «Pagherà per quello che ha fatto, in un modo o nell'altro.»

«Non voglio che tu faccia nulla. Dico sul serio.» Soprattutto non voglio che pensi di dovermi qualcosa ora perché ho rifiutato un ridicolo invito a cena.

Lui sbatte le lunghe ciglia scure e capisco che non mi ha ascoltata. Preferisco lasciare Eddie impunito piuttosto che Elias finisca nei guai. Il mio desiderio di vendetta svanisce dietro il mio affetto per quest'uomo.

«Ti prego. Non fare nulla.»

Mi bacia di nuovo e si allunga per aprire la porta. Mi sta dicendo di andarmene senza dirlo a parole. «Ci vediamo più tardi.»

«Va bene. Chiamami.»

Appena scendo dall'auto, mi manca già. Lo guardo allontanarsi con la sua vecchia carretta che fa uno strano rumore e sputa una nuvola di fumi tossici, chiedendomi cosa stiamo facendo. Credo che nessuno dei due lo sappia.

Dornan mi aspetta sui gradini del mio palazzo con gli auricolari nelle orecchie e gli occhi chiusi. È bello nello stesso modo follemente maschile di Elias. È la luce che contrasta con l'oscurità di Elias. La dolcezza che contrasta con la durezza di Elias. Sono contenta che sia qui.

Quando mi avvicino abbastanza da fargli percepire la mia presenza, apre i suoi splendidi occhi blu e si alza, tirando gli auricolari e mettendoli nella tasca della camicia. «Com'è andata?», mi chiede, chinandosi per darmi un bacio leggero sull'angolo della bocca.

«Sono stati vaghi su tutto.»

«Quindi non stanno indagando?» Sembra infastidito, e io alzo le spalle perché niente di tutto questo mi sembra importante ora. Eddie è il mio passato. Se continuo a guardarmi indietro, non andrò mai avanti.

Tutto quello che voglio è che il video venga rimosso e che Dornan, Elias e Travis facciano parte della mia vita. Voglio che siamo felici, senza essere ostacolati da drammi e problemi. Voglio potermi concentrare su di loro perché se lo meritano.

Loro meritano amore, e anch'io.

Il mio cuore si gonfia, ma poi si contrae perché ciò che voglio e ciò che posso avere sono due cose molto diverse.

«Stanno indagando, ma senza prove...»

«Raccogliere prove non fa parte del lavoro della polizia? Cioè, che cazzo vogliono che facciate? Presentare loro il caso già risolto come se fosse un regalo di Natale? Per cosa vengono pagati?»

«Penso che intendano dire che senza testimoni sarà difficile provarlo.»

«Ma dai!»

«Vuoi venire da me? Ho della birra.»

«Non posso. Ho lezione. Sono solo passato durante la pausa nella remota possibilità che tu avessi finito.»

Gli appoggio la mano sul braccio, commossa dal fatto che si sia preso la briga di venire apposta per me. «Grazie.»

«Non è niente.» Respinge il mio ringraziamento e poi infila le mani nelle tasche. «Ho parlato con Travis. È ancora meno sicuro di essere il padre.»

«Quindi tornerà a casa?» Arrossisco per la speranza nella mia voce, ma prendo mentalmente nota di mandare un messaggio a Travis. Non posso dirgli di tornare a casa per me, ma posso sostenerlo come fa Dornan. Posso essere un'amica, se non altro.

«Non lo so. Forse. Mi chiamerà dopo aver fatto qualche indagine. Continuerò a tenermi in contatto con lui.»

«Sei un uomo così buono», gli dico, appoggiando la mano al centro del suo petto, dove posso sentire il suo battito gentile. «Ti prendi sempre cura degli altri.»

Dornan mi fa cenno di smetterla, poi si avvicina per baciarmi di nuovo. È un bacio dolce e delicato, poi profondo e appassionato. Sento le farfalle nello stomaco e un brivido di eccitazione mi percorre la schiena. Afferro la sua camicia calda, non voglio che se ne vada, ma quando si allontana e mi saluta, lo lascio andare.

Ho perso uno di loro. Devo abituarmi a perderli tutti perché non vorranno mai quello che voglio io.

Non posso aspettarmi che tre uomini che non sono mai stati amici decidano improvvisamente di unire le loro vite per far parte della mia.

No. Presto sarà tutto finito, che mi piaccia o no.

Dornan tornerà a essere mio amico. Travis tornerà e inizierà la sua nuova vita, come avrebbe dovuto fare. Elias tornerà a nascondersi dietro lo scudo che ha costruito per proteggersi dal mondo.

Non potrei mai scegliere tra loro, quindi dovrò perderli tutti.

Devo tenere a mente e nel cuore questa consapevolezza, affinché non mi bruci come quando Eddie mi ha tradita e mi ha lasciata sola.

26

ELIAS

Quando parcheggio fuori dal mio palazzo, riesco solo a pensare a quanto sia stato facile per Celine scegliere il suo impegno nei miei confronti piuttosto che suo padre. Ha rischiato molto per poter mantenere la promessa di venire con me in ospedale più tardi. Non ricordo se qualcuno abbia mai fatto qualcosa del genere per me. La sua gentilezza e lealtà non fanno che aumentare la rabbia dentro di me.

Eddie deve pagare per quello che ha fatto. Non posso permettere che continui a girare per il campus senza curarsi di nulla, mentre la gente spettegola alle spalle di Celine. Sapere che così tante persone stanno osservando i suoi momenti privati mi disgusta.

Il suo piacere è qualcosa che voglio possedere. O condividere, ma solo con Travis e Dornan, altri uomini che la apprezzano quanto me.

Uno degli amici idioti di Eddie passa davanti alla mia auto. Mi lancia un'occhiata da sopra la spalla e, prima di voltarsi, il suo viso si distende in un sorriso malizioso.

La mia mano vola sulla maniglia, ma la voce di Celine mi sussurra all'orecchio: «Ti prego, non fare nulla.» È quello che mi ha detto. Questo stronzo non è l'oggetto della mia rabbia. Se qualcuno deve essere picchiato, quello è Eddie.

Invece di inseguire il suo amico stronzo compiaciuto lungo la strada, prendo il telefono e chiamo Dornan. Risponde al primo squillo.

«Ehi.»

«Dobbiamo fare il culo a Eddie.»

Lui risponde alla mia frase rabbiosa con un sospiro seccato.

«A Celine non piacerà.» Ovviamente, lui è la voce della ragione. È per questo che la nostra relazione funziona così bene. Dornan è calmo e moderato. Io sono un tipo irascibile. E Travis è maturo e divertente. Tra di noi, tiriamo fuori il meglio e moderiamo il peggio.

«Celine si è messa in questa situazione con noi perché voleva vendicarsi. È andata alla polizia perché vuole che lui paghi.»

«Non a nostre spese, Elias.»

«Allora vieni con me. Assicurati che non lo riduca in polvere.»

«Pensi che potrei fermarti?»

Ridiamo entrambi. Siamo della stessa statura e dello stesso peso, ma ogni uomo sa che un pazzo furioso in qualche modo trova la forza di due. «Se ci sei tu, mi atterrò al programma.»

«Che sarebbe?»

«Ottenere le prove dal suo telefono.»

«Non dovremmo lasciare che se ne occupi la polizia?»

«Hanno cose molto più urgenti da affrontare. Questo non sarà mai una priorità. Non hai visto come guardavano

Celine, come se fosse stata lei a causare tutto questo con la sua promiscuità.»

Dornan rimane in silenzio per un po' e mi sembra di sentirlo strofinarsi il mento ispido, come fa quando riflette. «Va bene. Adesso ho lezione, ma possiamo andare da lui prima dell'allenamento?»

«Sì. Io non andrò all'allenamento, ma posso essere lì prima.»

«L'hai detto al coach?»

«Non ancora. È la prossima cosa sulla mia lista.»

«Ok. Ci vediamo lì.»

Riattacchiamo, prendo la mia borsa e mi dirigo verso la mia classe. È un sollievo avere qualcosa a cui pensare che non sia preoccuparmi per mia madre, preoccuparmi per Celine o desiderare di strappare le palle a Eddie e dargliele da mangiare pezzo per pezzo.

Le mie dita si muovono sulla tastiera come fulmini e mi perdo nelle parole del docente e nell'argomento in cui ci sta immergendo. Alla fine, ho pagine di appunti e un piano su come completare il compito che devo consegnare la settimana prossima.

Mi chiedo come stia andando Celine con il corso per cui le ho fatto da tutor. Suo padre diceva che la boccerranno e che le toglierà il sostegno finanziario. Non voglio che abbandoni gli studi. Deve continuare su questa strada e sfruttare al massimo questa opportunità. Devo farle capire che l'istruzione è la chiave per diventare indipendente. Per la prima volta dopo tanto tempo, mi ritrovo grato che la mia vita familiare incasinata mi abbia dato l'ispirazione di cui avevo bisogno per migliorare la mia vita. Non tornerò mai più al tipo di esistenza che avevo da bambino. Sono pronto per cose più grandi e migliori. Mi farò strada nel mondo, per quanto difficile possa essere.

Ho qualche minuto per mangiare il panino che ho nella borsa e bere una bottiglia d'acqua prima di incontrare Dornan. Non ho ancora deciso cosa farò a Eddie, né cosa gli dirò. So solo che devo fargli ammettere di essere stato lui a diffondere il video per ottenere le prove di cui ho bisogno. Se necessario, prenderò il suo telefono e lo consegnerò alla polizia insieme al codice di accesso.

Dornan è fuori dallo spogliatoio con le mani in tasca. Mi saluta con un cenno del capo.

«L'hai visto?»

Lui scuote la testa. «È sempre in ritardo.»

«Forse dovremmo stare lì.» Indico il muro lontano dalla porta. Almeno così Eddie non ci vedrà quando si avvicinerà e potremo uscire allo scoperto quando sarà troppo tardi per lui per scappare.

Ci incamminiamo nella direzione che ho indicato e aspettiamo. È strano che ora mi senta più a mio agio con Dornan di quanto mi sia mai sentito con un altro uomo. Non c'è rivalità tra noi, anche se ovviamente proviamo entrambi qualcosa per la stessa donna. Prima provavo gelosia nei suoi confronti, ma quell'emozione è scomparsa ed è stata sostituita dal rispetto.

So che mi copre le spalle, ed è qualcosa che non darò mai per scontato.

«Eccolo lì.» Dornan si avvia prima che io abbia il tempo di reagire. «Ehi, Eddie», grida.

Eddie sta correndo verso gli spogliatoi quando sussulta sentendo il suo nome. Spalanca gli occhi quando ci vede entrambi precipitarci nella sua direzione. Afferra la maniglia dell'edificio come se sperasse di potersi rifugiare al suo interno, ma Dornan lo afferra per la maglietta e lo tira indietro. Non è un ragazzo minuto, ma pesa circa venticinque chili meno di me e Dornan. «Che cazzo?»

Sembra indignato, come se non avessimo alcun motivo valido per trascinarlo sul retro e picchiarlo a sangue. Se finge di non essere stato lui a diffondere il video, non credo che riuscirò a trattenermi.

Eddie lotta contro la presa di Dornan, ma solo per liberarsi, non per sferrare pugni. Sa che contro noi due non ha alcuna possibilità.

«Puoi venire con noi di tua spontanea volontà, oppure ti trascineremo via. A te la scelta.» Il ringhio di Dornan è sorprendentemente minaccioso per un ragazzo così gentile.

«Non ho fatto niente.»

Gli do un pugno sul petto per zittirlo. «Sappiamo cosa hai fatto. Non umiliarti fingendo di essere un bravo ragazzo.»

«Ma...»

«Chiudi il becco, Eddie.»

Mentre Dornan lo spinge in avanti afferrandolo per il collo, io li conduco sul retro dell'edificio. Non c'è bisogno di pubblico. È meglio per tutti noi che ciò che verrà detto e fatto rimanga tra noi.

Eddie finisce con la schiena premuta contro il muro di mattoni grezzi. Ansimando e sudando, il suo viso ha assunto uno strano colorito rosso e grigio.

«Dammi il tuo telefono.» Sembra che io l'abbia schiaffeggiato e non fa alcun movimento per prenderlo. È infilato nella parte anteriore dei suoi jeans. «Prendilo, o lo prenderò io, e non credo che tu voglia che io metta le mani sulle cose che hai intorno ai tuoi sporchi gioielli.»

«I miei sporchi gioielli si sono scopati la tua ragazza», dice, e io faccio un balzo in avanti, facendolo indietreggiare prima di iniziare a ridere.

«Sul serio, amico. Pensi che le parole mi confonderanno le idee? Non sono così debole. Dammi quel cazzo di telefono e basta.»

Con riluttanza, infila la mano in tasca e me lo porge. Premo lo schermo e gli chiedo il codice di accesso. Lui cerca di scappare, ma Dornan gli sbatte la mano contro il muro vicino alla testa.

«PASSWORD...» Il volume della sua voce fa sobbalzare Eddie.

«Venti-venti.» Abbassa la testa mentre digito i numeri sullo schermo. Si apre e comincio a scorrere i suoi messaggi e le sue e-mail. Ci sono intere conversazioni di persone che ridono del video e che, metaforicamente, gli danno pacche sulle spalle per aver riconquistato Celine. Riconquistato per cosa? Ma porca miseria. È stato lui a trattarla male.

Cerco il sito porno su cui è stato pubblicato il video e trovo il suo account. Guarda roba davvero perversa. Donne anziane con ragazzi giovani. BDSM estremo. Non voglio nemmeno guardarlo. Ma poi scopro il suo unico upload.

Faccio degli screenshot di tutto e li mando al mio telefono. Vorrei cancellare il video, ma devo lasciarlo dov'è affinché la polizia possa esaminare le prove. «Sei un piccolo coglione del cazzo.» Scuoto la testa e infilo il suo telefono nella tasca posteriore dei pantaloni. «Pensi di aver vinto facendo questa stronzata. Tutto quello che hai fatto è dire al mondo che sei amareggiato e incasinato. Tutte le ragazze di questa università sapranno quello che hai fatto. Pensi che qualcuna di loro vorrà mai avvicinarsi al tuo patetico cazzo?»

Il suo volto è impassibile, ma non me ne frega niente. È ovvio che non ha alcuna empatia né principi morali. So che è impossibile insegnare qualcosa a persone come lui. Mi ricorda mio padre sotto molti aspetti. Pensa solo a se stesso. È disposto a usare gli altri in modi orribili per soddisfare i suoi desideri perversi. È disposto a distruggere gli altri per sentirsi meglio o per ottenere ciò che vuole.

«Aspettati una chiamata dalla polizia.»

Scuoto la testa per far capire a Dornan che ce ne stiamo andando. Lancia a Eddie uno sguardo così disgustato che è un miracolo che non si trasformi in polvere. Poi lo lasciamo lì, sperando che se la faccia sotto.

Dornan mi tiene il passo per un po', finché non siamo fuori portata d'orecchio. «Vuoi che salti l'allenamento, visto che posso farlo?»

«No, sto bene. Me ne occuperò io, ma grazie per l'aiuto.»

«Non avevi bisogno del mio aiuto, ma va bene così. Temevo che avresti perso la calma, ma sembri esserti tranquillizzato.»

Ha ragione. È così. L'energia ardente e tumultuosa che mi portavo dentro non c'è più. È bello non averla più.

«Ti farò sapere cosa succede», dico.

La sua bocca si incurva in un sorriso. «Fammi sapere come va in ospedale. Se hai bisogno di qualcosa, sono disponibile.»

Vorrei dargli uno di quegli abbracci virili che ho visto in TV e che non ho mai dato, ma anche se mi sento diverso sotto molti aspetti, non sono ancora pronto.

«Non vedo l'ora di vedere quel ragazzo punito.»

«Neanch'io.» Dornan si guarda alle spalle e vediamo Eddie entrare negli spogliatoi con le spalle curve. «L'allenamento di oggi sarà interessante.»

«Forse dovresti dirlo al coach. Sarebbe proprio da Eddie cercare di metterti nei guai.»

«Se dovrò farlo, lo farò.»

Il telefono squilla e vibra contro il mio sedere, ma resisto alla tentazione di rispondere. Che aspettino pure. Eddie potrà spiegare perché non ha più accesso al suo telefono.

«Ci vediamo più tardi.» È una di quelle frasi frivole che si dicono, ma io la penso davvero. Sarebbe bello se potessimo uscire con Celine. Magari prendere qualcosa da mangiare e stare da Travis. Magari fare anche altre cose.

«Sì. Chiamami quando tu e Celine avete finito, se volete che ci vediamo.»

È come se mi avesse letto nel pensiero.

«Ok, lo faremo.»

Mentre mi allontano con il telefono di Eddie che continua a vibrare e Celine che mi aspetta, mi sento più sereno di quanto mi sia sentito negli ultimi anni.

***

La polizia ha sequestrato il telefono. Mi chiedono come l'ho ottenuto e io rispondo "no comment". L'agente stringe le labbra, ma mette comunque il dispositivo in un sacchetto. Quando gli do la password, alza un sopracciglio, ma non fa altre domande. Immagino sia contento di avere la possibilità di risolvere facilmente un caso dal suo carico di lavoro.

All'ospedale, Celine mi tiene la mano mentre ci dirigiamo verso il reparto. Mamma è stata trasferita ora che è cosciente. Quando mi chiedono se Celine è un membro della famiglia, rispondo che è la mia fidanzata, così può entrare con me. Il rossore che le sale alle guance al mio suggerimento mi fa venire voglia di baciarla con passione.

Mamma mi guarda sbattendo le palpebre, sorpresa di vederci. È da un po' che non vado a trovarla a casa. Il rischio di incontrare mio padre era troppo grande, quindi sono rimasto lontano per mesi.

«Elias.» Mi tende la mano e io la stringo. È strano che non provi nulla quando la tocco. Da bambino desideravo disperatamente il suo amore e la sua protezione. Quando papà mi picchiava, la guardavo e la supplicavo con gli occhi, ma lei non lo fermava mai. Distoglieva lo sguardo o andava in un'altra stanza. So che era perché temeva che lui avrebbe rivolto i pugni anche contro di lei. Lo faceva abbastanza spesso, ma io ero suo figlio e lei avrebbe dovuto fare tutto il possibile per difendermi. La sua debolezza è imperdonabile, anche se comprensibile.

«Come ti senti, mamma?»

«Come se fossi stata investita.» Ride leggermente e poi fa una smorfia.

«Sono andato alla polizia», le dico. «Ho detto loro che è stato papà.»

«Perché l'hai fatto?» Il suo orrore mi fa venire la pelle d'oca. Celine, che mi tiene ancora l'altra mano, me la stringe.

«Perché deve essere fermato. Non cambierà mai. La prossima volta ti ucciderà.»

«No», risponde lei, ma sembra poco convinta.

Non ho intenzione di discutere con lei su questo. Quando sono andato alla stazione di polizia ho deciso che le cose sarebbero cambiate. Deve prendere una posizione, altrimenti taglierò i ponti con entrambi. Non c'è più via di mezzo.

«O dici alla polizia che ti ha aggredita, o non ti vedrò più, mamma. Devi decidere adesso. Non posso più stare a guardare mentre ti succede sempre la stessa cosa. È andata avanti troppo a lungo.»

Il suo viso si contorce come se provasse dolore.

«L'altro giorno si è presentato alla mia partita e ha iniziato a fare il prepotente. Non voglio più vederlo. Ne ho abbastanza. E anche tu dovresti.»

«Ma Elias...»

Alzo la mano e lei si rannicchia contro il cuscino, preoccupata che io le faccia del male come fa lui. Questo mi ferisce più di ogni altra cosa. Ha i capelli arruffati e il viso è un mosaico di lividi verdi, blu e viola. Sembra invecchiata prima del tempo e dannatamente stanca.

«Non ci sono più *ma*, mamma. È così e basta.»

Le sue labbra si assottigliano mentre le stringe forte, e capisco che avevo ragione. Non dirà nulla. Non cambierà nulla. Non può vivere senza di lui, ed è questa la verità inquietante. Nel mio cuore lo sapevo. È per questo che sono andato prima alla polizia, così avrebbe sentito una pressione in più. Speravo che sarebbe bastato, ma non è così.

«Sono felice che tu sia sveglia. È evidente che ti stai riprendendo, ed è una cosa positiva. Ma non verrò più a trovarti. Non finché lui non sarà uscito definitivamente dalla tua vita.»

Mi giro verso Celine, e i suoi begli occhi verdi sono così dolci quando mi guardano; è come se mi accarezzasse teneramente il viso solo con lo sguardo.

«Andiamo», dico, e così facciamo.

Quando arriviamo alla macchina, Celine mi abbraccia e mi stringe forte. La circondo con le mie braccia e ci abbracciamo a lungo. «Stai facendo la cosa giusta», mi sussurra contro il petto.

«Lo so.»

«È difficile, devi essere forte. Lei cambierà idea.»

«Se lui non la uccide prima.»

Mi stringe più forte e poi avvicina il suo viso al mio. Non penso nemmeno a cosa signifíchi baciarla. Non le chiedo se va bene. Stiamo ancora camminando su questa corda tesa dove nessuno dei due ha ammesso i propri sentimenti o è stato onesto sul volere di più. La desidero così tanto che mi prudono i palmi delle mani. È la stessa sensazione che provavo da bambino, quando speravo che Babbo Natale mi portasse qualcosa di bello. Una speranza ardente che continuo a pregare non venga delusa.

Quando ci separiamo, ripenso a prima. «Dornan vuole uscire stasera. Ti va?»

«Certo. Andiamo da Travis?» È come se avesse letto nella mente di entrambi.

«Chiama Dornan. Guido io.»

E così facciamo.

E una giornata difficile si trasforma in una serata perfetta, ma nessuno di noi ha ancora il coraggio di dire ciò che prova davvero nel proprio cuore.

27

TRAVIS

Chat di gruppo "Fake dates".

Celine – Siamo nel tuo appartamento, ma senza di te è strano.

Dornan – Sì, amico. Non è la stessa cosa senza di te.

Elias – Celine è fuori controllo. Abbiamo bisogno che torni e le faccia vedere chi comanda.

Celine – Sapete tutti chi comanda. È stretta, bagnata, calda e avida.

Dornan – Gesù, Celine. Vuoi farci venire un infarto?

Elias – Non ha torto, però. Il potere della figa è una cosa reale.

Celine – Ci manchi... come sta andando l'indagine?

Travis – Ho delle novità...

***

Quando l'aereo atterra, provo un grande senso di sollievo. Amo la Germania come paese: la cultura, i paesaggi meravigliosi, la gente cordiale... ma Lina ha reso il mio soggiorno lì insopportabile.

Tornare a casa una seconda volta è ancora più emozionante perché so che non c'è motivo di tornare indietro.

Ho solo una piccola valigia con me, quindi non c'è bisogno di aspettare i bagagli. Nella sala arrivi, mi aspetto di attraversarla direttamente per cercare un taxi. Invece, trovo Celine che mi aspetta, affiancata da Dornan ed Elias.

Mi corre incontro, mi abbraccia forte e mi preme il viso contro il collo. Respiro il suo delicato profumo floreale ed è come se mi fossi liberato di un pesante cappotto di cemento per correre a piedi nudi in un campo soleggiato. Il sollievo di essere tornato e di essere tra le sue braccia mi travolge.

Dornan ed Elias aspettano il nostro ricongiungimento con un sorriso sulle labbra. Quando Celine finalmente mi lascia andare, le do un bacio sulle labbra e poi saluto i ragazzi, stringendo loro la mano. «Abbiamo pensato che forse avresti gradito un passaggio», dice Dornan.

«Lo apprezzo moltissimo.»

«E abbiamo le tue chiavi.» Celine le tira fuori dalla tasca e le fa penzolare davanti a me. «Potremmo aver inaugurato un po' il tuo letto.»

«Va bene. Vorrei esserci stato.»

«C'eri con lo spirito.» Sorride e mi prende la mano. «Magari potrai esserci più tardi?».

Certo che sì! Vorrei gridarlo dai tetti, ma invece sorrido e la bacio. «Non me lo perderei per nulla al mondo.»

«Allora, com'è andata?» Elias prende la maniglia della mia valigia e la trascina dietro di sé. Mentre iniziamo a camminare, racconto loro tutto quello che è successo.

«Dornan aveva ragione. Sono riuscito a trovare l'ex di Lina, e lui mi ha detto di essere il padre del bambino. Almeno, Lina glielo aveva detto due settimane prima di dirlo a me. Sembra che sia salita su un aereo per disperazione, alla ricerca di un uomo che fosse il padre di suo figlio. Immagino sapesse che io le sarei stato fedele e non l'avrei abbandonata. Lasciare il bambino è stato difficile, anche sapendo che non è mio. Quel povero bambino dovrà crescere con Lina come unico genitore. Forse un giorno troverà un altro fesso disposto a sostituirmi. Anzi, ne sono sicuro, perché lei è fatta così. Sono solo contento di non essere io.»

In macchina, Dornan mi lascia scegliere la playlist e io seleziono qualcosa che so che piacerà a Celine. Non appena partono le prime note, lei strilla immediatamente. Il viaggio verso casa mia diventa un karaoke e anche Elias si unisce a noi.

Quando siamo quasi arrivati, Dornan indica la direzione sbagliata. «Dove stai andando?», gli chiedo.

«Abbiamo bisogno di cibo. Il mio stomaco brontola.»

Si ferma al drive-through di un fast food; non è esattamente un pasto salutare, ma chi se ne frega. L'aereo serviva cibo disgustoso e io ho una fame da lupo. A meno che non abbiano fatto la spesa, la dispensa sarà vuota. Ordiniamo un mix di hamburger, ali di pollo e patatine fritte, con milkshake e bibite. Dornan guida fino alla finestra successiva per pagare.

«Pago io», dico. Non sono ricco, ma lavoro da un paio d'anni e questi ragazzi sono tutti studenti.

«Non se ne parla. Pago io.» Celine tira fuori la sua carta di credito e cerca di sporgersi dal finestrino di Dornan. Riesce a strisciare la carta sul lettore, ma il cameriere ritira la macchina. Alza lo sguardo e scuote la testa. «È stata rifiutata.»

Celine sembra confusa, ma tira fuori un'altra carta. «Prova questa.» La avvicina di nuovo alla macchina. Dopo qualche secondo, il cameriere scuote la testa.

«È stata rifiutata.»

Celine si ritira, fissando la sua borsa aperta e le carte.

Dornan le porge la sua carta, che viene accettata immediatamente.

Ci scambiamo uno sguardo mentre lui guida verso la finestra di ritiro.

Mi volto e vedo Elias che appoggia la mano sul ginocchio di Celine. «Pensi che abbia bloccato le tue carte?»

Celine alza le spalle. «Non ne sono sicura. Non mi è mai successo prima con una carta, figuriamoci con due.»

«Ha minacciato di farlo, vero?»

Lei stringe le labbra, continuando a fissare le carte. «Sì, ma non pensavo che l'avrebbe fatto davvero. Per quale motivo? Perché non ho rinunciato ai miei programmi per il suo invito dell'ultimo minuto dopo che non mi aveva chiamato per settimane. L'unica cosa che fa per me è darmi dei soldi.»

«Vuoi chiamare la banca per avere la conferma?»

Lei scuote la testa. «È ovvio che mi ha tagliato i fondi. Cosa posso fare?»

«C'è un lavoro al Daily Grind. Ho sentito che pagano bene», suggerisce Dornan.

«Sì, potrebbe andare bene, ma non mi aiuterebbe con le spese di alloggio. Ho pagato solo fino alla fine del semestre.»

Non mi offro subito, ma ora che sto lasciando casa mia, la mia stanza è libera. Sono sicuro che Gab e mia madre sarebbero d'accordo se Celine venisse a vivere con loro. Le offrirei di stare con me, ma il mio appartamento è più lontano dal campus e non voglio spaventarla con offerte entusiastiche di impegno serio, almeno per ora. Inoltre, questa cosa che stiamo vivendo coinvolge altre due persone. Dovrei consultarmi con Dornan ed Elias prima di proporre qualsiasi cosa. Calpestare i piedi in modo così evidente non aiuterebbe a mantenere ottimi rapporti.

«Troveremo una soluzione», dico. «Non preoccuparti di nulla. Hai tre uomini qui. Tra di noi, troveremo un piano.» Dornan annuisce e quando mi volto, Elias alza la testa in segno di assenso.

Il sorriso di Celine è falsamente luminoso; una linea diritta di labbra serrate che non incontra i suoi occhi.

L'azione di suo padre non riguarda solo il prelievo fisico di denaro. È molto di più. Si è allontanato anche emotivamente da Celine. So cosa significa perdere un genitore. Peggio ancora, so cosa si prova a pensare di conoscere qualcuno e poi scoprire che è una persona diversa.

Quando si tratta di un genitore, ti scuote nel profondo.

Mio padre dava l'impressione di essere il perfetto padre di famiglia. Solo quando è morto in un incidente stradale, accanto a una donna che non conoscevamo, abbiamo scoperto che conduceva una doppia vita. Il suo tradimento mi ferisce ancora, nonostante siano passati tanti anni.

Il tragitto fino a casa mia è breve. Celine è silenziosa e il suo umore cupo contagia tutti noi. Sono sollevata dal fatto che la musica copra il silenzio.

È strano entrare in un posto che è mio, ma in cui non ho mai vissuto. Elias, Dornan e Celine hanno trascorso più tempo in questo appartamento di me. Ma, mentre disponiamo il cibo sul tavolo, comincio a sentirmi a casa.

«Vado a lavarmi», dico a tutti. Porto la valigia in camera da letto e mi dirigo verso il bagno. Chiudo la porta, tiro fuori il telefono e compongo il numero di mia madre.

Il suo sospiro di sollievo quando sente il mio nome mi fa sorridere.

«Ciao mamma, sono tornata.»

«Torni a casa?»

«Non subito. Sono solo con alcuni amici.»

Il suo mormorio felice mi rende grata che sia così comprensiva.

«Senti, volevo chiederti se per te va bene che Celine si trasferisca nella mia vecchia stanza. Ha dei problemi familiari che si sono trasformati in problemi finanziari. Dal prossimo semestre non avrà i soldi per pagarsi l'alloggio.»

«Certo», risponde la mamma. «Non è solo tua amica. È anche amica di Gabriella.»

«Probabilmente passerà molto tempo nel mio appartamento», aggiungo.

«Sarà bello per entrambi.» Il sorriso invisibile di mamma è evidente. Non mi ha chiesto cosa sta succedendo con Celine, ma capisco che ha fatto delle supposizioni e ne è felice.

«Va bene. Ci vediamo domani», dico.

«La cena sarà pronta alle sette. Se vuoi, puoi invitare i tuoi amici.»

Amo mia madre, non solo perché è stata una roccia di stabilità e amore per tutta la mia vita, ma anche per quanto è affettuosa con tutti i miei amici. Ama le persone e ama ancora di più cucinare per loro!

«Lo farò. Grazie, mamma.»

Quando torno nel soggiorno open space, tutti stanno mangiando. Mi siedo tra Elias e Dornan, di fronte a Celine, e le racconto dell'accordo che ho preso con mia madre.

«Sei sicuro?» esclama, come se le avessi offerto Buckingham Palace.

«Stai scherzando? Mia madre non vede l'ora di avere più persone da sfamare. Preparati solo a dover allargare i pantaloni in vita.»

Lei ride, ed è il suono più dolce che ci sia. Tutto in Celine è in contrasto con Lina. La sua lealtà e gentilezza. Il suo feroce desiderio di sostenere le persone a cui tiene. Il suo senso dell'umorismo e il suo calore.

«È fantastico», dice Dornan, toccandole il braccio.

«E puoi venire a dormire da me quando vuoi», dice Elias.

Capisco che entrambi la inviterebbero a restare se potessero, ma le regole del dormitorio sono severe riguardo alla condivisione.

«Posso chiederti cosa è successo con il video?» Mangio un boccone del mio hamburger e poi bevo un lungo sorso di soda, godendomi i sapori familiari.

«La polizia ha il telefono di Eddie. L'hanno arrestato ieri sera, ma non abbiamo saputo altro.»

«Bene. Il video è ancora online?»

Celine scuote la testa. «È stato rimosso dal sito su cui l'aveva caricato. Ho controllato ieri sera. Ma chissà quante volte è stato scaricato e condiviso.»

«Speriamo che non sia rimasto online abbastanza a lungo da permettere che ciò accadesse.»

«Ed è impossibile tenerne traccia senza immergermi in contenuti disgustosi ventiquattr'ore su ventiquattro.»

«Esatto.» Elias le offre una delle sue ali piccanti e, quando lei ne prende una, ne offre una anche a me.

270

«Grazie, amico», dico.

«Allora, quali sono i tuoi piani?», mi chiede. «Pensi di poter ancora iniziare quel lavoro?»

«Li ho chiamati dalla Germania per spiegare cosa è successo e dire loro che tornerò. Non hanno ancora assegnato il posto, quindi sono contenti che io inizi. Ho la sensazione che siano un po' preoccupati che li deluda di nuovo. Immagino che l'unico modo per dimostrare di essere affidabile sia essere affidabile.»

«Quindi Lina non ti ha rovinato tutto?»

«Ho perso i soldi di due voli. Posso sopportarlo. Era la cosa giusta da fare. Dovevo esserne sicuro.»

Celine annuisce. Sta per dire qualcosa, ma poi stringe le labbra.

«Cosa?» Inclino la testa di lato.

«È solo che...» Guarda ciascuno di noi a turno e le sue guance si arrossano. «Volevo solo dire che mi è piaciuto molto giocare con voi ai giochi di vendetta, ma ora che Eddie è definitivamente fuori dai giochi, vi libero dal vostro impegno.»

«Ci liberi?» Elias arriccia il naso come se sentisse un odore sgradevole.

«Voglio solo dire che non ho alcuna aspettativa su questa cosa, quindi se non volete più farlo, basta che me lo diciate.»

«Ehm...» Elias sembra come se Celine gli avesse appena detto che vuole tagliargli i testicoli.

Dornan abbassa solennemente il suo hamburger. «Stai scherzando, vero?»

«È solo che... beh, non abbiamo parlato esattamente di cosa sia questa cosa...» Agita le mani per includere tutti noi.

«Pensavo fosse ormai ovvio», dice Dornan. I suoi occhi cercano i miei e poi quelli di Elias, per verificare se siamo tutti sulla stessa lunghezza d'onda. Entrambi annuiamo.

«Ovvio?»

«Sì. È quello che hai detto che stavi facendo al Red Devil.»

«Cosa?» La confusione di Celine è troppo carina, e mi fa venire voglia di baciarla sulla punta del naso e poi incatenarla al mio letto.

«Creare il tuo harem!»

Il suo sorriso è brillante e luminoso. Lascia cadere il suo hamburger e balza in piedi, prendendo il viso sorpreso di Dornan tra le mani e baciandolo sulle labbra. Fa lo stesso con Elias, che è riluttante a lasciarla andare e le dà una pacca sul sedere quando lei cerca di allontanarsi. Poi gira intorno al tavolo e viene da me.

Quando sono partito per la Germania, pensavo che questa cosa tra noi sarebbe finita prima ancora di iniziare. La nostalgia che provavo per lei era più forte di quanto avrebbe dovuto essere. Ho cercato di convincermi che ero un idiota anche solo a pensare che lei potesse volere qualcosa di più di quello che avevamo iniziato. Dornan è uno dei suoi migliori amici, ed Elias lo conosce intimamente da prima che iniziassimo a suonare insieme. Se avesse deciso di consolidare una relazione con uno di noi, sarebbe stato con uno di loro. Ma mentre mi bacia teneramente sulle labbra e mi lascia attirarla sulle mie ginocchia, capisco la verità.

Lei ci vuole tutti, e non in modo avido. Vede ciascuno di noi individualmente e come funzioniamo come gruppo. Ciò che dovrebbe essere impossibile sembra infinitamente possibile con Celine al centro.

«Mi sei mancato», mi sussurra. «Sono felice che tu sia a casa.»

A casa.

Questo appartamento in cui non ho mai vissuto mi sembra caldo e accogliente grazie alle altre tre persone che sono qui con me.

Do da mangiare le patatine a Celine e ridiamo di una storia stupida che Dornan ci racconta sulle buffonate di ieri negli spogliatoi. E quando abbiamo finito di mangiare e la conversazione rallenta, Celine si alza e mi prende per mano per condurmi in camera da letto, incoraggiando gli altri a seguirci.

28

CELINE

Siamo tornati insieme, e non mi sembra vero.

Ora che so che vogliono la stessa cosa che voglio io, tremo quasi mentre conduco Travis per mano nella sua camera da letto. Qualche giorno fa non pensavo che sarebbe tornato. Lo immaginavo con una nuova vita in Germania, mentre spingeva un passeggino per le strade di Berlino con quella stronza di Lina al suo fianco. Nella mia cupa fantasia, il suo viso era tirato e grigio, e volevo riportarlo dove sarebbe stato felice. Volevo un'occasione per realizzare questo desiderio per lui.

E ora è qui, e faccio fatica a crederci.

E anche Dornan ed Elias sono qui.

Vogliono che stiamo insieme, non solo per giocare, ma per davvero.

Non dovrebbe essere possibile, ma loro dicono che lo è. Abbiamo una seconda possibilità.

Avevo paura di sperare, ma ora non più. Il battito del mio cuore si trasforma in qualcosa di diverso, il mio cuore si dispiega come le ali di una farfalla a riposo prima di spiccare il volo.

In camera da letto, Travis, Dornan ed Elias mi circondano. Comincio a sbottonarmi la camicia per dare alle mie mani tremanti qualcosa da fare, ma Travis mi afferra i polsi e li abbassa fino a farli penzolare lungo i fianchi. I nostri sguardi si incrociano e l'emozione che passa tra noi è un'onda oceanica che quasi mi travolge. Mi tocca il viso e la mia gola si stringe e si contrae per la sua tenerezza. «Lascia fare a me.» La sua voce è roca mentre le sue dita trovano il primo bottone. Avevo dimenticato quanto gli piacesse avere il controllo, ma questa volta è diverso. Si sta prendendo cura di me e, anche se è un gesto semplice, la parte di me che è sempre nervosa, sempre pronta a scappare, si calma con la morbida quiete della neve di mezzanotte. Travis mi toglie la camicia lentamente, come se ogni bottone che passa attraverso il suo corrispondente occhiello aumentasse la sua eccitazione così come aumenta la mia.

Sapere che Elias e Dornan stanno guardando e aspettando rende tutto molto più dolce.

Sotto la camicia indosso un semplice reggiseno di raso nero, ma la reazione degli uomini quando lo vedono è tutt'altro che semplice. Tre gemiti rochi rompono il silenzio, e quei gemiti aumentano di volume quando Dornan ed Elias prendono una spallina ciascuno e le fanno scivolare dalle mie spalle, tirandole per rivelare il mio seno.

Gli occhi scuri di Elias esprimono desiderio ma anche qualcosa di reverenziale, le sue dita sfiorano la mia pelle con una tenerezza che mi fa male. Lo sguardo cristallino di Dornan è intenso come un fuoco blu, ma le sue labbra formano un morbido mezzo sorriso che rispecchia la mia soddisfazione.

Tutto ciò che c'è tra noi è dolce come una mela candita e luminoso come il primo raggio di sole all'orizzonte.

Siamo in quattro, ma in qualche modo, insieme in questo momento, siamo una cosa sola.

Le mani di Travis sono le prime a toccarmi lì, impastando e poi pizzicando i miei capezzoli fino a farmi gemere, e le mie gambe sembrano sul punto di cedere. I suoi profondi occhi blu indugiano sul mio viso, scivolando sulle mie labbra mentre faccio scivolare fuori la lingua per inumidirle. Voglio che mi baci. Ho bisogno di sentire la sua bocca, la sua passione, la sua tenerezza. Mi dà tutto ciò di cui ho bisogno mentre Elias inizia a sbottonarmi i jeans. Dornan mi accarezza la guancia, girandomi il viso verso di lui in modo da potermi baciare lentamente. Ogni nervo del mio corpo si risveglia con sensazioni e anticipazioni mentre passo da un uomo all'altro.

Sono liquida, scivolo tra le loro dita, mi insinuo tra le loro labbra, mi adatto a loro mentre lavorano insieme per esplorare tutto ciò che sono e tutto ciò che mi fanno desiderare di essere.

Le mie dita formicolano dal desiderio di spogliare questi uomini che hanno cambiato la mia vita e mi hanno riempito di un amore che non avrei mai pensato di trovare.

Cerco di infilarmi sotto l'orlo della camicia di Dornan, entrando in contatto con le ondulazioni dei suoi addominali, ma Travis mi toglie di nuovo la mano. Questa volta, mentre Elias mi sfila i jeans e le mutandine dalle gambe e mi picchietta i polpacci affinché mi liberi, Travis mi prende le mani e me le lega dietro la schiena con il reggiseno. Si sfila la camicia dalla testa, rivelando il corpo snello e muscoloso che mi era mancato così tanto. La mia bocca si inaridisce, la mia lingua sembra secca e polverosa mentre lui sorride con aria presuntuosa, come se sapesse quanto desidero assaporare la sua pelle.

«Non toccare», dice, slacciando la sua spessa cintura di pelle marrone prima di strapparla dai passanti dei jeans. Il rumore che fa riecheggia tra le mie gambe. Apre la patta e afferra il suo grosso cazzo, accarezzandolo un paio di volte. «In ginocchio, Celine.»

Il suo ordine non è severo, ma il mio corpo reagisce come se inginocchiarmi davanti a lui fosse una questione di vita o di morte. Fisso il suo corpo mentre la mia bocca si riempie di saliva per quanto è bello. Gli occhi blu mi guardano con una dolcezza che non dovrebbe corrispondere al suo dominio, ma in qualche modo lo fa. Questa dinamica vale tanto per me quanto per lui. Amo la mia sottomissione tanto quanto lui ama controllare.

Fa cenno a Dornan ed Elias, che iniziano a spogliarsi a loro volta. Quando anche i loro cazzi sono liberi, mi tocca la guancia. «Adesso ci succhierai, Celine. Ci succhierai profondamente e, quando saremo pronti, scoperemo la tua dolce figa fino a quando non ne potrai più.»

Quando usa il suo cazzo per accarezzarmi il labbro inferiore, tiro fuori la lingua per assaporarlo. «Tira fuori la lingua», mi dice, e poi ci appoggia sopra il suo cazzo, muovendosi avanti e indietro. Mi dà un colpetto sul lato del viso e mi dice di aprire la bocca. E poi si parte.

Avevo dimenticato quanto fosse grosso e lungo. Ricordarlo era troppo doloroso quando era così lontano, con un muro di promesse fatte a un'altra donna tra noi. Ma ora, tutto ciò è mio. È difficile mantenere l'equilibrio senza mani per sostenermi, e la posizione in cui mi trovo in qualche modo fa sembrare che lui stia usando la mia bocca per il suo piacere. L'aria fresca nella stanza raffredda l'umidità tra le mie gambe. Il mio clitoride si gonfia, anticipando un tocco che non arriva. Invece, Travis si tira indietro e mi gira il viso per prendere il cazzo di Elias. «Ecco così», dice Travis. «Succhialo come una brava ragazza.»

Elias mi fissa con occhi neri come il carbone ma in qualche modo morbidi come una nuvola. Mi infila le dita tra i capelli sulla nuca e le lascia lì, senza mai sollecitarmi o pretendere nulla. Lo succhio come una forma di adorazione perché conosco le difficoltà che ha vissuto e sono orgogliosa dell'uomo che è nonostante tutto. Lui geme quando faccio roteare la lingua intorno alla punta e sfioro la parte inferiore sensibile.

Travis, che sta osservando tutto, accarezza il suo pene con movimenti lenti ma con aria cattiva.

«Dornan, ora!» ordina.

Il cazzo di Elias scivola fuori dalle mie labbra con un rumore sordo, e lui allenta la presa. Mi giro e trovo il grosso cazzo di Dornan pronto e in attesa della mia attenzione.

Ho visto film porno proprio come questo, con una donna in ginocchio che prende in bocca un uomo dopo l'altro. Mi è sempre sembrato degradante, ma mentre succhio Dornan profondamente nella mia gola, mi stupisco che nella vita reale non sia affatto così. Potrei anche stare servendo loro, ma il modo in cui mi guardano e mi toccano è con cura e soggezione.

Dornan ha un sapore dolce-salato e la sua mano sulla mia guancia è calda e ruvida. Più lo prendo, più desidero essere riempita. Quando stringo le gambe, contraendole ritmicamente per provare un po' di sollievo, Travis ha pietà di me.

«Portiamola sul letto.»

All'improvviso vengo sollevata da tre uomini e messa in ginocchio sul letto. Elias si sdraia accanto a me e mi spinge le gambe su di lui finché non sono a cavalcioni sul suo petto. «Siediti sulla mia faccia, piccola», dice, afferrandomi il sedere con le sue grandi mani e spingendomi in avanti. Quando la mia figa è sopra la sua bocca, mi tira giù.

Con le mani legate dietro la schiena, sono costretta a lasciargli manovrare il mio corpo con spinte brevi e intense sulla sua lingua. Dornan sale sul letto, mi afferra il seno destro e poi succhia il capezzolo turgido.

Travis si china per baciarmi sulla bocca, senza curarsi di dove sia appena stata. Le sue dita mi accarezzano la schiena dal collo al sedere così lentamente che tremo per la sensazione increspata delle terminazioni nervose che si risvegliano. Quando le sue dita scendono più in basso, accarezzandomi il perineo, ed Elias mi sfiora il clitoride con la punta della lingua, il mio corpo si irrigidisce, vibrando per un orgasmo così forte che quasi cado.

«Ecco, così», dice Travis, con il viso così vicino al mio che riesco a vedere l'alone giallo che circonda la sua pupilla. «Ecco, così, piccola. Vieni su Elias. Lascia che ti assaggi.»

«Cazzo», ansimo mentre Elias mi dà una pacca sul sedere, provocandomi un altro mini-spasmo tra le gambe. Vengo sollevata da Elias, che si gira mentre Dornan si sposta dietro di me.

Sbatto lentamente le palpebre, ancora stordita dal piacere. Quando Travis si siede davanti a me, con le gambe divaricate ai lati delle mie ginocchia, non capisco immediatamente cosa vuole. Il cazzo di Dornan alla mia entrata mi risveglia un po'. Il primo centimetro entra senza problemi, ma ormai conosco bene la sua circonferenza e anticipo il bruciore della penetrazione completa prima che avvenga.

«Porca puttana.»

Elias ride del mio sussulto in un modo che sembra euforico. So come si sente. Niente di tutto questo sembra reale perché è troppo bello... troppo perfetto. Travis mi accarezza il viso e mi infila due dita in bocca, che io accetto, sentendo la dolce violazione, desiderando dargli tutto ciò che sono. Solleva le ginocchia e mi spinge in avanti finché la parte superiore del mio corpo non poggia sulle sue gambe piegate. Dornan mi tiene i polsi mentre spinge più a fondo, e Travis infila il suo pene tra le mie labbra.

Non riesco a muovermi. Sono prigioniera.

Le dita mi sondano tra le gambe, trovando il mio clitoride mentre mi pizzicano i capezzoli. Un collegamento empio tra terminazioni nervose e sottomissione fa scattare di nuovo il mio interruttore. Gemo intorno al pene di Travis mentre Dornan accelera le sue spinte. «Cazzo, sta venendo di nuovo», ansima. «Cazzo. Ohhhh cazzo.»

La stretta pulsante della mia figa incontra il gonfiore espansivo del cazzo di Dornan mentre mi riempie di caldo piacere. Travis si tira indietro, lasciandomi indugiare nel luogo oscuro dietro le mie palpebre dove irrompono lampi di luce.

L'emozione mi stringe la gola, ma non le permetto di prendere il sopravvento mentre vengo girata sulla pancia, con il seno premuto contro il piumone e la testa girata di lato contro i cuscini. Un brivido mi scuote tutto il corpo mentre Elias mi stampa morbidi baci lungo la schiena.

Dornan si accascia da qualche parte ai piedi del letto mentre lotta per riprendere fiato. Le dita di Travis allentano le legature dai miei polsi e alla fine mi fa rotolare fino a farmi stare sulla schiena.

«Pronta per continuare?», mi chiede.

Non so se lo sono. Il mio cervello è distrutto e il mio corpo è debole. D'altra parte, a Travis piace che io sia immobile, e io adoro quando fa quello che vuole con me senza darmi alcuna possibilità di scelta. Fletto le dita e allungo le braccia sopra la testa.

«Tienila ferma.» Travis fa un cenno a Elias, che si arrampica dietro di me, mi afferra i polsi con le sue mani enormi e li stringe insieme. Si china su di me, baciandomi la bocca in posizione capovolta mentre Travis mi penetra con il suo pene. Con le mie gambe su una spalla, Travis mi piega in modo che la penetrazione sia profonda. I suoi occhi sono vitrei mentre mi guarda attraverso le ciglia chiare abbassate dall'eccitazione. «Sei perfetta», dice, facendo scorrere la mano sul mio seno. «Assolutamente perfetta, cazzo.»

Le sue parole toccano una parte di me che era stata ferita dal rifiuto di Eddie. Quando mi ha scaricata, tutto quello che gli avevo dato mi era sembrato inutile. Non lo amavo, non veramente, follemente o profondamente. Ci divertivamo e basta, e pensavo che mi rispettasse. Che abbaglio è stato. Ora Travis, Dornan ed Elias mi riempiono di felicità e calore. Non avevo bisogno di sesso di vendetta per superare quello che Eddie mi aveva fatto. Avevo bisogno di questo: il legame con questi uomini, la loro gentilezza e premura, la loro disponibilità a collaborare per essere ciò di cui ho bisogno. All'inizio non erano nemmeno amici. Ora sono pronti a impegnarsi con me e tra di loro. La nostra unione non è semplice, ma sembra importante.

Il movimento del pene di Travis che entra ed esce è perfetto. L'ondeggiare dei suoi fianchi, che fa vibrare i suoi addominali e stringere le sue cosce, è paradisiaco. Non so cosa ho fatto nella mia vita precedente per meritare questi tre uomini, ma deve essere stato qualcosa di eroico o un martirio.

«Oh Dio», ansimo, mentre lui si china su di me per penetrarmi più a fondo. Tiro la presa di Elias, lottando mentre la sensazione tra le mie gambe diventa troppo forte. Sono troppo sensibile e non ce la faccio più.

«Calma», mi rassicura Elias. Con la mano libera mi accarezza le costole, lentamente su e giù, evitando il seno e ignorando il mio capezzolo incredibilmente turgido, finché non ho voglia di urlare che mi tocchi dove conta. Invece, gemo frustrata e lui ride.

«È questo che vuoi?»

La leggera torsione del mio capezzolo è come fuoco tra le mie gambe. «Oh, cazzo. Sì. Sì. Sì...» È confuso e incomprensibile, ma non riesco a fare di meglio perché sto venendo proprio mentre Travis si tira fuori e si masturba con il pugno fino a venire. I miei piedi cadono sul letto e mi ritrovo in prima fila per assistere al suo orgasmo. Con la testa reclinata all'indietro, la gola nuda, i bicipiti contratti e il cazzo che cola tra le dita serrate, è un capolavoro erotico. «Cazzo, Celine. Cazzo.»

Dietro di me, Elias ride di nuovo, così eccitato da quello che stiamo facendo che non sembra più lui.

Travis rilascia il suo pene, che è ancora ridicolmente duro. Usa il suo sperma per disegnare cerchi intorno ai miei capezzoli, come se rivendicasse la proprietà su di me nel modo più primitivo possibile.

Ora è rimasto solo Elias, ma non so come potrei sopportarne ancora. Chi avrebbe mai detto che troppo piacere potesse essere un problema? Mi lascia andare i polsi e si sposta finché non è accanto a me. Poi, all'improvviso, mi fa rotolare e mi ritrovo sopra di lui.

Le mie mani sono libere e le faccio scorrere sul suo petto ampio e sui suoi pettorali sodi. Faccio scivolare la mia fessura su e giù lungo il suo pene, ricoprendolo con la mia eccitazione e con qualsiasi traccia Dornan e Travis abbiano lasciato. Lui geme, afferrandomi i fianchi e spingendo verso l'alto, la forza del suo corpo mi fa sentire inconsistente come una bambola di pezza.

Il solo guardarlo mi eccita.

«Hai intenzione di cavalcarlo, Celine?», chiede Travis.

«Sì, lo farà.» Gli occhi scuri di Elias si concentrano sul punto in cui i nostri corpi sono quasi uniti. Basta un angolo leggermente diverso e lui sarà dentro di me. «Prendi ciò che ti serve», dice, attirandomi a sé per un bacio profondo. Mi tira i capelli per separarci e mi sussurra sulle labbra: «Usami.»

Sussulto: «Ok.»

Non c'è resistenza quando scivolo giù sulla sua erezione in attesa. Sono così bagnata e aperta che posso prenderlo facilmente nonostante le sue enormi dimensioni. Appoggio la mano sul suo petto, muovendo i fianchi per provare. La profondità è pazzesca ma, se mi chino in avanti solo un po', riesco a gestirla. Ci muoviamo insieme come l'oceano calmo che lambisce lo scafo di una nave. Mi perdo nei suoi occhi, nella sua bocca, nella pressione delle sue dita sulla mia pelle. Sono sopraffatta da sentimenti che mi travolgono il petto, minacciando di sfuggirmi da un momento all'altro.

«Ecco, piccola», dice. «Ecco. È proprio così, cazzo.»

Ha gli occhi stretti, il viso contorto e il collo teso. Così vicino a venire, è ancora più bello.

La sensazione di potere sfrenato che mi attraversa mi fa girare la testa mentre il mio corpo è scosso da spasmi.

«Oh, cazzo.» I suoi fianchi perdono il controllo, poi lui spinge con forza, liberandosi così profondamente che quasi cado da lui. Solo le mani salde di Travis e Dornan mi tengono dove devo stare.

Non riesco a rimanere in piedi a lungo, però. In qualche modo, finisco su un fianco con la testa sul petto di Elias e Dornan alle mie spalle. I loro corpi sono così caldi ed enormi che non riesco a muovermi affatto.

Non c'è spazio per Travis per abbracciarmi, ma lui non sembra infastidito. Si inginocchia su di me con le mie gambe tra le sue, si passa il dito sulla lingua e lo fa scorrere tra le mie labbra, arrivando al mio clitoride.

«Non posso», gemo, ma lui ride come se il mio rifiuto fosse la battuta più divertente che abbia mai sentito. Capisco perché. Con solo pochi cerchi stretti, sono già di nuovo vicina all'orgasmo. «Usa le dita, Elias», dice Travis.

Anche se Elias è completamente ubriaco, infila due dita grosse nella mia figa devastata e le muove dentro e fuori con un movimento rotatorio e leggero. Dornan mi bacia il collo e mi dice che sono bellissima, e io vengo di nuovo, circondata da parole d'amore e da uomini persistenti e meravigliosi.

Le parole «ti amo» mi escono dalla bocca come una supplica. Non sono rivolte a nessuno in particolare, e non appena quelle due piccole parole lasciano le mie labbra, rimango sbalordita. Non le avevo mai dette prima. Eddie non è mai stato nella mia zona d'amore, e sembra che io non sia mai stata nella sua. In tutto il tempo che abbiamo passato insieme, non ho mai provato il tipo di connessione che provo con questi uomini.

«È ubriaca di sesso», dice Elias, ma mi guarda come se non fosse sicuro che sia l'unica ragione per cui ho detto quella parola di tre lettere che probabilmente lui teme tanto quanto me.

«Ti amo anch'io», dice Dornan senza esitazione. «È da tantissimo tempo che provo questo sentimento, ma pensavo che saremmo sempre stati solo amici.»

Travis si china per baciarmi l'esterno della coscia. «Ti amo anch'io, piccola», dice, intrecciando le sue dita con le mie. Dornan mi bacia il collo e io chiudo gli occhi, abbandonandomi alla beatitudine che è amare ed essere amati.

Una mano mi accarezza il viso e apro gli occhi per trovare Elias che mi guarda. C'è tanta incertezza nella sua espressione. Esita, aprendo la bocca e stringendo le labbra come se fosse in guerra con se stesso. «Va tutto bene», sussurro perché è così. Questa non è una corsa verso il traguardo. So che tiene a me. Lo vedo in ogni suo sguardo, in ogni suo tocco, in ogni suo gesto protettivo. Non ho bisogno di parole per sentirmi amata.

Gli tocco il petto e sento il suo cuore battere all'impazzata contro il mio palmo.

Mi bacia le labbra così dolcemente che mi vengono le lacrime agli occhi. Queste ultime settimane sono state così cariche di emozioni e così piene di follia che non so più dove sbattere la testa. Quando si allontana e vede le mie lacrime, deglutisce rumorosamente.

«Non piangere», mi dice. «Non piangere perché sono uno stronzo emotivamente incapace che non sa esprimere i propri sentimenti.» Ride seccamente e con il pollice ruvido mi asciuga la lacrima che mi scende lungo la guancia.

«Non sto piangendo perché sono triste», ammetto. «Sto piangendo perché non avrei mai pensato di poter essere così felice.»

Lui sbatte le palpebre, sorpreso. Mi volto per baciare Dornan sulle labbra, abbandonandomi al nostro primo bacio d'amore, dolce, leggero e perfetto. Mi affretto a sedermi per poter abbracciare Travis e baciare anche lui. Il suo corpo è caldo e il suo tocco è così delicato che un'altra lacrima mi scende dagli occhi.

Prima che io possa tornare da Elias, lui è già lì per liberarmi dall'abbraccio di Travis e stringermi al suo petto. Le sue braccia mi stringono così forte che faccio fatica a respirare. «Ti amo, Celine», mi dice. «Mi spaventa a morte, ma non posso farci niente.»

Scoppio a ridere, come succede quando la felicità è così grande che deve traboccare. Ecco, è così. Tutto quello che desidero è qui. Tutto ciò di cui avrò mai bisogno è racchiuso in questi uomini.

Basta giochi.

Quello che abbiamo è reale e non lo lascerò mai andare.

EPILOGO

CELINE

È il giorno del trasloco.

Travis, Elias e Dornan arrivano di buon'ora per aiutarmi a portare le mie scatole e le mie borse giù per le scale e caricarle nelle loro auto. Sono imbarazzata per tutte le cose che ho, ma loro non si lamentano. Forse è perché sono in tre e vogliono dimostrarsi virili l'uno davanti all'altro. O forse ho davvero vinto alla lotteria e ho trovato tre uomini perfetti.

Penso che sia la seconda ipotesi.

Da quando Travis è tornato e abbiamo ammesso tutti di volere la stessa cosa, la mia vita è cambiata.

Non sono più la Celine che ero quando Eddie si intrometteva costantemente nella mia vita. Non sono più la Celine che voleva vendicarsi del suo ex e ha usato tre uomini per giocare a giochi ridicoli.

Sono la vera Celine, e loro mi fanno sentire una dea ogni singolo giorno.

«L'ultimo.» Elias solleva la grande scatola di libri come se contenesse un cuscino di piume. I suoi bicipiti si gonfiano e mi ci vuole tutto il mio autocontrollo per non attraversare la stanza e leccarlo.

Esce dalla porta e io rimango sola nello spazio che è stato mio dall'inizio dell'anno. Ha subito alcuni cambiamenti, questo è certo. Eddie mi ha spinto a trasferirmi. Tre uomini diversi mi hanno aiutato a traslocare. All'inizio dell'anno mi sentivo intrappolata. Ora mi sento più libera che mai.

Ci è voluto che papà mi tagliasse i fondi per farmi capire che non era bene per me dipendere da lui per i soldi quando lui non era disposto a darmi l'amore e l'affetto che avrebbe dovuto darmi. Era un legame vuoto, che influiva sul mio atteggiamento nei confronti del denaro e sulla mia autostima. Ora che lavoro e guadagno da sola, vedo tutto in modo diverso. Non spendo per rabbia. Spendo per necessità.

Ho l'amore, per riempire le parti vuote di me.

Mi guardo allo specchio e tocco i miei capelli scuri. Sono cresciuti sulla sommità della testa e devo usare uno spray marrone per coprirli, in modo che le radici rosse non siano visibili.

È l'ultima cosa rimasta di un tempo in cui volevo essere una persona diversa.

Ora voglio essere fedele a me stessa. Voglio che la mia nipotina Lonie tocchi i miei riccioli, che sono proprio come i suoi, e mi dica quanto sono belli. Mi raccolgo i capelli in uno chignon e decido che è ora, poi do un'ultima occhiata al posto che chiamavo casa e lo lascio alle spalle, pronta per un nuovo inizio.

***

Gabriella spalanca la porta d'ingresso prima che qualcuno di noi abbia la possibilità di suonare il campanello e corre lungo il vialetto prima di stringermi in un abbraccio appassionato. «Non riesco a credere che saremo coinquiline. È così emozionante.»

Ripete la stessa cosa da quando sua madre le ha detto che mi sarei trasferita da lei. Lei ancora non lo sa, ma ho comprato delle maschere per il viso e dei trattamenti per le mani, così più tardi potremo usarli insieme. È da un po' che non faccio questo genere di cose da ragazze con Marie.

Travis ci passa accanto, sorridendo all'entusiasmo di sua sorella.

La settimana scorsa mi ha chiesto di trasferirmi da lui invece che qui. Da quando è tornato dalla Germania, abbiamo passato molto tempo insieme. Grazie al letto gigante che ha aggiunto alla sua camera da letto, trascorriamo tutti almeno tre notti a settimana a casa sua. È l'unico posto dove possiamo dormire bene tutti insieme dopo le nostre avventure.

E io ho bisogno di dormire il più possibile.

Ho rifiutato la proposta di Travis, però.

Andare a vivere insieme è un passo importante e, se lo faremo, voglio che sia qualcosa che facciamo tutti insieme. La casa di Travis non è abbastanza grande per tutti noi e, quando siamo insieme, le nostre priorità non sono quelle giuste. Gli esami si avvicinano. Abbiamo bisogno di spazio per superare questo capitolo della nostra vita, poi potremo concentrarci sulla nostra relazione senza mettere a rischio il nostro futuro perché non riusciamo a stare lontani l'uno dall'altra.

Non vedo l'ora che inizi il prossimo capitolo.

«Lasciala andare», dice Travis a sua sorella. «Dobbiamo portare dentro queste scatole.»

«Agli ordini.»

Gabriella si getta i capelli dietro le spalle, mi afferra la mano e ci trascina in casa. «Spero che non ti comandi a bacchetta in questo modo», sibila.

Rido sotto i baffi perché lei non ha idea di quanto io ami il suo essere autoritario. Le sono grata per non avermi mai chiesto se le riviste porno stravaganti di Travis si riflettono sulla nostra vita sessuale! Probabilmente perché troverebbe la vita sessuale di suo fratello un argomento troppo scabroso da affrontare.

Ci vogliono trenta minuti per portare tutte le mie cose al piano di sopra. I miei uomini non mi lasciano alzare un dito, quindi mi siedo in cucina a mangiare muffin al cioccolato e fragole mentre Darleen mi racconta del viaggio che sta organizzando con il suo compagno, Lucas.

Quando Elias e Dornan escono per andare ad allenarsi, mi scuso e mi dirigo al centro commerciale.

La stessa parrucchiera che mi ha tinto i capelli di castano mi accompagna alla poltrona. «Cosa faccio oggi? Ritocco le radici?»

Scuoto la testa, sorridendole allo specchio. «Voglio tornare al mio colore naturale.»

Mi accarezza i capelli con le mani e mi sorride a sua volta. «Sapevo che ti saresti pentita di aver perso quei bellissimi riccioli rossi.» Mi arriccia i riccioli castani. «Ci vorrà un po' di lavoro.»

«Va bene», dico. «Mi è piaciuto essere una brunetta sfrontata. È stato divertente. Ma mi piace di più la vera me stessa.»

Ci vuole davvero molto lavoro e molte ore ma, quando ha finito, i miei capelli sono quasi come prima. Il colore è leggermente più scuro della mia tonalità naturale, ma va bene. Probabilmente col tempo sbiadirà un po' comunque.

«I miei fidanzati avranno un infarto quando mi vedranno.»

«I tuoi fidanzati?» Aggrotta le sopracciglia, ma poi il suo viso si illumina in un ampio sorriso. «Fidanzati al plurale... quei ragazzi sexy che mi hai mostrato l'ultima volta?»

Rido e arriccio i riccioli, felice di averli ritrovati, immaginando già la reazione di Elias, Travis e Dornan. «Sì. Tutti quei ragazzi sexy.»

«Buon per te.» Appoggia le mani sui fianchi larghi. «Se fossi stata qualche anno più giovane...»

«Non credo che ci sia un limite massimo di età per avere un harem», dico. «Devi solo trovare uomini a cui piace condividere.»

«Non è facile trovare un uomo della mia età che non russi. Figuriamoci uomini che vogliono condividere.»

Ridiamo entrambe, ma le dico di non rinunciare all'idea. Non avrei mai pensato di trovare il tipo di amore che ho.

***

Uso la mia nuova chiave per aprire la porta della casa della famiglia di Travis, che ora è anche la mia casa. All'interno, la TV è accesa a tutto volume e un telecronista sportivo sta commentando a voce alta ogni azione di gioco. Le voci degli uomini rimbombano e il rumore della cappa aspirante in cucina si aggiunge a creare una cacofonia di suoni.

Attraverso il corridoio e trovo Gabriella ed Ellie in cucina con Darleen e Dalton. C'è cibo ovunque. Dalton ha le maniche rimboccate, rivelando i complessi tatuaggi che suo fratello gli ha fatto nel corso degli anni. Solleva un grande vassoio di cibo dal forno e il vapore è così intenso che deve tenerlo lontano dal corpo.

Gabriella è la prima a notare la mia trasformazione.

291

«I tuoi capelli!» esclama, lasciando l'insalata che stava condendo per guardarmi. «Sono così felice che tu sia tornata rossa.»

«Anch'io», sorrido, sentendomi già più me stessa.

Travis, sentendo il trambusto, alza lo sguardo dal gioco, con la bocca aperta per lo shock. Ignorando lo schermo, si alza per guardarmi, seguito da Dornan ed Elias. «Sei tornata indietro.»

«Celine è tornata», esclama Elias.

«È stata via solo tre ore», ride Darleen. «Siete troppo appiccicosi, ragazzi.»

«Non è tornata in quel senso…», ride Travis. «I suoi capelli.» Mi arruffa i riccioli, rendendoli ancora più pazzi di quando sono uscita dal salone.

Anche Dornan li tocca. È come se stessero scoprendo una pianta rara o ammirando un alieno proveniente dallo spazio.

«Ok, ragazzi», rido, allontanando le loro mani. «Sono solo capelli.»

«No, non è vero», dice Dornan. «È un segno.»

Lui ha capito. Tutti hanno capito, e io li bacio teneramente, uno per uno, nonostante il pubblico.

«Il cibo è pronto», dice Dalton, e si sente un brusio provenire da tutti gli uomini che guardano il football. Riempiono la cucina uno dopo l'altro, si affollano intorno al tavolo, aspettando un piatto.

Colby, Seb e Micky si assicurano che Ellie si serva per prima, poi la seguono al buffet, riempiendo i loro piatti di tutte le prelibatezze disponibili. Kain e Blake si complimentano con Dalton e Darleen per il loro impegno. Suona il campanello ed è Lucas, il compagno di Darleen, che viene a unirsi al divertimento.

Travis mi porge subito un piatto e mi esorta ad avvicinarmi. Mi dà una pacca sul sedere e mi dice di mangiare bene, altrimenti renderò triste sua madre. Esorta anche Elias ad avvicinarsi. Sa quanto lui ami la cucina di Darleen ed è più che felice di condividere le abilità culinarie di sua madre con i due uomini che si sono uniti a lui nell'amarmi.

Guardo intorno a me i gruppi felici che si sono riuniti grazie all'amore.

Il nostro tipo di relazione potrebbe non essere considerato normale, ma non mi interessa cosa pensano gli altri.

Non stiamo giocando. Stiamo costruendo un futuro pieno di amicizia, impegno, speranza e amore.

Non vedo l'ora di vedere cosa succederà, perché so di avere Dornan, Elias e Travis al mio fianco nella buona e nella cattiva sorte.

Basta giochi.

Stiamo facendo sul serio.

SULL'AUTORE

L'autrice di bestseller internazionali stephanie brother scrive storie d'amore ad alto tasso di calore con un pizzico di proibito. Dal 2015, dà vita a eroi belli e imperfetti che sanno come trattare le loro donne. Se vi piacciono le storie che coinvolgono amanti multipli, compresi gemelli, tre gemelli, fratellastri e i loro amici, siete nel posto giusto. Quando si parla di libri e di uomini, stephanie è convinta che più ce n'è, meglio è.

Trascorre la maggior parte della sua giornata scrivendo, bevendo caffè e interagendo con i lettori.

I suoi libri sono stati tradotti in tedesco, francese e spagnolo e ha raggiunto la classifica dei bestseller di amazon in sette paesi.